Rainer Bernfeld

Kommissar REX

WAS KOSTET EIN MENSCHENLEBEN?

Roman
zur Fernseh-Serie
nach den Drehbüchern
von Peter Hajek
und Peter Moser

BASTEI LÜBBE

BASTEI-LÜBBE-TASCHENBUCH
Band 13 754

Erste Auflage:
Oktober 1995
Zweite Auflage:
Oktober 1995
Dritte Auflage:
November 1995
Vierte Auflage:
November 1995
Fünfte Auflage:
Dezember 1995

Lizenzausgabe 1995 by
Bastei-Verlag
Gustav H. Lübbe GmbH & Co.,
Bergisch Gladbach
Titebild: SAT. 1
Umschlaggestaltung:
Quadro Grafik, Bensberg
Satz: Fotosatz Steckstor,
Bensberg
Druck und Verarbeitung:
Brodard & Taupin,
La Flèche, Frankreich
Printed in France

ISBN 3-404-13754-x

Der Preis dieses Bandes
versteht sich einschließlich der
gesetzlichen Mehrwertsteuer.

Die Hauptrollen und ihre Darsteller

Richard ›Richie‹ Moser Kommissar	Tobias Moretti
Ernst Stockinger 1. Assistent	Karl Markovics
Peter Höllerer 2. Assistent	Wolf Bachofner
Max Koch Kommissar im Ruhestand	Fritz Muliar
Dr. Leo Graf Gerichtsmediziner	Gerhard Zemann

sowie
Reginald von Ravenhorst
als REX

Die Episodenrollen und ihre Darsteller

Hermine Werner	Christiane Hörbiger
Bruno Londovsky	Heinrich Schweiger
Markus Spitzer	Alexander Strobele
Gregorji Ganscheff	Prof. Alexander Bordini
Hofrat Schrödinger	Robert Dietl
Würstelmann	Heinz Petters

KAPITEL 1

REX WIRD WAISE

In der Glasfassade des Haas-Hauses spiegelt sich ungerührt der Stephansdom in der Augustsonne. In ganz Wien sind zu dieser Zeit die Kaffeehäuser und Restaurants gut besucht, besonders natürlich auf dem Ring und überhaupt in der Altstadt, und hier wieder ganz besonders um die Hofburg und den Stephansplatz herum. Touristen und Wiener Lebenskünstler essen noch zu Mittag, die ersten sind schon beim Nachmittagskaffee. Nachher wird alles von einer beschaulichen Gelassenheit überstrahlt, denn Katastrophen kündigen sich nicht an.

So ahnt auch keiner der Passanten auf dem Stephansplatz, was in wenigen Minuten geschehen wird. Auch die Gäste der Haas-Terrasse nicht. Wie auch? Wien ist schließlich nicht Chicago und nicht Palermo. Wien ist nicht der Schauplatz für Dramatisches. Jedenfalls nicht am hellichten Tag mitten im alten Stadtkern.

Von der Terrasse des Restaurants ziemlich hoch oben in dem modernen Bau hat man einen wundervollen Blick direkt auf den Stephansdom gegenüber und auf den Platz weit unten, auf dem wie immer geschäftiges Treiben herrscht.

Wien ist eben eine ausgesprochen reizvolle Stadt, aber, wie sich noch zeigen wird, leider nicht nur für seine harmlosen und im allgemeinen sehr umgänglichen Bewohner und für seine vielen, vielen Besucher aus aller Welt. Nein, leider ist Wien auch für weniger harmlose Zeitgenossen eine Reise wert. Wie jede große Stadt hat auch diese längst ein zweites Gesicht unter dem freundlichen, das die Ansichtskarten zeigen, ein wenig angenehmes Gesicht, muß man leider sagen.

Torte essen und Mokka trinken kann man in Wien natürlich immer noch, und man wird es auch bis in alle Ewigkeit können, aber selbst Mokka trinken und Torte essen kann ein tödlicher Zeitvertreib sein. Kleine und große Kriminelle, unglaubliche Machenschaften, finstere Gestalten aller Art – die Zeitungen sind ja voll davon. Und die finsteren Gestalten sehen nicht einmal finster aus, man erkennt sie meistens nicht einmal.

Der Herr zum Beispiel, der dort allein an seinem Tisch sitzt und die Karte studiert. Sein Name ist Schukov, Pjotr Schukov. Sieht der vielleicht aus wie ein Verbrecher? Einen bequemen schwarzen Anzug mit Weste und Uhrkette trägt er, etwas altmodisch und solide, aber er ist ja auch nicht mehr der jüngste. Richtig gemütlich sieht er aus, und richtig gemütlich wird er jetzt einen Kaffee trinken und ein Stück Torte essen. Nur, es wird sein letzter Kaffee und seine letzte Torte sein.

Aber das weiß Pjotr Schukov nicht, er hat keine Ahnung, daß er im Begriff ist, die letzte Sachertorte und den letzten Kaffee seines Lebens zu bestellen. Er tut es energisch und mit starkem russischen Akzent, als die hübsche junge Kellnerin vor seinem Tisch stehenbleibt.

»Mit oder ohne?« will sie wissen.

»Was mit oder ohne?« will seinerseits Schukov wissen.

»Schlagobers«, sagt die Serviererin dem etwas verwirrten Schukov ins Gesicht.

»Wie bitte?«

»Sahne! Mit oder ohne Sahne?«

»Ach ja«, sagt Schukov schmunzelnd, »Sahne. Mit. Bitteschen.«

»Und der Kaffee?« will die Kellnerin nun wissen.

»Auch mit. Bitteschen.«

»Also einmal Sacher mit Schlag und einmal Kaffee mit Schlag.«

Schukov nickt und schaut gedankenverloren zuerst zum Dom hinüber, dann im Restaurant umher, das gut besetzt, aber noch nicht überfüllt ist. Es ist vielleicht noch etwas vor der üblichen Kaffeezeit, aber das macht nichts. Je früher alles erledigt wird, desto besser ist es. Für alle Beteiligten.

Ja, denkt Schukov, Wien ist eine bezaubernde Stadt. Aber es gibt noch andere bezaubernde Städte. Lissabon, Santiago, Rom. Und es gibt seine alte Heimat, an die er immer mit Wehmut denkt. Moskau und Petersburg vor allem. Er kennt beide Städte sehr gut und ist in beiden zu Hause. Nun, die Zeiten haben sich auch dort geändert. Nichts ist mehr, wie es einmal war. Noch dieses eine letzte Geschäft, und wenn alles gut geht, wird er sich zur Ruhe setzen. Er hat es nicht mehr nötig, weiterzumachen, und er will auch nicht mehr.

Von Tag zu Tag wird es gefährlicher, die Konkurrenz wächst, die Methoden werden brutaler. Nein, er hat sich seinen Ruhestand verdient.

Nicht, daß Pjotr Schukov Skrupel hätte oder je gehabt hätte. Ein alter Funktionär kennt keine Skrupel. Und Schukov hat viel gesehen – und viel getan. Aber was diese Frau ... Es sind doch schließlich seine Landsleute ... Wenigstens muß dabei ein gesicherter Ruhestand für ihn herausspringen. Alles andere ist ihm gleichgültig. Es geht ihn nichts mehr an.

Ruhig und gemütlich ist Schukov nur äußerlich. In Wirklichkeit ist er ziemlich nervös, und er hat guten Grund dazu.

Eine gar nicht unfreundliche Stimme reißt ihn aus

seinen Gedanken. »Na, ob so viel Schlagobers gesund ist, Herr Schukov? Guten Tag!«

Der Mann, Markus Spitzer, ist vielleicht etwas über dreißig Jahre alt. Er trägt ebenfalls Anzug und Krawatte, aber alles in sommerlichen Farben, und in der Hand hält er einen braunen Aktenkoffer, den er unter den Tisch stellt, während er sagt: »Ich darf doch?« und Platz nimmt, ohne Schukovs Zustimmung abzuwarten.

»Herr Spitzer, wieso kommen Sie allein?« fragt Schukov überrascht. »Ich dachte, Frau Werner ...«

»Alles in Ordnung, Herr Schukov, machen Sie sich keine Sorgen«, unterbricht ihn der junge Mann rasch. »Ich kann Ihnen mitteilen, daß heute um sechzehn Uhr sämtliche Vollmachten für die Konten und natürlich auch das Bargeld für Sie bereitstehen.«

»Und wo, bitteschen?«

»In einer Bankfiliale, gleich hier in der Nähe.«

Noch ist Schukov mißtrauisch. Daß die gnädige Frau nicht selber gekommen ist. Nun ja, der Rollstuhl. Und dann ... angenehm ist die ganze Sache ja nicht gerade, aber er hat keine andere Wahl. Das ganze Geschäft ist zu heiß geworden, und daß die gnädige Frau nicht eben begeistert ist über seinen Ausstieg und die, wie er es nennt, Schlußversicherung, die er verlangt hat, das ist am Ende nur verständlich. Er kann es ihr nicht verdenken. Aber Geschäft ist Geschäft. Da schaut jeder zu, wie er an Geld kommt.

»Sie werden das also alles allein abwickeln?« fragt Schukov resigniert.

»Allerdings. Falls Sie nichts dagegen haben«, erwidert Spitzer und sieht sich ebenfalls um. Es gibt nur eine einzige Tür ins Innere des Restaurants, und Schukov hat glücklicherweise wenigstens einen Tisch gleich am Geländer und nicht mitten auf der Terrasse gewählt. Das hat Spitzer schon bei seiner Ankunft mit Erleichterung registriert. Denn seinen Auftrag muß er so oder so durchführen. Er hat keine Wahl. Tut er es nicht, ist er ein erledigter Mann.

»Es ist ein Unglück«, seufzt Schukov, »daß wir unsere Geschäfte beenden müssen. Aber schließlich kann kein Geschäft ewig dauern.«

»Sie können sich denken«, sagt der junge Mann, »daß nicht alle über Ihren Entschluß begeistert sind. Aber Sie haben ja gut vorgesorgt.«

»Geben und nehmen«, sinniert Schukov nachdenklich vor sich hin. »Bis auf die armen Teufel haben alle ihren Vorteil gehabt. Aber das Risiko, Herr Spitzer, nichts ist mehr wie früher ...«

»Hat es drüben Probleme gegeben?« fragt Spitzer vorsichtig, »oder haben Sie etwa Skrupel bekommen?«

»Sagen wir so: Einige Leute warten schon lange auf die Gelegenheit, mich loszuwerden. Und ich bin ihnen ein wenig zuvorgekommen ... Außerdem bin ich nicht mehr der jüngste, nicht so wie Sie, Herr Spitzer. Ich werde alt, und ich habe mir meinen Ruhestand redlich verdient.«

»Redlich, Herr Schukov?«

Die Serviererin unterbricht den Dialog der beiden Männer. Sie stellt Schukov Sachertorte und Kaffee auf den Tisch und sieht Spitzer an.

»Ich nehme das gleiche, bitte.«

Dann steht Spitzer auf. »Entschuldigen Sie mich bitte einen Moment«, sagt er höflich zu dem älteren Mann, bevor er das Restaurant verläßt.

Schukov nickt beiläufig und ißt mit sichtlichem Genuß ein Stück von seiner Torte. Er sieht dem jungen Mann nicht nach, der die Terrasse verläßt und ins Innere des Restaurants geht, auf die Toiletten zu, wo er aus dem Blickfeld verschwindet. Na also, denkt Schukov, alles geht ohne Probleme ab. Man hat ja auch lange genug zusammen Geschäfte gemacht, und soll man denn beim Geschäftemachen sterben?

Man lebt nur einmal, und man hat seinen Ruhestand verdient. Und ein Ruhestand wiederum, denkt Schukov, nicht zum ersten Mal, ist nur ein Ruhestand, wenn man auch Ruhe hat. Und vor der Ruhe steht das Geld, das weiß jedes Kind, und zwar genug Geld, um nie mehr einen Finger krumm machen zu müssen, um den Rest seiner Tage verbringen zu können, wo und wie man will.

Schukov läßt sich die Torte auf der Zunge zergehen und schaut zufrieden zur sonnenbeschienenen Fassade des Stephansdoms hinüber. Die Stadtgeräusche, Autos, Stimmen, Kinderlachen, Hundebellen wehen von fern herauf. Hinter sich hört er leises Geschirrklappern. Am übernächsten Tisch unterhalten sich eifrig zwei alte Damen. Dabei tauschen sie Fotos aus.

Ein Stück weiter auf der anderen Seite sitzt ein junges Paar am Tisch. Die Frau schaukelt sanft den Kinderwagen, in dem ein Baby schlummert. Die beiden jungen Leute lächeln sich an. Es ist ein friedlicher Sommertag in einer friedlichen Stadt unter friedlichen Menschen. Ein Ferientag wie aus dem Bilderbuch, ein Ferientag, wie er sein soll.

Aber nein! Nein! Jäh schießt es Schukov durch den Kopf. Wie konnte er so arglos sein! Wie hatte er vergessen können, was für die beiden anderen die braunen Koffer bedeutet hatten! Sollte Spitzer ...? Sollte die Werner ...? Er ruckt hastig von seinem Stuhl hoch, den er umwirft, er bückt sich unter den Tisch und greift rasch nach dem Aktenkoffer, den Spitzer dort abgestellt hat.

Er will ihn über das Terrassengeländer hinunter auf den Stephansplatz schleudern, weit weg von sich. Er will seinen unverzeihlichen Fehler wieder gutmachen. Nein, nicht jetzt! Nicht hier! Schukov will nicht sterben.

Hätte er nur zwei Sekunden früher reagiert, wäre alles anders gekommen. Aber er hat nicht die entscheidenden zwei Sekunden früher reagiert. Nun wird er den Koffer nicht über das Geländer werfen. Sondern Schukov wird in diesem Augenblick von der Explosionswelle in die Tiefe geschleudert. Tische stürzen um, Holz birst, Glas splittert, Torte und Teller, Kaffeetassen, Servietten, Brillen, Handtaschen wirbeln durch die Luft, auf hellen Frühlingskleidern und weißen Hemden erscheinen Blutflecke, Frauenschreie sind zu hören, Kinderschreien, Stöhnen, in der nächsten Sekunde schon übertönt vom schrillen Ton der Alarmanlage, die nun auch nichts mehr nützt. Den Verletzten auf der Terrasse nützt sie nicht. Und Schukov erst recht nicht.

Was von ihm noch übrig ist, liegt unten auf dem Stephansplatz. Und angenehm anzuschauen ist Schukov oder das, was von ihm übrig ist, sicherlich nicht. Aber der Gerichtsmediziner Dr. Leo Graf ist an so etwas gewöhnt. In seinem Beruf bekommt man manches zu sehen. Es wird nicht lange dauern, ehe er benachrichtigt wird und sich auf den Weg zum Stephansplatz machen muß. Ebenso einige Polizeibeamte in Uniform und Zivil, von denen wir zumindest Moser, Stockinger und Höllerer noch genauer kennenlernen werden.

Und natürlich die vierbeinige Hauptperson, die in der Regel für jede Aufregung zu begeistern ist.

Das Chaos auf der Terrasse ist schon Sekunden nach der gewaltigen Detonation vollkommen. Das Restaurant bietet ein Bild der Verwüstung. In panischer Angst stürzen die Gäste ins Innere, weg vom Schauplatz des Geschehens. Nur schnell in Sicherheit! Die

Schwerverletzten bleiben liegen, wo sie auf den Boden gestürzt sind, wer sich noch bewegen kann, drängt zum Lift oder zum Treppenhaus.

Auch Spitzer geht rasch zum Aufzug. Ein kleines schwarzes Gerät, das aussieht wie ein Transistorradio, schaut aus seiner Jackettasche hervor. Die Fernzündung der Bombe, wie jeder Fachmann auf einen Blick erkennen würde. Er schiebt sich als letzter in den schon überfüllten Lift hinein. Die Türen schließen sich, aber weit fährt der Lift nicht. Sowohl die Draußengebliebenen oben im Restaurant wie diejenigen, die es in die Kabine geschafft haben, drücken in heller Aufregung an sämtlichen Knöpfen. Kein Wunder, daß der Lift sehr schnell zum Stillstand kommt.

Drinnen hören die aneinandergepreßten Menschen wie aus weiter Ferne die Sirenen der Polizei, der Feuerwehr, der Rettungswagen näherkommen. Spitzers Gesicht ist schweißgebadet. Auch das ist kein Wunder. Zu diesem Zeitpunkt, das heißt bei Ankunft der Polizei, wollte er das Gebäude eigentlich schon verlassen haben. Nach seiner Planung müßte er jetzt bereits in seinem Wagen sitzen und in aller Ruhe davonfahren. Und wer sollte je einen unbescholtenen Wiener Geschäftsmann verdächtigen, eine solche Tat begangen zu haben?

Spitzer zwingt sich zur Ruhe. Noch ist gar nichts verloren.

Mit einem plötzlichen Ruck setzt die Kabine sich wieder in Bewegung, und Spitzer, der schon erleichtert aufgeatmet hat, muß mit Schrecken sehen, daß der Aufzug sich nun wieder nach oben bewegt. Er hält genau dort, wo er abgefahren war. Die Tür öffnet sich, die ersten Ärzte, Sanitäter und uniformierten Polizisten sind schon über das Treppenhaus ins Restaurant gelangt. Zwei Schwerverletzte liegen auf Tragbahren, unter ihnen eine der alten Damen vom Nachbartisch. An der Tür zur Terrasse stehen Polizeibeamte mit den Waffen im Anschlag.

»Da heraußen ist nichts«, ruft ein Polizist mit Hund.

»Bist du auch sicher?« drängt sein Kollege an der Tür.

»Er ist sicher . . .«

›Er‹ ist niemand anderer als Rex, der prächtige, kluge Schäferhund Rex. Sonst ist er für Durcheinander und Aufregung immer zu haben, und er hat auch gar nichts dagegen, Durcheinander und Aufregung noch zu vergrößern. Rex ist einfach sehr lebenslustig, er hat Sinn für Humor, er findet leicht Freunde. Zugegeben, er hat manchmal auch Spaß daran, Leute zu ärgern.

Aber jetzt ist er eifrig und sachlich, als wüßte er genau, was passiert ist, und was er zu tun hat. Er weiß es ja auch. Was aber in wenigen Minuten geschehen wird, das weiß Rex nicht. Vorläufig zieht er sein Herrchen sacht ins Restaurant, sieht sich interessiert und betrübt um, verschafft sich einen Überblick über die Lage, schnüffelt, spitzt die Ohren, sucht eine Fährte. Das ist sein Beruf, und im Dienst ist Rex ein Profi. Er denkt mit, so sieht es jedenfalls aus, und auf ihn ist immer Verlaß.

Die Lifttür öffnet sich. Die Menschen, die der Katastrophe entkommen sind, nicht aber dem Ort des Unglücks, strömen aus dem Aufzug und rennen zur Treppe. Auch Markus Spitzer ist unter ihnen.

»Der da! Der ist bei dem Mann am Tisch gesessen!« schreit plötzlich die Serviererin hysterisch dem nächstbesten Polizisten zu, dem Hundeführer mit Rex an der Leine.

»Bleiben Sie stehen! Stehenbleiben!«

Spitzer beginnt wie im Reflex zu laufen. Er läuft ins Treppenhaus. Von unten kommen weitere Polizisten und Sanitäter herauf. Er muß die Treppe nach oben nehmen und gelangt auf das Flachdach. Die Nachmittagssonne blendet. Es ist heiß hier oben. Teerfässer, Bretterstapel und große Rollen Dachpappe stehen herum.

Hinter einem Kaminaufbau geht Spitzer in Deckung und zieht die Pistole, die er für den schlimmsten Fall eingesteckt hat. Das hier *ist* der schlimmste Fall, der eintreten konnte. Spitzer richtet die Waffe auf die Tür, aus der nun der Hundeführer und der bellende Rex hinaus ins Freie stürmen.

»Platz! Bleib da liegen!« ruft der Beamte Rex zu und zieht ebenfalls seine Waffe, aber zu spät. Spitzer hat alles zu verlieren, er hat sofort geschossen. Er wird auch so alles verlieren, denn wie soll er von diesem Dach wieder hinunterkommen, wenn Rex ihn festhält? Während sein Herrchen getroffen zusammenbricht, schießt Rex aus der Deckung hervor.

Spitzer hat eine zwei Meter hohe Mauer erklettert und stößt die Tonne um, die ihm als Leiter gedient hat.

Er dreht sich um und zielt nun auf Rex, der bellend stehenbleibt und jede weitere Flucht verhindert. Ein Schuß fällt und streift den Hund an der Schulter. Rex weicht nicht zurück. Keinen einzigen Schritt. Er bellt wütend weiter den Mann auf der Mauer an. Spitzer zielt noch einmal.

»Waffe weg!«

Das ist der junge Kommissar Richard Moser, der unbemerkt herangekommen ist und auf Spitzer zielt. Moser kniet sich nieder, sein langes braunes Haar weht leicht im Wind, sein Hemdkragen ist geöffnet. Er ist aufs äußerste angespannt und konzentriert. Seine Waffe hält er in Schußposition, die linke Hand umfaßt das rechte Handgelenk. Wenn geschossen wird, dann möglichst sehr gut gezielt. Jedes Menschenleben ist kostbar, und die kleinste falsche Bewegung schon kann ein Leben auslöschen. »Lassen Sie die Pistole fallen, Sie kommen hier nicht mehr heraus!«

Spitzer hat längst aufgehört zu denken. Er handelt beinahe automatisch, im Reflex. Noch immer glaubt er, irgendwie entkommen zu können, koste es, was es wolle. Er richtet die Waffe gegen den Beamten, Moser zieht ab, und getroffen stürzt Spitzer von der Mauer zurück auf das Dach.

»Holen Sie einen Arzt herauf, schnell!« ruft Moser seinen uniformierten Kollegen an der Tür zu, während er zu seinem verletzten Kameraden hinübereilt.

Ein Beamter kniet schon neben dem reglosen Körper und schüttelt ernst den Kopf. Rex versucht verzweifelt, sein Herrchen zu wecken. Er winselt leise, er leckt dem Toten das Gesicht ab, er geht um ihn herum, schubst ihn mit der feuchten Nase an. Nichts.

Rex winselt, er bellt. *Steh auf! Alles vorbei, jetzt komm! Steh doch auf!* Moser schaut der Szene gerührt zu. Er hockt sich zu dem Hund auf den Boden und streichelt ihn unbeholfen über Kopf und Rücken.

»Tut mir leid, tut mir wirklich leid«, sagt er leise zu dem Hund, »aber dein Herrchen ist tot, verstehst du? Er kann nicht mehr aufstehen.« Rex versteht sehr wohl. Er bellt nicht mehr. Statt dessen schaut er Moser an, als wollte er fragen: Aber warum?

Und Moser versteht auch diesen stummen Blick des Hundes. »Ja, warum ... Ich weiß es auch nicht ... Wirklich nicht.«

Rex wendet sich zurück zu seinem toten Herrchen, legt sich dicht neben ihn und winselt leise, als ob er weint. Und ja, er weint wohl auch. Die Leiche des Polizisten wird schließlich in einem Sarg fortgetragen.

Auch der verletzte Spitzer wird fortgetragen. Wenig später werden unten auf dem Stephansplatz zwei

Särge und eine Tragbahre verladen. Die beiden Leichenwagen mit dem toten Beamten und dem zerschmetterten Schukov fahren langsam und beinahe lautlos davon. Der Rettungswagen rast mit Blaulicht Richtung Klinik. Kommissar Richard Moser steht einen Moment unschlüssig neben dem Polizeiwagen mit dem Hundekäfig und sieht nachdenklich zu Boden. Ein Beamter ist mit Rex herangekommen und bleibt ebenfalls einen Moment unschlüssig stehen.

»Ist er schwer verletzt?« fragt Moser.

»Nein, nur ein Streifschuß, das heilt bald. Unser Tierarzt wird ihn sich gleich mal anschauen. Aber das ist auch nicht das Schlimmste.«

»Wie heißt denn der Hund überhaupt?«

»Rex.«

»Komm mal her, Rex! Komm, na, komm«, sagt Moser leise und freundlich. Rex schaut den jungen Mann traurig an und rührt sich nicht von der Stelle.

»Er steht jetzt unter Schock, Herr Kommissar. Im schlimmsten Fall hört der auf niemanden mehr. Wir hatten so etwas schon einmal. Hat nichts mehr zu sich genommen und nicht mehr reagiert, ist sogar aggressiv geworden.«

»Und was passiert in so einem Fall?« will Moser wissen.

»Tja, da bleibt uns nicht viel übrig. In so einem Fall muß das Tier eingeschläfert werden.«

»Eingeschläfert?« fragt Moser.

»Ja, leider. Los, Rex, los, komm, da hinauf.« Rex weigert sich, in den Käfig hinaufzuspringen. Er bewegt sich einfach nicht, steht nur apathisch da. Der Beamte muß ihn hinaufheben. Der Wagen fährt an und entfernt sich. Durch das Gitter schauen sich der Hund und der Kommissar an, und niemand kann sagen, wer von beiden trauriger ist.

KAPITEL 2

TOD IM KÜHLWAGEN

Die Spurensicherung am Ort der Bombenexplosion hat ihre Arbeit längst beendet. Die Überreste des braunen Lederkoffers sind gesichert. Im Labor läßt sich jedes Staubkorn, jedes Haar noch untersuchen. Die Angehörigen des toten Polizeibeamten sind verständigt worden. Schukov oder was von ihm übrig ist, liegt im Gerichtsmedizinischen Institut und wird von Dr. Leo Graf betreut. Markus Spitzer liegt schwer, aber nicht tödlich verletzt unter Bewachung im Hospital. Vor seiner Tür sitzt rund um die Uhr ein Wachmann. Man weiß ja nie ...

Im Büro von Kommissar Moser brennt noch Licht; auch Stockinger und Höllerer sind da, seine Kollegen, die wir ebenfalls bald kennenlernen werden. Rex liegt leicht verletzt, vor allem aber todtraurig in seinem Zwinger, den Kopf auf die Pfoten gestützt und winselt leise vor sich hin. Sonst hat er die Nacht so oft bei seinem Herrchen verbracht. So viel Spaß hatten sie zusammen. Aufgeräumt hat Rex – wenn es sein mußte. Wie man einkauft, wie man an der Tür klingelt, alles hat er von seinem Herrchen gelernt, einfach alles. Und jetzt? Wo ist er jetzt?

Er kommt nicht wieder, das spürt Rex. Er kommt nie mehr wieder.

Etwa zu dieser Zeit am späten Abend geschieht etwas, das auch Kommissar Moser in Kürze beschäftigen wird.

Und nicht nur Kommissar Moser, sondern auch den neuen Gehilfen, den er bis dahin haben wird.

Nicht weit von Wien fährt ein großer Lastwagen über die Bundesstraße. Er trägt keine Firmenaufschrift, aber an den hinteren Türen kann man erkennen, daß es sich um ein Kühlfahrzeug handeln muß. Obst, Fleisch, verderbliche Lebensmittel aller Art werden in solchen Wagen über alle Ländergrenzen quer durch Europa transportiert, von Spanien nach Dänemark, von Ungarn nach Holland, und das nicht selten vollkommen überflüssig. Tausende von Kühllastern dieser Art passieren jeden Tag jede Grenze in Europa in alle Richtungen.

Die Straße ist abgelegen und ruhig, nur wenige andere Autos sind unterwegs. Die beiden Männer in der Fahrerkabine haben die Fenster hinuntergekurbelt, es ist ein sehr warmer Abend, und der laue Fahrtwind ist wohltuend. Der Mann am Steuer heißt Schwab, der auf dem Beifahrersitz Pfeiffer. Sie sehen sich beide irgendwie ähnlich, vielleicht kommt das von ihrem Beruf. Beide sind Österreicher mittleren Alters, unauffällige Männer, und beide haben eine lange Fahrt hinter sich, das sieht man ihnen an. Eine lange und nicht ganz risikolose Fahrt. Aber schließlich ist es nicht das erste Mal, und umsonst tun sie es auch nicht.

Bis jetzt ist alles glatt verlaufen. Bei der ersten Übergabe hat es keinerlei Probleme gegeben, und die Grenzbeamten haben sich bloß die Papiere angeschaut und pflichtgemäß einen Blick auf die Ladung geworfen. Nicht einmal das tun sie immer. Schließlich können sie nicht jeden Wagen auseinandernehmen, da hätten sie viel zu tun. Aber immerhin, manchmal tun sie es, und diesmal hätte es sich sogar richtig gelohnt.

Aber bis jetzt ist immer alles reibungslos gegangen, und die Grenzbeamten kennen Schwab und Pfeiffer nun auch schon. Sie benutzen immer den selben Grenzübergang. Zwei harmlose österreichische Lastwagenfahrer, ein harmloser Fleischtransport, wie schon so oft. Die Fahrer sind müde, die Beamten sind müde, die Papiere sind in Ordnung – warum soll man sich unnötig Scherereien machen? Niemand hätte schließlich etwas davon.

Nur, ganz so harmlos sind Schwab und Pfeiffer leider nicht. Und erst recht nicht ihre Ladung. An die Rückwand des Fahrerhäuschens klopft es dumpf und heftig, irgend etwas stimmt da nicht.

»Verdammt!« sagt Schwab. »Halten wir da vorne mal.«

»Wieso denn? Wir sind doch sowieso gleich da«, sagt Pfeiffer.

»Eben! Und ich will keinen Ärger, verstehst du?«

Der Wagen verlangsamt die Fahrt, und nach kurzer Zeit biegt er auf einen kleinen Parkplatz an der Straße ein. Eine Laterne beleuchtet die triste Szene: ein WC, zwei große Müllcontainer, eine Bank, sonst nichts.

Die beiden Männer steigen aus. Schwab öffnet eine der schweren hinteren Türen und schaltet das Licht im Kühlraum ein. An der Decke des Kühlcontainers sind in Reihen Fleischerhaken engebracht, und daran baumeln, eine neben der anderen, die Rinderhälften, Dutzende von Rinderhälften. Es riecht nicht gerade angenehm. Die Wände sind mit Eis bedeckt, vorn stehen zwei große Plastikwannen, in denen viele ausgelöste Fleischteile liegen. Kein sehr appetitlicher Anblick.

Die beiden Männer heben eine der Wannen gemeinsam aus dem Wagen, und Schwab verschwindet zwischen den Rinderhälften, während Pfeiffer sich mißtrauisch umsieht.

Auf dieser Straße ist zwar nie viel los, aber man weiß nie, wie der Zufall so spielt ...

»Was ist los?« fragt Schwab, als er das letzte Fleischteil zur Seite schiebt.

Ganz hinten im Container, an die Wand zum Fahrerhaus gekauert, hocken fünf junge Männer. Dick eingepackt in alte, schäbige Mäntel, aber dennoch schlotternd und zähneklappernd. An ihrer Kleidung, ihren Pelzmützen, und irgendwie auch an ihren verschreckten Gesichtern sieht man gleich, daß es Flüchtlinge, illegale Einwanderer sind, aus Rußland, wie sich nun zeigt.

»Wassilji ... tot ...« Einer der jungen Männer deutet auf die leblose Gestalt neben sich.

»Verdammt noch mal!« sagt Schwab und läßt die Hand des Mannes wieder sinken. Kein Puls ist mehr zu fühlen, der Mann ist wirklich tot. Das allerdings war auf einer solchen Fahrt noch nie passiert.

»Niemand erzählen, sonst Polizei!« sagt Schwab drohend. »Kapito?«

Die vier Männer nicken stumm und verängstigt.

»Komm her! Hilf mir! Da ist einer abgekratzt«, ruft Schwab zur Tür hin und schleift den leblosen Körper durch den Laderaum. Mit den Schultern muß er die baumelnden Rinderhälften beiseiteschieben.

»Was ist denn los?«

»Siehst du ja! Pack mit an, wir müssen den loswerden.«

Sie heben die Leiche vom Wagen und lassen sie einen Moment lang auf der Erde liegen.

»Mist, verdammter!« brummt Pfeiffer.

»Bezahlt hat er ja schon, daß wir ihn rüberbringen. Eben Pech gehabt. Dafür können doch wir nichts.«

Die beiden schleppen den Körper des erfrorenen Flüchtlings zu einem der Müllcontainer. Wortlos lassen sie ihn verschwinden, und wortlos gehen sie zum Wagen zurück. Schweigend heben sie die Plastikwanne auf die Ladefläche, schließen die Tür und steigen vorne wieder ein.

Sie fahren weiter die einsame Landstraße entlang. Immer noch schweigend biegen sie nur wenige Minuten später auf einen zweiten Parkplatz ein. Die Scheinwerfer des Kühllasters erlöschen. Schwab und Pfeiffer warten.

»Sollen wir sie nicht herausholen?« fragt Pfeiffer schließlich.

»Nein. Erst, wenn die anderen da sind. Würde bloß auffallen, wenn hier sechs Leute herumstehen. Man weiß nie, wer uns sehen könnte.«

»Und was ist, wenn der andere gefunden wird?«

»Vielleicht wird er ja gar nicht gefunden«, sagt Schwab. »Und wenn schon, eine anonyme Leiche ... Was soll da schon passieren?«

»Aber in einer Mülltonne? Eine Leiche in einer Mülltonne?«

»Gar nicht so lange her, da hast du auch nicht viel besser gewohnt ...«

Pfeiffer erwidert nichts mehr. Beide sehen den roten Lieferwagen auf den Parkplatz einbiegen und rückwärts dicht an den LKW heranfahren.

Zwei jüngere Männer in Jeans und T-Shirts steigen aus dem Lieferwagen. Sie sind ebenfalls Österreicher, Steiner und Bernecker heißen sie.

Die vier Männer sehen sich nicht zum ersten Mal, und sie begegnen sich nicht zum ersten Mal genau hier auf diesem abgelegenen Parkplatz an einer Bundesstraße nicht weit von Wien. Aber die Hände schütteln sie sich trotzdem nicht. Sie begrüßen sich nicht einmal. Schließlich sind sie keine Freunde. Sie tauschen nur eine Lieferung gegen Geld aus, sonst gar nichts. »Wir sind ein bißchen spät. Seid ihr schon lange da?« fragt Steiner.

»Eben gekommen. Können wir jetzt umladen?« Schwab ist nervös, ebenso wie Pfeiffer.

»Hast es wohl eilig, was? Wie viele sind es denn diesmal?« fragt Steiner und öffnet die Hintertür des Lieferwagens. Einen winzigen Moment zögert Schwab, aber dann sagt er bestimmt: »Vier. Einer ist drüben in Ungarn nicht zum Treffpunkt gekommen. Vielleicht hat er's nicht geschafft, aus Rußland herauszukommen. Sein Pech.«

»So? Soll er eben in Sibirien verrecken ...« Steiner und sein Begleiter schauen wortlos zu, wie Schwab und Pfeiffer die Tür des Kühlwagens öffnen, die Plastikwanne wieder herausheben und die vier Flüchtlinge aus dem Wagen holen.

Steiner weist die vier Männer auf die offene Tür des roten Lieferwagens. »Da hinein mit euch! Beeilt euch, wir haben nicht den ganzen Tag Zeit!«

Dann sagt er grinsend zu Schwab: »Bißchen unterkühlt sehen die ja aus. Aber das sind die aus Rußland sicher gewohnt.«

»Ihr bringt sie weiter nach Bayern?« fragt Pfeiffer.

Steiner schließt mit Schwung die Ladetür des Lieferwagens. »Wie immer. In ein paar Tagen sind sie drüben.«

Steiner nickt noch einmal flüchtig grüßend. Dann steigen er und sein Begleiter wortlos ein und fahren mit den vier Flüchtlingen davon.

Der rote Lieferwagen fährt zügig über die dunkle Landstraße. Links und rechts der Straße tauchen langsam Häuser auf. Gegenden wie diese hier sind nicht Stadt und nicht Land. Viele Bauernhöfe dienen jetzt als Wohnhäuser, und dazwischen stehen Wochenendhäuser der wohlhabenderen Wiener. Wanderer, Spaziergänger oder Ausflügler gibt es keine, dazu ist der Landstrich nicht reizvoll genug. Es gibt ja nichts zu sehen hier. Überwiegend ist noch das alte Weideland erhalten, das früher oder später, wie überall, zu Bauland werden wird. Noch gibt es viel Platz, noch ist hier draußen sehr wenig Verkehr. Die Gegend ist sehr ruhig, und noch kann man hier unbeobachtet und in Ruhe leben, Hühner züchten, wenn man will, oder Rosen. Man kann hier draußen allerdings auch weniger harmlose Dinge tun. Grausame, ruchlose, fürchterliche Dinge.

Vor dem doppelflügligen Holztor eines der ehemaligen Bauernhöfe hält nun der rote Lieferwagen. Auf der Beifahrerseite steigt Bernecker aus und öffnet das Tor. Der Lieferwagen verschwindet im weiten Innenhof, das Tor wird sofort wieder geschlossen.

Neben einer großen dunklen Limousine, einem Mercedes, hält der rote Kleintransporter. An den Gebäudemauern um den weiten Innenhof herum sind spärlich, aber ausreichend Lampen verteilt. Man will nicht etwa Energie sparen. Man will nur um keinen Preis auffallen.

Sehen kann man von draußen ohnehin praktisch nichts, denn der ganze Hof ist von alten Gebäuden umschlossen, und die wenigen Lücken und die Vorderseite werden von einer Mauer abgesperrt, die fast zwei Meter hoch ist. Genau ist nicht mehr zu erkennen, welches Haus früher zu welchem Zweck gedient hat. Nur beim Wohnhaus und bei der Scheune ist das noch deutlich erkennbar. Das Fachwerk ist nicht besonders gut erhalten, und die Fensterläden hängen etwas schief in den Angeln. Der ganze Hof sieht beinahe unbewohnt, verwahrlost aus. Unkraut sprießt an den Hauswänden empor.

Alle Türen, sind geschlossen. Alle Fenster bis auf zwei im ersten Stock des Wohnhauses sind dunkel.

»Da, geht ins Haus!«

Die vier Flüchtlinge sind ausgestiegen, Steiner weist sie auf eine Tür. »Ja, dort hinein! Ich komme gleich«, sagt er hastig und geht ein paar Schritte auf die Männer zu, um sie anzutreiben.

Die vier Flüchtlinge sehen den Hilfsarbeiter Slavik nicht, der eben aus der Scheune kommt. Und sie sehen den Ambulanzwagen nicht, der einen Moment lang sichtbar wird, als Slavik das Scheunentor öffnet und hinter sich mit dem Fuß zuknallt.

Slavik schleppt zwei schwere schwarze Müllsäcke zum Lieferwagen. Er wuchtet sie nacheinander auf die Ladefläche, wo noch vor wenigen Minuten die durchgefrorenen und verängstigten Flüchtlinge gekauert haben. Klatsch! macht es. Kein sehr angenehmes Geräusch. Wahrscheinlich auch kein sehr angenehmer Inhalt, aber Slavik macht das nichts aus.

»Kommt noch etwas nach?« fragt Steiner mit einem angewiderten Blick auf die Säcke.

»Nein, das ist alles für heute«, sagt Slavik knapp.

Steiner geht noch rasch ins Haus zurück. Nach kaum drei Minuten ist er wieder da. Ihre Arbeit ist noch nicht beendet. Tatsächlich ist in letzter Zeit ziemlich viel zu tun, viel mehr als sonst.

»Wieder Russen?« fragt Slavik.

»Ja, wieder Russen, die in den Goldenen Westen wollen«, sagt Steiner.

Dann verläßt der rote Lieferwagen den Hof, und das Tor wird lautlos geschlossen.

KAPITEL 3

REX TRAUERT

Richard Mosers dunkelblauer Alfa biegt auf die Simmeringer Hauptstrasse Richtung Süden ein. Der Sportwagen glänzt wie immer. Anders als sonst trägt Moser heute einen dunklen Anzug und eine Krawatte, in der Eile vielleicht nicht ganz korrekt gebunden, aber was macht das schon, den Toten kann es nicht mehr stören.

Moser ist spät dran, er fährt aber trotzdem nicht übermäßig schnell. Friedhöfe sind nicht gerade seine liebsten Orte in Wien, und Beerdigungen im Hochsommer nicht eben seine Lieblingsbeschäftigung. Auch in anderen Jahreszeiten nicht. Er dreht das Radio an, und das AGNUS DEI aus Mozarts Requiem ertönt leise. Eigentlich auch nicht ganz sein Fall, jedenfalls nicht morgens, aber er schaltet es nicht ab.

Was wohl aus dem Hund geworden ist, fragt sich Moser. Rex. Ob sie ihn mitbringen zur Beerdigung? Warum eigentlich nicht, schließlich ist es sein Herrchen, das zu Grabe getragen wird, sein einziger Verwandter und Freund sozusagen.

Was tut so ein Tier, wenn es seine einzige Bezugsperson verloren hat? Ein Hund kann schließlich nicht losgehen und sich ein neues Herrchen und einen neuen Freund suchen. Ein Hund kann ja nicht einfach ein neues Leben anfangen. Aber vielleicht kann das nicht einmal ein Mensch wirklich ...

Wie lange ein Hund wohl trauert? Ob er nun sozusagen Waise bleibt für den Rest seines Lebens? Aber so ein Tier braucht immer einen Menschen, und manchmal braucht ein Mensch auch so ein Tier, denkt Moser, und wenn beides zusammenkommt, kann man von einer gelungenen Verbindung sprechen.

Soviel steht jedenfalls fest, Rex ist ein prächtiger Kerl, denkt Moser, und mit ihm käme er sicherlich besser aus als mit Martha in den ein, zwei Jahren vor der Scheidung. Moser grinst. Wie hätte es Martha erbost, mit einem Schäferhund verglichen zu werden – und den Kürzeren zu ziehen! Das allein wäre für sie schon ein Scheidungsgrund gewesen.

Moser parkt den Wagen und geht langsam durch das Friedhofstor. Die breiten Wege sind von Linden und Buchen überschattet. Und Platz wäre auch ... Aber nein, ich hab' ja keine Ahnung von Hunden, ich hatte noch nie einen.

Hier und dort stehen oder liegen frische Blumen auf den Gräbern, hier ein ganzer bunter Strauß, dort eine einzelne langstielige Rose. Ab und zu ist auch ein Kranz mit Schleife zu sehen. Und außerdem ist Rex ein Polizeihund und damit eine Art Kollege. Und mit einem Kollegen zusammenwohnen ist bestimmt nicht einfacher als mit einer Frau zusammenwohnen, mit der man sich nicht mehr versteht ...

Moser grinst vor sich hin. Sei nicht albern, sagt er sich, das hier ist schließlich ein Friedhof.

Es ist erst zehn nach zehn morgens, aber selbst auf den schattigen Wegen wird es schon langsam heiß. Die Grabmäler auf diesem Teil des Friedhofs sind besonders prunkvoll. Weiße Säulen, schmiedeeiserne Gitter, einfache Kreuze aus Stein, gußeiserne Kreuze mit reichen Ornamenten, einfache Platten mit gut lesbaren oder schon verwitterten Schriftzügen, Marmor überall, Blattgold. Und Engel jeder Art und Größe, Engel mit Schwertern, Engel mit Blumen, Engel mit Lorbeerkränzen. Die Wege sind peinlich sauber gekehrt. Moser läßt sich Zeit. JOHANN STRAUSS, liest er, dann JOHANNES BRAHMS ... FRANZ SCHUBERT ... WOLFGANG A. MOZART.

Noch bevor er die Grabstelle des Polizisten erreicht, hört er die getragene Trauermusik. Er geht in diese Richtung. Da sind seine Kollegen und Mitarbeiter Stockinger und Höllerer, beide ebenfalls in dunklen Anzügen. Stockinger etwas steif, wie es seine Art ist, etwas überkorrekt. Und Höllerer, ziemlich beleibt, fängt schon an zu schwitzen. Und da sind die anderen Hundeführer mit ihren Tieren. Also doch. Da stehen einige Leute beisammen, die Moser nicht kennt. Freunde vielleicht.

Und dort, direkt am Grab, sitzt Rex und schaut der Erde nach, die Schaufel für Schaufel auf den Sarg fällt. Jeden Trauergast, der eine Schaufel Erde hinabwirft, sieht Rex vorwurfsvoll und traurig, aber schweigend an. Warum helfen sie nicht, daß sein Herrchen wiederkommt? Warum helfen sie statt dessen, ihn hier zu vergraben? Wer sind all diese Leute, was wollen sie hier? Er hat sie noch nie gesehen, sie sollen ihn und sein Herrchen allein lassen.

Aber der dort. Ist das nicht ...?

Auch Kommissar Richard Moser tritt nun ans Grab, um seinem Kollegen, wie man so sagt, die letzte Ehre zu erweisen. Aber er schaut dabei nicht in die Grube, in der ohnehin nur noch Erde zu sehen ist. Er schaut den Hund an, der am Rand des Grabes sitzt und leise winselt. Einen Moment lang wedelt Rex mit dem Schwanz, aber dann schaut er von Moser wieder auf die Grube. Der Zapfenstreich ertönt, die Hundeführer salutieren und treten dann auseinander. Rex rührt sich nicht vom Fleck.

»Ist der Hund wieder in Ordnung?« fragt Moser den Hundeführer. Es ist derselbe Mann, der Rex nach dem Tod seines Herrchens vom Stephansplatz weggebracht hat. Offensichtlich ist es seine Aufgabe, sich um Rex zu kümmern.

»Ach, wissen Sie«, sagt der Mann seufzend, »die Verletzung ist schon abgeheilt. Aber er frißt nichts, und er gehorcht keinem von uns.«

»Was passiert denn jetzt mit ihm?«

»Normalerweise kommt er zu den Hinterbliebenen, aber der Michael war alleinstehend. Eine Zeitlang versuchen wir es noch mit ihm ...«

»Und dann?« fragt Moser besorgt.

Sein Kollege sagt nichts mehr, er zuckt nur mit den Schultern. Moser weiß, was das bedeutet.

»Na, Rex ...«, sagt er leise, zum Grab gewandt.

Und tatsächlich, Rex steht auf und kommt zu ihm herüber. Er reibt kurz die Schnauze an Mosers Hosenbein, als wollte er einfach sagen: »Na.« Dann geht er wieder zum Grab zurück und setzt sich.

»Komm, Rex, Fuß!« ruft der Hundeführer. Aber Rex bleibt sitzen. Sein Herrchen ist tot, was sollen ihm jetzt noch die altvertrauten Befehle? Warum soll er noch gehorchen? Was will der Mann von ihm? Er soll ihn zufrieden lassen. Alle sollen sie ihn zufrieden lassen.

Eine Leine wird an sein Halsband gehakt, und mit sanfter Gewalt wird Rex vom Grab fortgezogen. Er will nicht fort. Er schaut zurück, er zerrt an der Leine, er jault, einen Moment lang schaut er Moser in die Augen, der unglücklich dabeisteht.

Du dort, warum hilfst du nicht? Moser erwidert den Blick. Rex winselt leise. *Ja, du, hilf mir!*

Wir werden sehen, Rex, denkt Moser. Wir werden sehen.

An diesem Morgen ist Moser noch nicht klar gewesen, was ihm jetzt plötzlich klar ist. Geahnt, gespürt haben wird er es wohl, aber daß er es tun würde, wußte er nicht. Und warum denn auch nicht, denkt Moser.

Stundenlang kann er sich im Büro nicht auf seine

Arbeit konzentrieren. Aber im Augenblick sind ohnehin nur die üblichen Routineermittlungen durchzuführen, das können auch Höllerer und Stockinger tun. Es ist Ferienzeit, da ist selten viel zu tun. Auch Verbrecher müssen schließlich mal Urlaub machen.

»Ihr könnt auch mal was arbeiten, ihr beiden«, sagt er zu seinen verdutzten Kollegen und steht auf.

»Was ist denn mit dir los, Richard? Willst du etwa schon heim?« fragt Stockinger aufgebracht.

»Nein, ich muß mich um wen kümmern, der mich braucht«, gibt Moser zur Antwort.

»Neue Freundin etwa?« will Höllerer wissen. »Sei bloß vorsichtig, Richard!«

»Nein, neuer Freund möglicherweise«, sagt Moser grinsend und steckt sein Funktelefon in die Jacketttasche.

Seine Kollegen sehen ihn verdutzt an.

»Und danach geht's heim für heute. Ihr kennt ja meine Telefonnummer. Für euch bin ich Tag und Nacht zu sprechen«, sagt er noch seufzend, und schon schließt sich unter den stummen Blicken von Stockinger und Höllerer die Tür.

Moser nimmt drei Stufen auf einmal die Treppe hinunter, läuft beinahe über den Parkplatz, springt in seinen Wagen und fährt zielstrebig davon. Die Fenster sind heruntergekurbelt, der Fahrtwind wirbelt seine Haare durcheinander. Die Krawatte hat er längst abgenommen, der Hemdkragen ist wieder geöffnet. Beinahe hätte Moser angefangen, ein Lied zu singen, aber singen kann er nicht. Er beschränkt sich darauf, vor sich hin zu summen. Er weiß jetzt, was er zu tun hat, und das versetzt ihn meistens in gute Laune.

Kaum ist er durch die Einfahrt gerollt, hört er schon Stimmen, Pfiffe und Hundebellen vom Übungsplatz her. Er war erst ein einziges Mal hier, und das ist lange her. Aber es gibt hier nur ein einziges Gebäude, und die Zwinger stehen alle dicht beieinander. Verlaufen kann man sich hier nicht. Moser steigt aus und geht gleich auf die Käfige zu.

»He, Sie da, wo ... Ach, Sie sind's, Herr Kommissar.« Moser dreht sich zu der Stimme um.

»Grüß Gott. Wo find' ich denn den Rex?«

»Gehen'S nur weiter, im letzten Zwinger, werden'S schon seh'n.«

Vor dem letzten Zwinger stehen der Staffelführer und ein weiterer Hundeführer ratlos. Moser kommt näher und hört den Hundeführer reden.

»Er hat nichts mehr g'fressen und nichts mehr g'soffen. Hat nur noch dag'legen. Und außerdem hat er ang'fangen, jedermann anzuknurren, der ihm in die Nähe 'kommen ist.«

Erst jetzt sieht Moser, daß die beiden Männer vor einem leeren Käfig stehen. Moser schaut den Staffelführer unruhig an.

»Grüß Gott. Was ist denn los? Was ist mit dem Rex? Ist der gar nicht mehr hier?«

»Sehen Sie ja selbst«, sagt der Staffelführer. Seine Stimme verrät unterdrückten Ärger. »Er ist ausgerissen. Aber wie das passieren konnte, versteh' ich immer noch nicht.«

»Wär' sowieso nichts mehr g'worden mit dem Hund«, sagt der andere Mann, als wollte er sich gegen einen unausgesprochenen Vorwurf verteidigen. »Heute hätten wir den Tierarzt g'rufen. Als ob er's geahnt hat. Ein kluges Tier ist der.«

»Was geahnt?« fragt Moser.

»Na, daß er eing'schläfert werden muß.«

»Der wird schon wieder gefunden«, sagt der Staffelführer bestimmt. »Hoffentlich richtet er vorher keinen Schaden an.«

»Der Rex tut doch niemand was«, sagt Moser.

Die beiden Beamten sehen den Kommissar erstaunt an, schweigen aber. Was weiß der Kommissar schon über Hunde? Ist das vielleicht die Aufgabe von dem Kommissar, sich hier einzumischen? Der Herr Kommissar soll das gefälligst ihnen überlassen. Was hat der überhaupt hier zu suchen?

Moser versteht den Blick. »Servus dann«, sagt er nur und geht langsam davon.

Keine Ahnung haben die, denkt er. So einen Prachtkerl einzuschläfern! Und nur, weil er Gefühle hat und kein dummes Vieh ist. Man schläfert ja auch keinen Menschen ein, wenn er trauert und vor Trauer ganz krank ist. Nein, den Rex werden die nicht einschläfern. Dafür wird er schon sorgen.

Moser steigt in seinen Wagen und bleibt ein paar Augenblicke nachdenklich und still sitzen. Dann startet er den Motor und fährt langsam davon. Er weiß, wohin er fahren muß. Er biegt wieder auf die Simmeringer Hauptstrasse ein, Richtung Süden, wie am Morgen schon einmal.

Vor dem Friedhof parkt er.

Er geht noch einmal langsam die Alleen entlang. Auf den Bänken sitzen hier und da alte Leute im Schatten und unterhalten sich leise. In Wien sind die großen Friedhöfe zugleich auch Parks. Das Grab von heute morgen ist jetzt geschlossen und von Kränzen bedeckt.

Rex liegt dort, den Kopf auf die Pfoten gestützt, und wendet den Blick nicht vom Grabhügel. Moser bleibt einen Moment stehen, bevor er langsam auf das Grab zugeht. Rex hört ihn kommen. Er schaut sich um, erkennt ihn und jault leise. Es klingt wie ein trauriges ›Ach, du bist's‹. Dann wendet Rex sich wieder dem Grab zu. Der Moser stört nicht, den knurrt er nicht an, der darf bleiben. Der Moser ist in Ordnung. Aber helfen kann er auch nicht.

»Rex, komm. Na, komm her zu mir ...«, sagt Moser leise und freundlich.

Rex steht auf und kommt zu Moser herüber. Er reibt die Schnauze an Mosers Hosenbein. *Hallo*. Dann geht er zum Grab zurück und legt sich wieder davor. Niemand kann sein Herrchen wieder lebendig machen. Sein Herrchen liegt da unten vergraben, in einer großen, schweren Kiste.

Moser hockt sich neben den Hund auf die Erde und sieht ebenfalls das Grab an.

›In tiefer Trauer ... Dienst am Vaterland ... Unserem guten Kollegen ...‹

Die Schleifen der Kränze sind schon etwas durcheinander geraten. Es muß nur in der Nacht regnen, und morgen werden sie kaum noch zu lesen sein. Ohnehin werden die Kränze bald verschwinden. Auf anderen Gräbern werden Kränze liegen. Und ebenfalls wieder verschwinden ...

»Ich versteh' dich ja«, sagt Moser leise zu Rex. Er streichelt ihm sanft über den Kopf. »Ich weiß, was in dir vorgeht.«

Rex sieht ihn traurig an, und rasch leckt er ihm über die Hand, bevor er sich wieder dem Grabhügel zuwendet. *Ja. Gut, daß du da bist. Bleib nur ein Weilchen bei mir, du störst mich nicht.*

»Bist ein guter Hund, Rex. Aber hier kannst du auch nicht bleiben. Also hör zu, ich mach' dir einen Vorschlag.«

Moser lächelt einen Moment, als Rex ihn wieder anschaut. Ich weiß doch schon bei einem Menschen nicht, denkt er, was ich in so einer Situation sagen soll, wie ich ihn trösten soll. Und erst bei einem Hund, der einen so anschaut wie dieser hier ... Immerhin, Rex sieht immer wieder Moser an und nur noch zwischendurch kurz das Grab.

»Also, Rex, das ist nicht nur ein Vorschlag, es ist so etwas wie ein Antrag«, fährt Moser fort, und jetzt schaut Rex nicht mehr zum Grab. Als ob er genau verstünde, daß Moser es ernst meint. Die beiden sehen sich in die Augen. Moser redet leise weiter, Rex blickt ihn traurig an, aber aufmerksam, als verstünde er jedes Wort und nicht nur den freundlichen Ton von Mosers Stimme.

»Weißt du, ich könnte mir schon vorstellen, daß wir beide uns ganz gut vertragen. Ich wohne ganz allein, und die Möbel sind auch weg. Meine Frau, meine geschiedene, weißt du, die hat fast alles mitgenommen. Platz wäre also genug, mehr als genug für uns beide. Und abgesehen davon, daß ich manchmal schnarche – warum denn nicht? Ich sehe da kein Problem ...«

Rex jault leise vor sich hin. *Was hast du gesagt?*

»Ins Büro könntest du auch mitkommen, das bringe ich schon durch. Wir müssen uns nur den Stockinger erziehen, der hat panische Angst vor Hunden. Der Höllerer nicht, der ist ein Gemütsmensch.«

Moser holt eine Wurstsemmel aus seiner Jackettasche. Er hat sie extra dick belegt, aber Rex schnuppert nicht einmal daran.

Er schaut kurz zum Grabhügel, dann wieder zu Moser und bleibt still liegen.

»Ich weiß nicht, wie's mit dir steht, aber ich ernähre mich fast ausschließlich davon ... Keine Zeit zum Einkaufen, weißt du ...«

Moser hält Rex die Semmel direkt unter die Nase, aber Rex ist nicht interessiert. Er sieht Moser fest in die Augen. *Ich hab' keinen Hunger. Ich will nie mehr etwas essen.*

»Na ja, wir werden schon noch dahinterkommen, was du gerne hast.«

Moser steht auf, Rex bleibt liegen.

»Ich gehe wieder zurück, Rex ... ganz langsam ... unser Wagen steht vor dem Tor ... Du kannst es dir ja überlegen ...«

Rex jault leise auf, als Moser sich umdreht und langsam, sehr langsam davongeht. Dann winselt er vor sich hin, schaut zum Grab, schaut zu der Ecke, hinter der Moser verschwunden ist. Er bellt einmal kurz, schaut wieder hierhin und dorthin. *Du dort, geh nicht weg. Bleib hier, bleib bei mir! Was soll ich denn ganz allein auf der Welt? Ich gehe nicht zurück in den Käfig.*

Schon ein Stück weiter weg geht Moser langsam weiter, zwischen Marmorsäulen, Engeln und emaillierten Fotos hindurch. Er sieht sich nicht um. Er will dem Hund die Wahl lassen. Der Hund muß sich für ihn entscheiden. Moser ist sich ganz sicher, daß Rex genau verstanden hat, worum es geht. Er ist sich sogar sicher, daß Rex nachdenkt, daß er in diesen Minuten mit seinen Gefühlen klarkommen muß, daß er sich von seinem alten Herrchen lösen muß, wenn sie beide wirkliche Freunde werden sollen. Ein Hund verträgt nur ein einziges Herrchen, und er braucht nur ein einziges.

Noch einmal schaut Rex zum Grab. Er winselt, dann bellt er noch einmal kurz und steht auf. Langsam, sehr langsam geht er den Parallelweg entlang. Noch zögert er, ist sich nicht ganz im klaren, was er tun soll. Dann läuft er schneller, bis er auf Mosers Höhe ist. Er bleibt stehen und schaut Moser nach.

Rex scheint ganz genau zu wissen, daß er sich in diesem Moment entscheiden muß. Wenn er Moser gehen läßt, ist es zu spät. Dann bleibt ihm nur das tote Herrchen. Läßt er ihn aber nicht gehen ...

Er mag den Mann, mochte ihn vom ersten Moment an. Der Mann soll nicht weggehen, er soll ihn nicht allein lassen! Wenn er ...

Und dann hält es Rex nicht mehr. Er bellt laut und hell und läuft, so schnell er kann, quer über die Grabstellen. Moser bleibt stehen und dreht sich um. Er breitet die Arme aus, und Rex stürmt auf ihn zu, springt mit aller Wucht. Moser wird glatt von den Beinen gerissen und fällt auf den staubigen Weg. Rex schleckt ihm das Gesicht ab. Moser lacht, Rex wedelt und bellt und schubst sein neues Herrchen mit der feuchten Nase an. Hundehaare, die feuchte Hundeschnauze, blauer Himmel, die Baumkronen, Staub im Mund – Moser lacht, dreht sich mitten auf dem schattigen Weg und steht schließlich mit Mühe wieder auf.

»Das könnte der Beginn einer wunderbaren Freundschaft sein«, sagt Moser, und Rex bellt freudig. *Das ist der Beginn einer wunderbaren Freundschaft. Von jetzt ab gehören wir zusammen. Laß mich nie mehr allein, hörst du? Du wirst staunen, wie gut wir uns verstehen werden. Du wirst staunen, was ich alles kann. Ich werde dich morgens wecken, ich werde deine Brötchen holen, ich werde mit dir spazieren gehen. Und ich werde auf dich aufpassen.*

Rex bellt weiter aufgeregt Moser an. *Hunger hab' ich! Was war das für eine Wurstsemmel, die du da vorhin hattest? Gilt das Angebot noch? Wohin gehen wir? Was für ein schöner Tag plötzlich!*

Moser klopft sich, so gut es geht, den Staub von Hose und Jackett und fährt sich mit der Hand durch die Haare.

Rex verfolgt jede Bewegung seines neuen Herrchens und Freundes mit größter Aufmerksamkeit. Er ist wieder glücklich.

Und auch Moser schaut seinen neuen Freund glücklich an.

»So, Rex, jetzt bringen wir erst mal die Formalitäten in Ordnung. Schließlich sind wir Beamte, wir zwei, und noch sind wir im Dienst. Aber wenn das geregelt ist, dann haben wir frei für heute. Komm!« ruft Moser und läuft los.

Mißbilligende Blicke folgen dem Mann und dem Hund. Die alten Leute auf den Parkbänken schütteln die Köpfe. Ist das vielleicht ein Spielplatz hier? Kann man sich nicht anständig benehmen?

»Sie, Sie sind hier auf einem Friedhof, junger Mann!« ruft die empörte Stimme einer alten Dame.

»Friedhöfe konnt' ich noch nie leiden«, ruft Moser zurück, aber er und Rex sind schon ein ganzes Stück weiter, fast am Ausgang.

Während der Fahrt sitzt Rex verbotenerweise, aber stolz auf dem Beifahrersitz und schaut ununterbrochen sein neues Herrchen an. Wenn nicht Stockinger oder Höllerer mitfahren, ist der Beifahrersitz ab jetzt der Stammplatz von Rex, so viel ist schon ausgemacht. Sobald der blaue Alfa an einer Ampel hält, bellt Rex aus dem offenen Fenster.

Seht ihr, der da und ich, wir gehören zusammen. Seht ihr, das ist ist mein neues Herrchen, und das hier ist unser Auto! Prima Tag heute!

»Du bleibst besser, wo du bist«, sagt Moser, als er schließlich den Wagen parkt und aussteigt, »sonst lassen die dich womöglich gar nicht gehen.«

Wär' ja noch schöner, bellt Rex. *Die können machen, was sie wollen, ich bleib' jetzt bei dir. In den Käfig geh' ich nicht mehr. Von dir weg geh' ich auch nicht mehr.*

Moser verschwindet im Büro des Staffelführers. Rex schaut ihm interessiert nach, dann sieht er sich erst einmal gründlich in Mosers, nein – in Mosers und seinem neuen Auto um. Aus dem Handschuhfach duftet es verführerisch. Nach etlichen vergeblichen Versuchen hat Rex es geschafft. Das Handschuhfach ist offen, und die Wurstsemmel ist im Nu verzehrt. War ja ohnehin seine, oder?

»Ich habe den Rex gefunden«, sagt Moser inzwischen drinnen zum Staffelführer.

»Tatsächlich? Sehr gut. Wir wissen immer noch nicht, wie er es geschafft hat, aus seinem Zwinger herauszukommen. Wo war er denn?«

»Auf dem Friedhof.«

»Wissen Sie, das ist eine tragische Geschichte. Der Rex war einer unserer besten, vielleicht der beste Hund, den wir hier je hatten. Spurensuche, Drogen, vermißte Personen und alles ... Dazu hat ihm der Michael noch allerhand Extras beigebracht. Es war wirklich verblüffend, was der Hund alles konnte ... Sie wissen vielleicht, daß Hunde um ein Vielhundertfaches besser hören und riechen als Menschen, aber bei dem Rex war es noch etwas anderes. Der hatte ein richtiges Gespür für Menschen, sogar für Zusammenhänge. Wie oft hat der Michael gesagt, der Rex, ich glaube, der denkt richtig mit. Manchmal war es wirklich kaum zu glauben, wie dieser Hund eine Spur verfolgen konnte. Aber seit der Michael tot ist ... Der Hund taugt nichts mehr. Leider, leider.«

Moser unterbricht den Staffelführer. »Mir hat jemand gesagt, ihr wißt nicht, was jetzt aus dem Rex werden soll ...«

»Das stimmt. Wenn er keinem mehr gehorcht, kann man ihn nicht mal verkaufen. Und wenn er aufhört zu fressen, dann bleibt uns erst recht nichts anderes übrig ...«

»Ich möchte ihn haben«, sagt Moser einfach und bestimmt.

Der Staffelführer sieht ihn überrascht an. Er ist von der Idee nicht gerade begeistert, das sieht man deutlich. »Das ist nicht so einfach, wie Sie vielleicht denken. Der Hund ist nicht mehr ganz berechenbar, müssen Sie wissen. Außerdem ist er Staatseigentum und wird mit Steuergeldern erhalten.«

Staatseigentum! Steuergelder! Moser wird wütend.

»Na eben!« sagt er um einiges zu laut. »Dann ersparen Sie sich jetzt das Steuergeld, um ihn einschläfern zu lassen! Und was das andere betrifft: Einen liebenswerteren Hund als den Rex hab' ich noch nie gesehen. Der ist sehr wohl berechenbar. Ich glaub', er hat sich schon wieder völlig erholt. Man muß nur wissen, wie man mit ihm umgeht ...«

»Wollen Sie mir vielleicht erklären, wie man mit Hunden umgeht?« fragt der Staffelführer entrüstet. Er fühlt sich offensichtlich auf den Schlips getreten. Da könnte ja jeder kommen! Aber was mit dem Hund geschieht, das bestimmt immer noch er. Hier ist die Hundestaffel, und hier hat der junge Schnösel von Kommissar gar nichts zu sagen.

Moser seufzt und schweigt. Idiot, denkt er.

»Zunächst einmal muß der Hund hierbleiben«, sagt der Staffelführer genüßlich. »Sie können dann ein Ansuchen stellen, daß Sie ihn haben wollen. Und selbstverständlich müssen Sie ihn kaufen.«

Jetzt ist auch Moser wieder ruhig. Betont höflich erwidert er: »Zunächst einmal bleibt der Hund *nicht* hier. Zunächst einmal nehme ich den Hund nämlich mit. Und was das Kaufen betrifft: Seien Sie so nett, schicken Sie mir die Rechnung auf dem Dienstweg.«

Nun ist es am Staffelführer, wütend zu werden.

»Wenn Sie den Hund nicht sofort herausgeben, dann machen Sie sich der Hinterziehung von Staatseigentum schuldig!«

Aber Moser ist schon an der Tür. Er kann gerade noch ein Grinsen unterdrücken.

»Seien Sie doch so gut, beschweren Sie sich auf dem Dienstweg über mich, am besten schriftlich. Vom Dienstweg verstehen Sie ja etwas – und vergessen Sie die drei Durchschläge nicht.«

Die Tür schließt sich hinter Moser, und Rex beobachtet ihn gespannt, als er zum Wagen zurückkommt. *Und? Was hat er gesagt? Auch egal ... Wohin fahren wir jetzt? Wollen wir nicht ein bißchen spazieren fahren?*

»Alles in Ordnung, Rex«, sagt Moser, »jetzt müssen wir noch einmal ins Büro, und dann können wir heim. Ist ja auch schon spät. Aber ich muß den Fall Schukov noch einmal durchgehen mit dem Stockinger und dem Höllerer. Die lernst du dann auch gleich kennen. Und auf dem Weg kaufen wir dir noch schnell was zu essen für heute abend, einverstanden? Sag mal, was frißt du eigentlich so? Also ich, ich ess' ja gern Wurstsemmeln. Aber das hab' ich dir ja schon gesagt.«

Beim Wort ›Wurstsemmeln‹ öffnet Moser das Handschuhfach, das Rex geplündert und dann wieder geschlossen hat. Rex schaut unschuldig aus dem Fenster in die andere Richtung. Moser wirft einen ahnungsvollen Seitenblick auf seinen Kameraden.

»Sag mal, Rex, die Wurstsemmel da drin – hast du eine Ahnung, wo die hingekommen ist? Der Höllerer war doch gar nicht in der Nähe.«

Rex hat von der Semmel nichts gehört und nichts gesehen, er weiß von nichts. Er schaut Moser ins Gesicht, dann reibt er seinen Kopf an Mosers Kopf, und Moser drückt den Hund an sich. »War ja ohnehin deine.«

KAPITEL 4

EIN NEUES ZUHAUSE

Es ist schon gegen sieben Uhr abends, als Mosers Wagen auf dem Parkplatz im Innenhof der Polizeizentrale hält. Der Platz neben seinem ist leer, der Audi seines Kollegen Riedler fehlt schon seit einer Woche. Kommissar Riedler, Mosers älterer Kollege, ist nach seiner schweren Operation noch in der Kurklinik und wird vor übernächster Woche kaum zurückkommen, vielleicht auch noch später.

Gewöhnlich ist der August ein ruhiger Monat. Bombenexplosionen sind im Hochsommer in Wien nicht üblich. Allerdings auch nicht in anderen Monaten, denkt Moser und schaut nach oben. Die Backsteinfassade des Gründerzeitgebäudes leuchtet im letzten Sonnenlicht des Tages. Hoffentlich passiert nicht noch mehr. Ein Verbrechen zieht nicht selten ein zweites nach sich. Das kann viele Gründe haben. Rache zum Beispiel oder der Versuch, Spuren der ersten Tat zu verwischen. Manchmal auch einfache Nachahmung, aber das ist in diesem Fall nicht zu erwarten.

Rex ist lautlos mit durch die Tür ins Büro geschlüpft und bleibt unsichtbar. Moser hat ihm eingeschärft, sich vorerst unauffällig zu verhalten, und Rex hat offensichtlich verstanden. Rex versteht überhaupt eine ganze Menge. Moser hat bereits gestaunt, daß er das Handschuhfach öffnen konnte und die Wagentür allein öffnen und schließen kann. Was kann dieser Hund noch alles, hat er sich bereits gefragt.

»Servus«, sagt Moser zu seinen beiden Kollegen, die in Hemdsärmeln an ihren Schreibtischen sitzen. Stockinger hat wie immer seine Schuhe ausgezogen und trägt Hausschuhe. Selbst seine Krawatte hat er heute einmal abgelegt, was nicht sehr oft vorkommt. Und dem wohlgenährten Höllerer, dem langsam schon die Haare ausgehen, hängen unordentlich die Hosenträger herunter. Ebenfalls wie immer. Hier sind die drei ja gewöhnlich unter sich, und außerdem ist Hochsommer, und es ist schon nach Dienstschluß.

Das Büro ist sehr geräumig und modern eingerichtet, aber eine Klimaanlage besitzt es leider nicht. Daran hat das Ministerium gespart, und zwar am falschen Ort, wie alle Angestellten Sommer für Sommer von neuem beklagen. Immerhin gibt es Rollos, die die Sonne abhalten, und es gibt ein paar Pflanzen, die von Stockinger liebevoll gegossen und gepflegt werden. An den Wänden hängen mehrere Karten von Wien, Einsatzkarten und ein Kalender mit Urlaubsbildern, von dem niemand weiß, wo er eigentlich herkommt. Fußböden und Fenster sind blitzblank geputzt. Eigentlich ein ziemlich angenehmer Arbeitsplatz.

Auf Mosers und Höllerers Schreibtischen stapeln sich Papiere und dicke Aktenordner, nur Stockingers Tisch ist einigermaßen aufgeräumt. Höllerer und er haben Akten bearbeitet. Papierkram, das ist die Hauptbeschäftigung auch bei der Kriminalpolizei und selbst bei der Mordkommission. Man glaubt gar nicht, wie viel Papierkram ein Polizeibeamter jeden Tag zu bewältigen hat.

Alles, einfach alles verwandelt sich unter den Händen der Polizei in Papier. Nein, bei der Polizei ist nicht alles Mord und Totschlag, Verfolgungsjagden und komplizierte Spurensuche. Bei der Polizei besteht neunzig Prozent aller Arbeit in nichts als Geduld. Aber dafür haben es die restlichen zehn Prozent dann in sich ...

»Servus, Richard, dann können wir ja hoffentlich bald gehen«, sagt Höllerer.

»Servus«, sagt auch Stockinger, der noch einen Satz zu Ende geschrieben hat.

»Ja, ich ruf' nur noch mal im Spital an, und danach laßt uns noch einmal durchgehen, was wir bis jetzt haben. Dann ist Feierabend für heute«, sagt Moser aufmunternd.

Stockinger und Höllerer wenden sich wieder ihren Akten zu und blicken erst auf, als Moser ungeduldig in den Apparat spricht.

»Ja, Markus Spitzer ... Aber Sie müssen mir doch ungefähr sagen können ...« Schweigen. Moser trommelt ungeduldig und verärgert mit den Fingern auf den Tisch. Er blickt zur Decke hinauf.

»Noch nicht vernehmungsfähig! Dann holen Sie mir den Oberarzt ans Telefon ... Na prima für ihn, wenn er einen Privatpatienten operiert! Ich melde mich wieder.«

Der Hörer knallt auf die Gabel. Moser geht auf und ab.

»Der Patient ist verletzt! Der Patient braucht Ruhe! Das kann nur der Herr Oberarzt entscheiden! Daß der mitten in einem Restaurant eine Bombe gezündet und einen Polizisten erschossen hat, das ist denen egal, verdammt noch mal!«

»Du glaubst doch nicht, daß der dir irgendwas sagt, wenn er wieder bei Bewußtsein ist!« bemerkt Stockinger skeptisch.

»Doch, verlaß dich drauf, daß der mir was erzählt! Der hat nicht den Eindruck gemacht, als ob er ein Profi ist.«

»Und die Bombe?« gibt Stockinger zu bedenken.

»Beweist gar nicht viel«, erwidert Moser nachdenklich. »Eine Bombe kann heute fast jeder zusammenbasteln ... dazu gehört nicht viel.«

Moser setzt sich an seinen Schreibtisch und nimmt

die beiden Pässe in die Hand, die bei der Leiche auf dem Stephansplatz gefunden wurden.

»Also, was haben wir alles?«

»Zunächst die beiden Pässe von Schukov«, sagt Höllerer. »Und die sind beide echt. Der hat zwar zwei Namen, aber im Meldeamt ist er unter keinem von beiden zu finden.«

»Und die Hotels?« fragt Moser. »Ein russischer Paß auf den Namen Schukov und ein brasilianischer auf den Namen Ramirez ... Die Fotos scheinen auch echt zu sein.«

»Die Hotels haben auch nichts erbracht«, sagt Stockinger. »Vielleicht hat er ja noch einen dritten Paß gehabt, oder er hat bei Freunden gewohnt.«

»Fragt auf jeden Fall auch bei der Staatspolizei nach, ob die etwas unter den beiden Namen haben.«

»Auch schon passiert«, sagt Stockinger. »Also, Genaues wissen die nicht. Aber fest steht, daß der Schukov früher, vor der Wende, ein hohes Tier im russischen Handelsministerium gewesen ist. Und außerdem war er vermutlich ein KGB-Mann. Was er später genau getan hat, wissen die von der Staatspolizei nicht mit Sicherheit. Legal jedenfalls war er einer der Moskauer Kontaktmänner für den Osthandel von Österreich aus. Damit hat er sehr wahrscheinlich sein Geld verdient.«

»Was soll das genau heißen, Stockinger – ein Kontaktmann?«

»Na ja, er hat eben Verbindungen angeknüpft, Geschäfte eingefädelt und so.«

»Und wahrscheinlich kräftig Provisionen kassiert«, sagt Moser nachdenklich. »Und über den Spitzer wissen wir inzwischen, daß er eine kleine Firma hat, die im Osthandel tätig ist. Also gut. Morgen früh geh' ich als erstes einen alten Freund von mir besuchen, vielleicht kann der mir etwas sagen. Und am Nachmittag schauen wir uns die Firma von dem Herrn Markus Spitzer mal etwas genauer an, dann werden wir hoffentlich schlauer sein.«

»Glaubst du, das hat was mit dem Osthandel zu tun, Richard?« will Höllerer wissen.

»Ja, das glaub' ich schon. Andererseits ist die Firma von Spitzer nicht die größte, und eine kleine Osthandelsfirma und ein so spektakulärer Mord, das paßt irgendwie nicht ganz zusammen.«

»Die anderen beiden Russen in Frankfurt und in Amsterdam, die auf die gleiche Weise umgebracht wurden letztes Jahr, genau mit so einer Bombe im Aktenkoffer, das ist nie geklärt worden«, gibt Höllerer zu bedenken, »aber die Methode war genau dieselbe. Du erinnerst dich doch an den Fall?«

»Ja, schon«, erwidert Moser, »aber das hat nicht unbedingt etwas zu sagen. Vielleicht steht jemand anders hinter dem Spitzer. Das könnten wir herausfinden, wenn wir Einsicht in seine Akten kriegen. Und spätestens, wenn der Herr Patient vernehmungsfähig ist. Der wird schon reden, verlaßt euch drauf. Weglaufen jedenfalls kann er uns nicht.«

»Da sitzt rund um die Uhr jemand von uns«, bestätigt Höllerer.

Moser steht auf. »Da wär' noch was –« Moser verstummt und sieht zu Stockingers Schreibtisch hinüber.

»Suchst du eine Bombe unter deinem Tisch, Stockinger?«

Höllerer lacht gutmütig.

»Mein Schuh ist weg – und der war eben noch da!«

»Da sieht man, wie schnell die Kriminalität steigt. Jetzt kommen sogar schon bei uns die Sachen weg. Stimmt's, Rex?«

Darauf hat Rex nur gewartet. Ihn braucht man nicht

zweimal zu rufen. Er springt hinter dem Schreibtisch hervor und an Moser hoch und leckt ihm rasch das Gesicht ab.

»Was ist denn das?« ruft Höllerer.

»Das siehst du ja. Und sein Name ist Reginald von Adlerhorst. Aber ihr beide dürft ruhig Rex zu ihm sagen. So nennen ihn seine Freunde.«

»Gehört der etwa dir?« fragt Stockinger ungläubig. Er geht weiter rückwärts auf das Fenster zu und läßt kein Auge von dem gefährlichen Tier.

» Ja, er gehört ab sofort zu mir ... Zu uns, wollte ich sagen. Und bevor du jetzt fragst, was unser Obermufti dazu sagt: Ich war schon bei ihm.«

Eine verzeihliche kleine Notlüge von Moser, aber Stockinger hat Probleme mit Hunden, man darf ihm gar nicht erst die Möglichkeit zum Protest geben. Stockinger kennt ja Rex nicht, und Rex wird ihn mit Sicherheit von seiner Hundephobie ein für allemal heilen. Also kann Stockinger noch dankbar sein, daß Moser ihn nicht vorher fragt.

Außerdem hat er ja keine Wahl. Rex muß mit ins Büro. Man kann einen Hund nicht den ganzen Tag allein in einer Wohnung lassen, das ist völlig ausgeschlossen. Und Rex ist schon sehr verträglich. Hat zwar seine eigenen Vorstellungen von Humor ... aber wer hat die nicht?

Im Augenblick sieht Stockinger allerdings noch eher entsetzt als dankbar aus. »Und was hat der Obermufti bitteschön gesagt?« will er wissen.

»Gar nichts, nur geschluckt hat er. Aber verboten hat er's nicht. Wenn niemand im Büro dagegen ist, kann ich den Rex mitbringen, hat er gesagt ...«

Rex sitzt da und spitzt die Ohren. Er verfolgt das Gespräch mit den Augen. *Die reden von mir. Der da drüben ist ja komisch! Der Dicke scheint ganz nett zu sein.*

Mosers Stimme nimmt nun etwas gleichzeitig Bittendes und Drohendes an. »Und ihr beiden werdet doch sicher nichts dagegen haben ...?«

Schweigen.

»Oder ...?«

»Ich nicht«, sagt Höllerer schließlich und schaut zum Fenster hinüber. »Aber schau dir den Stockinger an, der fällt gleich aus dem Fenster. Bei seiner Angst vor Hunden, Richard ...«

»Dagegen hilft nur eins«, sagt Moser, an Stockinger gewandt.

»Und was, bitteschön?« fragt Stockinger und sieht verstohlen zu Rex hinüber, der freudig wedelt.

»Na, Kontakt mit einem Hund, was sonst?« sagt Moser grinsend.

Rex läuft zu Stockinger hinüber, der sich dicht an die Wand drückt. Er springt an ihm hoch und schleckt ihm einmal übers Gesicht. Stockinger bleibt atemlos und sprachlos stehen. Höllerer lacht prustend. Stockinger traut sich nicht einmal, sein nasses Gesicht abzuwischen. Er ist völlig erstarrt.

»Siehst du, Stocki, ist doch gar nicht so schlimm«, sagt Moser lachend. »Rex mag dich. Er mag euch alle beide. Also abgemacht, gehört er ab jetzt zu uns?«

»Ich hab' nichts dagegen, Richard«, sagt Höllerer amüsiert. »Na, willst du mir nicht auch guten Tag sagen, Rex?«

Mit zwei Sätzen ist Rex bei Höllerer. Er legt die Vorderpfoten auf dessen Knie und schleckt auch ihm einmal zur Begrüßung übers Gesicht.

»Geh, pfui!« ruft Höllerer lachend.

»Und du, Stocki?« fragt Moser.

»Richard, du weißt, ich fürchte mich vor gar nichts. Aber was ist, wenn er mich beißt?«

»Der beißt niemanden, das garantier' ich dir. Ehrlich. Und dich beißt er schon gar nicht. Weshalb sollte er dich denn beißen, Stocki? Nein, der Hund beißt nicht.«

»Das weißt du! Aber weiß das auch der Hund?«

»Also, Stocki, ich schwör's dir, der Rex wir dich nie und nimmer beißen. Oder glaubst du mir etwa nicht, wenn ich's schwöre?«

Stockinger schaut weiter skeptisch und etwas ängstlich herum. »Und was ist mit meinem Schuh? Der kann doch nicht spurlos verschwunden sein. Kannst du deinem Hund vielleicht sagen, er soll mir meinen Schuh wiedergeben?«

»Also komm, Rex«, sagt Moser, »zeig dem Stocki, wo du seinen Schuh versteckt hast.«

Moser schaut Rex grinsend an, Rex schaut zum Fenster hinaus. *Schuh? Welcher Schuh? Ich hab' keinen Schuh gesehen.* Höllerer schaut lachend Stockinger an, Stockinger schaut beleidigt in die Luft.

»Na komm, Rex, wie schaut denn das aus, wenn der Stocki mit einem Schuh nach Haus humpelt? Und außerdem hat er ein Loch im Socken ...«

Rex schaut Moser an, dann Höllerer. *Komisch, der Stocki ohne Schuh, nicht?* Rex schaut Stocki an und bellt lachend. *Also gut!* Dann geht er zum Papierkorb, zieht Stockingers Schuh aus dem Papier hervor und bringt ihn Stockinger. Er legt den Schuh vor ihm ab und sieht wedelnd auf.

Zufrieden? Schau nicht so ernst, war doch nur ein Spaß!

Mit finsterer Miene zieht Stockinger seinen Schuh an.

»Daß mir das nicht wieder vorkommt!« sagt er zu Rex.

Rex wedelt. *Verlaß dich besser nicht drauf, Stocki.*

»Dann ist ja für heute alles klar«, sagt Moser. »Rex und ich, wir fahren jetzt erst einmal heim. Wir haben beide einen anstrengenden Tag hinter uns. Rex kriegt dann hier neben meinem Schreibtisch seinen Platz. Wir werden schon alle miteinander auskommen, er ist ein sehr verträglicher Zeitgenosse, werdet's schon sehen. Bis morgen dann. Servus.«

»Servus«, sagt Höllerer.

»Sag deinem Hund, daß er in Zukunft meine Schuh in Frieden läßt. Und bei der Gelegenheit erklär ihm auch gleich den Unterschied zwischen mir und einem Hundeknochen. Er soll mir nicht noch mal das Gesicht abschlecken, dagegen bin ich allergisch.«

»Ist in Ordnung, Stocki, ich werd' heut noch ein ernstes Wörtchen mit ihm reden.«

»Servus«, sagt nun auch Stockinger.

Inzwischen ist es beinahe dunkel draußen. Der Parkplatz ist fast leer, aber nicht ganz. Die Polizei kann schließlich nicht einfach schlafen gehen. Die Luft ist jetzt sehr angenehm, warm, aber nicht mehr heiß. Rex läuft noch rasch zu einem Baum und hebt das Bein, und ebenso rasch kommt er zurück. Nichts Interessantes dort. Er hat Moser nicht eine Sekunde aus den Augen gelassen. Jetzt steht er vor ihm und schaut zu ihm auf.

»Heimwärts, Rex. Rein mit dir!«

Moser öffnet die Beifahrertür, und schon sitzt Rex wieder stolz auf seinem Platz. Unterwegs hält Moser kurz vor einem Lebensmittelladen, der noch geöffnet ist. Ob ganz legal, fragt Moser sich gar nicht erst. Ladenschlußgesetze sind sowieso ein Anachronismus. Er kommt mit einer großen Papiertüte wieder hinaus, stellt sie auf den Rücksitz.

»Abendessen, Rex.«

Rex bellt zustimmend. *Abendessen ist keine schlechte Idee. Aber was zu trinken wäre auch nicht verkehrt.* Rex hechelt eifrig. *Durst!*

»Und Wasser gibt's auch gleich, dauert nicht mehr lang. Siehst du, da drüben, das ist unser Haus. Wir wohnen im zweiten Stock. Es wird dir gefallen.«

Ein Parkplatz fast vor der Haustür ist frei, aber sie müssen die Straße überqueren.

»Nicht mal eine Leine hab' ich für dich. Die werd' ich gleich morgen besorgen, wenn wir dazu kommen. Komm, Rex, schön bei Fuß.«

Rex zögert einen Moment. Bei Fuß, scheint er zu denken, na ja, er weiß es halt nicht besser. Man muß Rex das nicht sagen. Er hat gelernt, an der Straße aufzupassen. Dann bellt er und läuft brav neben Moser ins Haus und die Treppe hinauf. Moser sperrt die Tür auf.

»Siehst du, Rex, hier wohnen wir. Hab' ich zu viel versprochen? Haben wir nicht herrlich viel Platz?«

Rex läuft in die große Diele und bellt. Er wedelt und schnuppert, bellt noch einmal. Er läuft in der Diele umher, fegt durch alle offenen Türen in alle Zimmer und wieder zurück. Moser läßt sich auf das schwarze Ledersofa fallen, das einzige Sitzmöbel in dem großen Raum. Rex springt neben ihn und legt seinen Kopf in Mosers Schoß. Beide schauen sich das Zimmer an.

Das Parkett glänzt, an einigen Stellen sieht man noch, wo Möbel gestanden haben. Die Wände sind hoch und weiß, ohne Bilder.

»Ist sowieso besser so«, sagt Moser. »Weißt du, die Möbel haben fast alle meiner Frau gehört. Und seit sie und ihre blöden Möbel fort sind, ist die Wohnung sowieso viel schöner.«

Moser zieht seine Schuhe und Strümpfe aus und wirft sie achtlos in den Raum. »Komm, ich zeig' dir die anderen Zimmer.«

Rex springt vom Sofa, aber er folgt Moser nicht gleich. Zuerst muß er aufräumen. Er trägt Schuhe und

Strümpfe zum Sofa und schubst sie mit der Schnauze darunter, außer Sichtweite. Dann bellt er zufrieden und läuft zu Moser hinüber, der alles mit angesehen hat.

»So geht das aber nicht, Rex. Meine Schuhe läßt du gefälligst in Ruhe, verstanden?«

Rex bellt. *Verlaß dich besser nicht drauf.*

»Also, das hier ist jetzt eine Abstellkammer«, sagt Moser und geht in den hinteren Raum. Ein paar Kartons stehen dort, eine Leiter, ein Wäscheständer mit frisch gewaschener Wäsche.

»Weißt du, so viel Platz brauche ich nicht. Ein Wohnzimmer und ein Schlafzimmer, das reicht. Und außerdem sind wir sowieso die meiste Zeit unterwegs, das bringt unser Beruf so mit sich.«

»Und das hier«, sagt Moser in der Tür zu dem Zimmer, das direkt von der großen Diele abgeht, »das hier ist mein Schlafzimmer. Tut mir leid, es ist ein bißchen unordentlich. Man kommt ja zu nichts . . .«

Rex bellt. *Wem sagst du das! Unser Schlafzimmer also?*

»Nein, ich habe gesagt, **mein** Schlafzimmer, verstanden?«

Rex bellt noch einmal. *Verlaß dich besser nicht drauf.*

»Und jetzt zeig' ich dir, wo du schläfst. Komm!«

Moser geht zurück in die Diele, die zugleich Vorzimmer, Wohnzimmer, Eßzimmer und jetzt auch noch Hundeschlafzimmer ist.

Außer dem Ledersofa steht darin auf einem kleinen Tisch in der Ecke noch ein moderner Fernsehapparat. Auf einer Kommode sind verschiedene Eishockey-Pokale aufgereiht, darüber hängen zwei gerahmte Fotografien an der Wand.

Moser nimmt eine der Trophäen in die Hand, die wie eine große, flache Schüssel aussieht. Rex bellt.

»Was das ist? Das ist eine lange Geschichte, Rex . . .

Das hier sind meine Eishockey-Trophäen ... Auch schon lange her, aber immerhin die einzigen Preise, die ich je für Raufereien bekommen habe ...«

Moser stellt die Trophäe auf den Boden. Sie wird der Trinknapf für Rex werden.

»Deine Tasse, Rex, okay?«

Dann nimmt er die beiden Fotos von der Wand und zeigt sie Rex.

»Also, das da bin ich als Trucker. Weißt du, als Lastwagenfahrer. Damit habe ich eine Zeitlang mein Geld verdient. Und das da, das ist der Max, den wirst du auch bald kennenlernen. Den wirst du mögen. Wenn ich den Max nicht getroffen hätte ...«

Moser betrachtet einen Moment lang schweigend das Foto.

»Der Max war eine Art Ersatzvater für mich. Weißt du, ohne ihn wüßte ich nicht, wo ich heute wäre ...«

Rasch hängt Moser die Bilder zurück, an ihren Platz.

»So, jetzt gibt's noch was zu essen und zu trinken, und dann wird geschlafen. Wir haben morgen viel vor, wir beide.«

Moser geht in die Küche und füllt die Trophäe mit Wasser, das Rex gierig trinkt. Er füllt sie noch einmal und leert den Inhalt einer Dose Hundefutter auf einen Teller, den er Rex ebenfalls hinstellt. Rex zögert nicht lange, er hat Hunger. Im Nu ist der Teller leer, und Rex leckt sich zufrieden das Maul.

Moser macht sich eine Wurstsemmel und öffnet eine Flasche Bier. Wenig später gähnt er bereits. Rex schaut ihn an und tut es ihm nach.

»In Ordnung, Rex, Zeit zum Schlafengehen.«

Er deutet auf die Schlafzimmertür. »Dort drin schlafe ich – und du schläfst hier im Wohnzimmer. Verstanden?«

Rex jault leise und sieht Moser an. *Ich will nicht allein*

schlafen! Wo du schläfst, da schlafe ich auch. Wo ist das Problem? Ich schnarche nicht.

»Ich laß die Tür auf.«

Moser breitet eine Wolldecke über das Sofa.

»Hier herauf, Rex!«

Rex springt wieder auf das Sofa und streckt sich bequem aus. *Wirst schon sehen.* Moser streicht dem Hund über den Kopf und krault ihn hinter den Ohren und am Hals. Rex leckt seinem Herrchen über die Hand. *Schöner Tag, ich mag dich wirklich gern.*

»Also dann, gute Nacht, Rex. Schlaf gut. Und wenn du was brauchst, dann weck mich auf. Ich kenn' mich nicht so gut aus mit Hunden. Du bist mein erster.«

Rex gähnt noch einmal. *Schon recht, geh nur schlafen.*

»Mist, jetzt hab' ich das Licht angelassen«, sagt Moser im Schlafzimmer vor sich hin.

Licht. Rex hat nicht nur gehört, er hat auch verstanden. Er geht zum Lichtschalter und springt an der Wand hoch. Mit der Pfote schaltet er das Licht aus. Moser steht an der Schlafzimmertür und sieht staunend zu.

»Rex?! Gut hast du das gemacht! Brav!«

Rex läuft zur Tür und schaut zu Moser hoch. Er will noch einmal gestreichelt werden, das ist offensichtlich. Moser beugt sich zu ihm hinunter.

»So, und jetzt gehst du in dein Bett und schläfst schön.«

Rex springt wieder auf die Couch, aber Moser läßt er nicht aus den Augen. Der liegt in seinem Bett und zieht sich die Decke über den Kopf. Rex wartet ein Weilchen und spitzt die Ohren. Dann springt er leise vom Sofa, nimmt einen Zipfel seiner Decke ins Maul und geht vorsichtig ins Schlafzimmer. Die Decke breitet er neben Mosers Bett aus, und zufrieden läßt er sich schließlich darauf nieder und schaut auf Mosers Bett.

»Glaub ja nicht, daß ich es nicht gemerkt habe«, kommt es dumpf unter der Decke hervor. Aber Mosers Stimme ist freundlich, und Rex weiß, daß er bleiben darf. Glücklich schmiegt er den Kopf an das Bett und schließt die Augen.

KAPITEL 5

DIE MYSTERIÖSE ÄRZTIN

Während Moser und Rex friedlich schlafen, haben die letzten Gäste die Biergärten verlassen. Die Einnahmen sind gezählt, die Stühle hochgestellt, die Fußböden gewischt, die Lichter gelöscht. Nur ab und zu fährt noch ein Wagen durch die Straßen. Ein später Besuch, ein Heimkehrer von weither oder ein Schlafloser, der ziellos durch die Stadt fährt. Die Auslagen in den Geschäften sehen sinnlos und rätselhaft aus mitten in der Nacht. Hier und da ist noch ein Fenster erleuchtet, das Zimmer eines fleißigen Studenten oder eines Kranken oder eines ängstlichen Kindes. Die Hitze hat nachgelassen, jetzt ist es angenehm warm. An den Straßenrändern parken die Autos der Schlafenden, die in ihren Betten träumen. Hier und da liegt eine dunkle Gestalt auf einer Bank oder in einem Hauseingang. Langsam und fast lautlos biegt ein Streifenwagen um die Ecke. Dort oben steht jemand am offenen Fenster und raucht eine Zigarette.

Und dort drüben endlich sind noch viele Fenster erleuchtet. Hier schlafen nicht alle, es ist ein Spital. In vielen Räumen brennt eine Nachtbeleuchtung, da liegen die Schwerkranken. Sie sind an Schläuche, Meßgeräte und Monitore angeschlossen, die ständig überprüft werden, auch nachts. Sie liegen reglos auf dem Rücken und atmen unhörbar. Niemand weiß, was sie denken, welche Ängste sie ausstehen, welche Träume sie haben. Diese Patienten reden nicht, sie sind stumm.

So auch Markus Spitzer, den Moser angeschossen hat. Im weißen Krankenhemd liegt er reglos auf dem

Rücken, die Augen geschlossen. Nichts regt sich. Daß er lebt, sieht man nur an den grünen Wellenlinien, die über den dunklen Bildschirm laufen. Er scheint hinter der Atemmaske nicht zu atmen, er liegt da wie tot. Aber noch ist er nicht tot, noch lebt er.

An seinem Mund ist ein Schlauch mit einer verbreiterten Öffnung befestigt. Ein Band führt um seinen Kopf und hält den Schlauch des Atemgerätes dort fest. In seinem Arm steckt eine Infusionsnadel, von der ein anderer Schlauch zu einem weiteren Gerät führt. Der Mann ist offensichtlich schwer verletzt.

Nicht vernehmungsfähig, auch wenn er ein Mörder ist, noch dazu einer, der auf das Leben Unbeteiligter keinerlei Rücksicht genommen hat. Nicht vernehmungsfähig, das hätte auch Moser eingesehen, wenn er den Mann hier liegen gesehen hätte. Nur Millimeter weiter nach links hätte die Kugel eindringen müssen, und der Mann läge jetzt nicht im Spital, sondern in einem Kühlfach in Dr. Leo Grafs unterirdischem Reich.

Nur auf dem Monitor des Beatmungsgerätes ist regelmäßige Bewegung zu sehen, sonst ist im halbdunklen Krankenzimmer alles reglos. Kein Laut außer dem leisen Summen der lebenserhaltenden Maschinen ist zu hören.

Auch auf dem hell erleuchteten Flur draußen regt sich nichts. Der Flur ist leer und still. Vor der Tür zu Spitzers Zimmer sitzt ein Beamter in Uniform auf seinem Stuhl und döst vor sich hin. Nachtschicht. Einer muß es ja machen. Als ob der da drin noch weglaufen könnte! Nein, Markus Spitzer kann nicht weglaufen.

Der Polizist schaut flüchtig auf, als die Ärztin näherkommt. Sie trägt einen weißen Kittel, und in der Hand hat sie einige Blätter. Vermutlich muß sie die Werte des Patienten überprüfen. Er hat sie vorher noch nicht gesehen, aber das ist schließlich ein großes Krankenhaus, und er ist erst seit vier oder fünf Stunden hier postiert.

Dennoch fragt der Beamte gewissenhaft: »Sind Sie die Stationsärztin?«

Die Frau mit den schwarzen Haaren nickt bloß und öffnet die Tür. Sie verschwindet im Krankenzimmer, schließt leise die Tür, und der Polizist setzt sich wieder auf seinen Stuhl. Er döst ahnungslos weiter. Schließlich kann er nicht jede Schwester und jeden Arzt hier nach einem Ausweis fragen. Er würde nicht nur ihre Arbeit behindern, sondern sich auch lächerlich machen.

Die Frau im weißen Kittel sieht den bleichen Patienten nur flüchtig an. Ihr Gesicht bleibt vollkommen ausdruckslos. Sie holt einen Zettel aus der Tasche und steckt ihn dem Mann in die Hand. Dann schaut sie kurz und prüfend auf die Apparaturen und schaltet mit einem Griff das Beatmungsgerät ab. Der Mann auf dem Bett zuckt kurz und bleibt dann wieder reglos liegen.

Die Wellen auf dem Monitor verschwinden abrupt. Übrig bleibt ein gerader Strich. Auch auf dem Bildschirm, der die Herzfrequenz anzeigt, bleibt nurmehr eine gerade Linie übrig. Die Geräte summen ungerührt weiter. Die Klingel ist hier im Krankenzimmer nicht zu hören.

Rasch verläßt die Frau das Zimmer, nickt noch einmal dem Polizisten zu, der flüchtig aufblickt, und geht zielstrebig den Gang entlang. In kaum einer halben Minute ist sie verschwunden.

Und kaum eine weitere halbe Minute später schon eilt eine Krankenschwester von der anderen Seite den Gang entlang auf den Polizisten zu. Fast im Laufschritt kommt sie näher.

»Waren Sie in dem Zimmer?« fragt sie hastig. »Da

stimmt was nicht. Es läutet bei uns im Schwesternzimmer, wenn die Geräte kritische Werte anzeigen.« Sie eilt an ihm vorbei.

Der Beamte ist jetzt hellwach, er folgt der Krankenschwester. Kritische Werte? So kurz, nachdem die Ärztin da war?

»Um Himmels willen!« ruft die junge Frau, und beide stehen einen Moment lang vor dem Toten. Dann reagiert der Beamte und läuft den Gang hinunter, so schnell er kann, hinter der Frau im weißen Kittel her.

Umsonst. Sie ist spurlos verschwunden.

Als der Polizist atemlos zurückkommt, steht noch ein Arzt am Bett des Toten.

»Die Polizei ist schon verständigt«, sagt er bissig zu dem Beamten.

»Verdammter Mist!« brummt der Polizist. Was hätte er denn tun sollen? Von einer Ärztin des Krankenhauses ihren Ausweis verlangen? Oder mit hineingehen ins Krankenzimmer?

Kurz vorher hat es im leeren Wohnzimmer von Mosers Wohnung geklingelt. Das Telefon steht, wo es immer steht, wenn Moser zu Hause ist, neben dem schwarzen Sofa auf dem Tisch. Rex ist sofort hellwach. Moser dreht sich nur auf die andere Seite und zieht sich die Decke höher über den Kopf. Das Klingeln hört nicht auf.

Rex geht um das Bett herum und schubst Moser an.

»Nein«, sagt Moser verschlafen.

Rex bellt kurz auf. *Telefon! Hörst du nicht? Das hört doch ein Tauber!*

»Also gut, Rex. Sei so gut, geh du ans Telefon. Ich schlafe noch und rufe morgen früh zurück. Verstanden?«

Rex läuft aus dem Schlafzimmer und kommt mit dem läutenden Funktelefon zurück. Er läßt es auf Mosers Bettdecke fallen. Moser sieht ihn ungläubig an.

»Was du alles kannst, Rex! Brav! Gut gemacht!«

Dann nimmt er den Hörer ab. Ein Polizist ist immer im Dienst, genau wie ein Arzt.

»Moser ... Was! ... Wir kommen sofort, Stockinger.«

Rex muß trotz Protest im Auto bleiben. Im Spital sind Hunde nun wirklich nicht erlaubt.

Der Polizist und Stockinger stehen vor dem Krankenzimmer. Der uniformierte Beamte macht einen ganz schön betretenen Eindruck. Alle hacken sie plötzlich auf ihn ein, aber ob sie anders gehandelt hätten? Im nachhinein läßt sich immer alles besser machen. Es ist nicht ganz fair. Aber es bleibt dabei, er war für Spitzers Sicherheit verantwortlich, und er hat versagt.

»Also, wie ist das passiert?« will Moser wissen. Sein Ton ist wenigstens sachlich, ohne Vorwurf.

»Es muß die Ärztin gewesen sein«, sagt der Polizist.

»Und wie genau sah diese ›Ärztin‹ aus?«

»Weißer Kittel, groß, schlank, schwarze Haare ...«

»Denken Sie noch einmal ganz genau nach, das ist wichtig, Mann! Ist Ihnen denn gar nichts weiter aufgefallen?« fragt Stockinger drängend. »Irgendein Detail? Nichts?«

Der Polizist zögert und runzelt die Stirn.

»Also ... irgendwie hatte die keine Schuhe an, wie man sie im Spital trägt ...«

»Na prima«, sagt Moser nun doch gereizt. »Daß das keine Ärztin war, brauch' ich Ihnen ja wohl nicht mehr zu erklären, oder?«

»Und außerdem ... ein bißchen komisch gelaufen ist sie auch ... »

»Die Spurensicherung immer noch nicht da?« fragt Moser ungeduldig.

»Die müssen jeden Moment kommen, Richard. Niemand hat da drinnen was angerührt.«

»Also gut, Stockinger, du bleibst hier. Die sollen mir gleich Bescheid sagen, wenn sie was gefunden haben. Ich fahr' jetzt erst mal ins Büro, ist sowieso fast Morgen. Wir sehen uns nachher. Und in die Firma von dem Spitzer fahren wir dann besser gleich früh. Bevor jemand anders vor uns hinfährt . . .«

»Ist in Ordnung, Richard. Bis nachher. Und laß mir auch noch Kaffee übrig, ja?«

»Keine Angst, du kriegst schon deinen Kaffee. Ach, Stockinger . . .«

»Noch was, Chef?«

»Sag doch den Leuten von der Spurensicherung, sie sollen den Zettel möglichst schnell wieder rausgeben. Du weißt schon, den Zettel, den der tote Spitzer in der Hand hatte. Und dann kümmerst du dich um eine Übersetzung. Ich kann nämlich kein Russisch.«

KAPITEL 6

QUERVERBINDUNG

Sehr groß kann Spitzers Firma nicht sein. Gerade mal das Erdgeschoß einer alten Villa. Eine kleine Messingtafel an der Pforte und noch einmal ein Schild an der Haustür. Immerhin in keiner schlechten Gegend liegt das Haus. Ruhige Straße, ruhige Nachbarschaft. Hier läßt jeder jeden in Ruhe. Rex läuft im Garten umher und schnüffelt ein wenig herum, ohne großes Interesse allerdings. Ein langweiliger Garten. Ein langweiliges Haus. Ein langweiliger Tag bis jetzt. Erst bloß im Auto sitzen, dann das hier.

Stockinger klingelt.

»Ja, bitte?«

»Kriminalpolizei. Guten Morgen«, sagt Stockinger in die Gegensprechanlage.

»Aber der Herr Spitzer liegt doch im Spital.«

»Wir wollen auch gar nicht zu dem Herrn Spitzer.«

Nach kurzem Zögern ertönt der Summer. Stockinger, Moser und Rex treten ein. Durch ein kleines Vorzimmer geht es ins Sekretariat. Die Flügeltür zu Spitzers großem Büro steht weit offen. Dort hinein geht Rex. Er legt sich brav auf den Boden und schaut sich immer noch gelangweilt um. Büros, Büros, Büros, und wann ist der versprochene Spaziergang dran? Und der Einkaufsbummel? Büros riechen schrecklich, Büros sehen schrecklich aus, in Büros läßt sich nichts anfangen, wenn keine Freunde da sind.

»Guten Morgen«, sagt Stockinger noch einmal zu der jungen Sekretärin, »mich kennen Sie ja schon. Und das hier ist Kommissar Moser, ebenfalls Mordkommission.«

Die Sekretärin zuckt zusammen wie beim ersten

Mal, als Stockinger hier war und ›Mordkommission‹ gesagt hat. Aber Genaueres weiß sie bis heute nicht. Der Spitzer soll einen Mord verübt haben? Mit einer Bombe? Ja, es stand in der Zeitung, das schon, aber unglaublich kommt es ihr noch immer vor.

»Ja, guten Morgen. Und was ...?«

»Heut' wollen wir uns einmal etwas gründlicher umschauen, wissen Sie«, sagt Moser.

»Was wollen Sie denn sehen?«

»Alle Geschäftsvorgänge der letzten zwölf Monate zuerst einmal«, sagt Moser. »Mit medizinischen Geräten also hat die Firma Spitzer gehandelt?«

»Vorwiegend. Ja, aber nicht nur.«

»Seien Sie doch so nett, geben Sie uns einmal die entsprechenden Ordner.«

»Arg viel gibt's da ja nicht. In letzter Zeit ist das Geschäft nicht gut gegangen«, sagt die Sekretärin und überreicht Moser zwei Ordner.

»Das ist alles?«

»Ja. Aber ich weiß gar nicht, ob ich Ihnen das überhaupt zeigen darf«, sagt sie unsicher und gibt Moser einen weiteren Aktenordner, der aber fast leer ist. »Wenn der Herr Spitzer wieder da ist ...«

»Sie dürfen. Das klingt doch viel besser als ›Sie müssen‹, nicht wahr?« antwortet Moser lächelnd. »Und der Herr Spitzer wird so schnell nicht wieder da sein«, fügt er noch hinzu.

Die junge Frau schaut ihn einen Moment lang mißtrauisch an, lächelt dann aber doch zurück. »Möchten Sie vielleicht einen Kaffee?«

»Das wär' wirklich sehr nett von Ihnen.«

Die Sekretärin geht aus dem Zimmer. Moser läßt sich in Spitzers Chefsessel fallen. Stockinger sitzt mit dem zweiten Ordner auf einem Stuhl. Rex knurrt ihn zum Spaß an. Sonst gibt's ja hier nichts zu tun.

»Sag deinem Hund, er soll mich in Ruh' lassen, Richard«, sagt Stockinger ängstlich.

»Der tut dir doch nichts, Stocki«, sagt Moser abwesend. Er hat sich bereits in seinen Aktenordner vertieft. »Im Gegenteil, der mag dich.«

Stockinger schaut Rex mißtrauisch an. Rex wedelt und betrachtet Stockinger mit Sympathie. *Wenn du wüßtest, wie komisch du bist, Stocki. Kein Hund der Welt könnte dir etwas zuleide tun.*

Nun steht vor Moser und vor Stockinger je eine Tasse dampfender Kaffee. Er riecht sehr verführerisch. Kaffee kochen kann die junge Frau.

»Das Geschäft ist also schlecht gelaufen in letzter Zeit? Haben Sie eine Ahnung, warum?« fragt Moser wie nebenbei.

»Ich weiß nicht so genau. Seit den politischen Veränderungen im Osten gibt es viel mehr Probleme. In Rußland funktioniert ja nichts mehr so richtig.«

»Hat die Firma Spitzer nur mit Rußland Handel getrieben?«

»Ja, nur mit Rußland.«

»Und was zum Beispiel funktioniert dort nicht mehr so wie früher?« will Moser wissen.

»Na, die Geschäfte eben. In letzter Zeit haben wir kaum mehr Aufträge von drüben.«

»Was waren denn das genau für Geschäfte?« hakt sich Stockinger ein.

»Exporte halt. Medizinische und andere elektronische Geräte auf Bestellung.«

»Und der Schukov, haben Sie mir neulich gesagt, der Schukov hat diese Bestellungen vermittelt und für die Importgenehmigungen bei den russischen Behörden gesorgt. Richtig?«

»Ja. Der Schukov ist nicht nur für uns, ich meine für die Firma Spitzer wichtig gewesen. Ich glaub', der ist für den ganzen Osthandel von Österreich aus ziemlich wichtig gewesen.«

»Hat der Herr Spitzer das gesagt?«

»Nicht so direkt. Er hat nur bei einem Telefonat gesagt: Aber ohne den Schukov läuft doch nichts mehr, da kann ich gleich den Laden dicht machen.«

»Sind Sie sicher, daß er das gesagt hat?«

»Ja, ich hab' ja selbst die Verbindung hergestellt, und die Tür stand offen wie jetzt, und der Herr Spitzer hat ziemlich laut geredet.«

»Nicht sehr vorsichtig von dem Herrn Spitzer, würd' ich sagen«, bemerkt Stockinger.

»Sie wissen nicht zufällig, mit wem er gesprochen hat?« erkundigt sich Moser zielstrebig, aber freundlich weiter.

»Ich weiß wirklich nicht, ob ich Ihnen das alles sagen darf.« Die Sekretärin schaut Moser unsicher an.

»Nehmen Sie doch Platz«, sagt Moser aufmunternd.

Stockinger steht auf und bietet der jungen Frau seinen Stuhl an, auf den sie sich schließlich setzt.

»Wissen Sie, Frau ...«

»Leitmaier ...«

»Also, Frau Leitmaier ... Ihr Chef, der Herr Spitzer ist tot. Er ist vergangene Nacht ermordet worden, und Sie dürfen uns alles sagen, was uns helfen könnte.«

»Ermordet? Aber er liegt doch im Spital.«

»Ja. Er hat im Spital gelegen.«

Die junge Frau schaut Moser verständnislos an und schweigt.

»Also, Frau Leitmaier«, fragt Moser noch einmal, »zu wem hat der Herr Spitzer das gesagt, daß er ohne den Schukov den Laden gleich ganz dicht machen könnte?«

»Zu der Frau Werner hat er das gesagt.« Die Nachricht vom Tod des Chefs hat sie noch nicht registriert.

»Zu derselben Frau Hermine Werner, die hier andauernd in den Geschäftsunterlagen auftaucht?« fragt Moser und blättert weiter in den Unterlagen.

»Ja, die Frau Werner und der Herr Spitzer sind ... waren Geschäftspartner.«

»Ziemlich ungleiche Geschäftspartner, nicht?« sagt Stockinger und blättert weiter in seinem eigenen Aktenordner.

»Na ja, die Firma OSTEX ist ja auch viel größer als unsere. Ich meine als die vom Herrn Spitzer.«

»Aus diesen Unterlagen geht hervor, daß die Firma Spitzer bei der Firma OSTEX, also beim Unternehmen von der Frau Werner, ziemlich hoch verschuldet war. Richtig?«

»Ja, das stimmt schon, obwohl ich da sicherlich nicht alle Unterlagen kenne«, sagt die Sekretärin zögernd.

»Das heißt«, sagt Moser nachdenklich, »wenn die Frau Werner ihre Ansprüche gegen die Firma Spitzer geltend machen würde, dann wäre die Firma Spitzer praktisch bankrott, nicht wahr?«

Die Sekretärin zögert, bevor sie antwortet. »Ich glaube, das stimmt. Ja.«

Moser klappt den Aktenordner zu und steht auf. Sofort steht Rex an seiner Seite. *Endlich raus hier!*

»Sie haben uns sehr geholfen, Frau Leitmaier. Haben Sie vielen Dank. Diese Unterlagen, könnten wir die für ein oder zwei Tage mitnehmen?«

»Ich kann ja gar nicht nein sagen, oder?« erwidert die junge Frau unsicher.

»Nicht wirklich ... Was werden Sie denn jetzt tun, Frau Leitmaier?«

»Ich bringe noch ein paar Kleinigkeiten in Ordnung. Und dann ... Ich nehme an, die Frau Werner wird sich melden, wenn sie vom Tod von Herrn Spitzer erfährt. Die Firma gehört ja praktisch ihr, nehme ich an.«

Moser streckt der Sekretärin die Hand hin. »Also dann viel Glück, Frau Leitmaier, und Servus.«

»Wiedersehen. Und Sie lassen die Unterlagen wieder zurückbringen, ja? Die werden ja hier gebraucht.«

»Selbstverständlich. Morgen oder übermorgen.«

Der dunkelblaue Alfa-Romeo steht gleich vor dem Gartentor. Moser schließt die Türen auf. In diesem Moment läßt Stockinger die drei Aktenordner fallen.

»Richard, der Rex beißt mich!«

Rex zerrt an Stockingers Hosenbein, allerdings ohne es zu beschädigen. Er wedelt heftig mit dem Schwanz und knurrt laut und vergnügt. Schließlich setzt er sich vor Stockinger hin und schaut zu ihm auf.

Angsthase! lacht er bellend.

»Stocki, solange du solche Scheu vor dem Rex zeigst, wird er dich immer wieder erschrecken. Merkst du nicht, daß es ihm Spaß macht? Also ehrlich, der mag dich. Du fällst auf jeden Witz herein, den er macht.«

Stockinger steigt schließlich beleidigt ein.

Von hinten legt sich eine sanfte Hundeschnauze auf seine Schulter. *Klar mag ich dich, Stocki.*

Stockinger bleibt starr sitzen. Was soll er schon tun? Der Hund macht ja doch, was er will. Und Moser hält immer zu dem Hund und nicht zu seinem Kollegen ...

»Also daß der Schukov eine Nummer zu groß für den Spitzer war, das hab' ich mir gleich gedacht«, sagt Moser und schaut nachdenklich vor sich hin. »Hinter dem Spitzer muß jemand anderes gestanden haben ... Und außerdem muß es hier noch um etwas anderes gehen als um ein paar Provisionen. Irgendwas ist hier oberfaul, Stockinger.«

»Diese Hermine Werner, meinst du?«

»Zuallererst mal die. Aber bevor wir sie mit unserem Besuch beehren, schauen wir mal, ob wir zufällig was über sie haben. Könnte ja sein. Das kann der Höllerer inzwischen tun.« Moser nimmt sein Funktelefon aus der Tasche und gibt Höllerer Anweisungen.

Zurück im Büro legt Rex sich brav unter Mosers Schreibtisch. »Tatsächlich, Richard, da gibt es eine alte Akte, nicht über ihre Firma, aber dafür über sie selber«, sagt Höllerer. »Also, paß auf. Der Mann von der Werner ist vor fünf Jahren ums Leben gekommen, und zwar ist ihm daheim ein schwerer Blumentopf auf den Kopf gefallen. Vom Balkon aus, unter dem er gesessen hatte. Der Fall ist als ungeklärter Todesfall zu den Akten gekommen. Die Werner kann es nämlich nicht gewesen sein, die ist von der Hüfte abwärts gelähmt. Und sonst war niemand zu der Zeit im Haus. Es war auch kein Sturm oder so. Der schwere Topf ist einfach so aus heiterem Himmel heruntergefallen, und der Dr. Werner war tot.«

»Vor fünf Jahren? Hat der Max Koch den Fall noch bearbeitet?«

»Ja. Sein allerletzter Fall, und leider ungeklärt.«

»Das trifft sich doch prima. Erst mal werd' ich jetzt mit dem Rex eine Kleinigkeit essen gehen. Dann schauen wir mal bei einem alten Freund von mir vorbei. Und danach statten wir zwei der Frau Werner einen Besuch ab, Stockinger. Höllerer, sei so gut, schau zu, daß die Ergebnisse von der Spurensicherung rasch kommen. Irgend etwas findet sich ja meistens. Oder glaubt noch irgendwer an den perfekten Mord?«

Moser ist schon an der Tür, als es Stockinger einfällt. »Ach, fast hätt' ich's noch vergessen, Richard. Der Zettel. Weißt du, was da drauf gestanden ist?«

»Ich hab' doch gesagt, daß ich kein Russisch kann.«

»Also da stand drauf: Tod allen Feinden der Sowjetmacht. Komisch, nicht?«

»Ja, sehr komisch«, sagt Moser.

KAPITEL 7

EIN ALTER FREUND DES KOMMISSARS

Moser und Rex treten auf den Parkplatz hinaus. Wieder scheint die Sonne, wieder ist der Himmel blau. Womöglich ist es heute noch heißer als am Tag zuvor.

»Komm, Rex, wir gehen zu Fuß. Ich hab' dir ja einen Spaziergang versprochen. Und auf dem Rückweg kaufen wir dann für dich ein. Einverstanden?«

Rex bellt und springt an Moser hoch. *Ich brauche eine ganze Menge. Bei dir gibt's ja fast nichts für einen anständigen Hund!* Er schleckt Moser übers Gesicht, ehe der sich abwenden kann.

»Nein, nicht schon wieder das Gesicht, Rex! Benimm dich einmal anständig. Wir haben zwar Mittagspause, aber wir sind trotzdem im Dienst.«

Langsam sehnt man sich nach ein paar Wolken, wenn man so hinauf zum Himmel schaut. Moser und Rex gehen die ruhigeren, schmalen Seitenstraßen entlang, wo höchstens ein paar verirrte Touristen herumlaufen. Auf den größeren Straßen wird man als eindeutig Einheimischer andauernd nach dem Weg gefragt, und Moser will in Ruhe ein wenig nachdenken. Wie wohl ein typischer Wiener ausschaut? denkt Moser. Vielleicht erkennt man ihn am Gang? Am Gesichtsausdruck? Er ist hier aufgewachsen, aber diese Frage wüßte er nicht zu beantworten.

Rex bleibt auch ohne Leine immer in der Nähe. Mal läuft er ein Stück voran, mal bleibt er ein Stück zurück. Überall schnuppert er herum, an jedem Baum hebt er mutwillig das Bein.

Wenn das Dienst ist, dann gefällt ihm der Dienst. Ein dienstlicher Spaziergang, was kann ein Hund sich besseres wünschen? Und wie das riecht! Wie das duftet überall! Ganz anders als in den ewigen Büros, wo es nach gar nichts oder nach Mottenpulver und Putzmitteln riecht. Hier dagegen ist es, wie es sein muß. Eine Stadt für einen Hund, der die Stadt liebt.

Hier begrüßt Rex flüchtig einen Artgenossen. Einmal Nase an Nase, einmal schnuppern, einmal drum herumgehen, ciao! Dort läßt er sich von einem kleinen Mädchen in kurzem, weißem Sommerkleidchen streicheln, das ihn scheu und liebevoll betrachtet. Sie trägt Zöpfe, und im Gesicht hat sie Sommersprossen.

»Beißt der Hund?« Sie schaut zu Moser hinauf.

»Was?« sagt Moser und lächelt das Kind an.

»Beißt der Hund?« fragt das Mädchen noch einmal.

»Nein, der ist ein ganz lieber. Der beißt nicht.«

»Wenn ich groß bin, will ich auch so einen. Schäfer sind die schönsten. Außer Spaniels.«

»Du kennst dich wohl aus mit Hunden?«

Die Kleine klappert mit den Augenlidern. »Hmhm.«

Rex springt weiter, er bellt und wedelt. Vor einem Schaufenster bleibt er stehen und wartet auf Moser. Er bellt noch einmal. *Schau dir das an! Alles für mich! Alles, was ich haben will. Toller Laden, gehen wir da rein? Jetzt gleich?*

»Ja, da gehen wir auf dem Rückweg hinein, Rex. Ich kann jetzt nicht alles mit mir herumschleppen, verstehst du? Wir kaufen nachher für dich ein.«

Rex bellt. *Was nachher? Wir sind doch jetzt einmal hier! Komm, gehen wir rein. Schau doch die vielen Sachen!*

Moser geht langsam weiter.

»Na komm, Rex!«

Also, dann eben nicht! Rex läuft jetzt brav neben seinem Herrchen her, als wollte er sich all die schönen Sachen im Hundegeschäft redlich verdienen. Braves Verhalten muß sich doch irgendwie auszahlen.

Die Straßen sind wirklich sehr ruhig. Viele kleine, alte Läden haben über Mittag geschlossen, manche gleich drei Stunden lang zwischen zwölf und drei. Die Häuser sind in dieser Gegend eher schäbig und ärmlich. Aus den Eingangstüren riecht es hier und da nach Kohl. Eingeschlagene Kellerfenster geben den Geruch von Moder und Kohlenstaub frei. Aus den Hinterhöfen dringt das Geräusch von Teppichklopfern, aus offenen Fenstern Geschirrklappern und Kindergeschrei. Mütter schimpfen.

Die Fassaden sind längst abgeblättert, ihre Farbe läßt sich nicht mehr definieren. Die Häuser stehen eng zusammen. Oben sind die Fensterläden gegen die Mittagssonne geschlossen. Menschen in abgedunkelten Wohnungen halten Mittagsruhe.

Moser geht ernst weiter. Er kommt nicht mehr oft in diese Gegend. Er kennt die Gerüche, er kennt die Geräusche, er kennt die Straßen. Ja, praktisch kennt er hier jedes einzelne Haus. Aber das alles ist lange her . . .

Rex läuft wieder voran. Und wie riecht es da plötzlich? Eindeutig nach Mittagessen riecht es da vorn. Eindeutig prima riecht es dort.

»Servus, Franz«, sagt Moser, als er den Würstelstand an der Ecke erreicht.

»Servus, Richard«, sagt der dicke Besitzer und macht sich gleich an die Arbeit. Er muß gar nicht erst fragen, Moser ißt immer das gleiche, wenn er einmal hier vorbeikommt.

»Eine Heiße mit scharfem und Scherzl, bitte sehr, der Herr Kommissar.«

Moser nimmt die lange, dicke, gekochte Wurst mit Senf und Brot in Empfang.

Rex bellt. *Und ich?*

»Also noch eine, aber kalt und ohne für den Rex.«

»Gehört der dir? Was für ein Prachtkerl!«

Rex winselt. *Red' nicht! Meine Wurst!*

»Gehört jetzt zu mir. Seit sein Herrchen erschossen worden ist.«

»Siehst du, wollt ich gerad' fragen. Gibt's was Neues? Diese Bombe am Stephansplatz. Sie haben's im Radio gebracht ...«

Also erst mal will ich meine Wurst haben, bellt Rex nun energisch. *Plaudern könnt ihr dann immer noch.*

»Ja, kommt schon. Auf Rechnung des Hauses. Da, fang auf!« sagt Franz und wirft Rex eine große Wurst zu. Im Flug gefangen, im Flug verzehrt. Lang hat Rex zum Fressen nicht gebraucht. Jetzt winselt er bettelnd. *Noch eine!*

»Schluß, Rex. Du mußt nicht so schnell essen. Sieh her, ich eß ja auch nicht so schnell. Und ich krieg' auch nur eine.«

Beleidigt dreht Rex sich um und schaut die Straße entlang. Er sieht einen Jungen in Turnschuhen herankommen, vielleicht zehn Jahre alt. Der Kleine trägt auf dem Kopf eine rotweiße Baseballmütze und in der Hand einen Pappteller mit Essensresten und Senf. Er zögert einen Moment, als er Rex sieht, kommt dann aber doch entschlossen heran und stellt sich neben Moser. Rex spitzt die Ohren und bleibt sitzen.

»Ja, die Bombe. Ich war dort. Ein Kollege ist erschossen worden, der Hundeführer von Rex.«

»Und? Habt's schon eine Spur?«

»Dienstgeheimnis, Franz«, sagt Moser und dreht sich plötzlich um. »So ein Mist! Kannst du nicht aufpassen?!«

Der Junge wollte den Pappteller in den Mülleimer neben Moser werfen. Aber statt dessen landen Essensreste und Senf auf Mosers Sakko.

Rex bellt, bleibt aber sitzen. *So, das war für die Wurst! Geschieht dir ganz recht.* Er beobachtet die Szene aufmerksam weiter.

Der Junge nimmt rasch eine Serviette von der Theke und versucht, den Fleck von Mosers Sakko zu wischen.

»Entschuldigen Sie! Tut mir wirklich leid. Ich putze es gleich ab . . .«

»Hör schon auf damit!« sagt Moser verärgert und tritt einen Schritt zurück, um sich den Schaden anzusehen. »Du verschmierst den Senf ja nur noch mehr!«

»Entschuldigen Sie bitte!« sagt der Junge noch einmal und geht hastig um die Ecke. Jetzt erst springt Rex auf. Er läuft dem Jungen nach. *Das wäre doch gelacht. So eine Unverschämtheit!*

»Rex, hierher!« ruft Moser.

Rex bellt, kommt aber sofort zurück. Ein Polizist gehorcht dem Vorgesetzten eben, auch wenn es dessen Schade ist. Und Moser ist hier der Boß. Aber Moser hat es in diesem Moment auch schon bemerkt.

»Das darf doch wohl nicht wahr sein!« ruft er und zieht seine Hand aus der Innentasche des Sakkos. »Ausgerechnet mir muß das passieren!«

»Lauf, Rex!«

»Was ist denn?« fragt der Würstelbudenbesitzer.

»Er hat mir die Brieftasche gestohlen, der verdammte Lausbub!«

Nun läuft auch Moser los. »Ich zahl' das nächste Mal!« ruft er noch zurück und verschwindet ebenfalls um die Ecke.

Er läuft den Gehweg entlang, Rex schon weit vor ihm, der Junge noch weiter vorn. Beide verschwinden schließlich in einem Torgang, der auf verwinkelte Hinterhöfe führt. Außer Atem kommt Moser dort an, schaut kurz durch das Tor und läuft dann weiter um die Ecke. Er lehnt sich grinsend an die Mauer beim nächsten Hauseingang und wartet.

In dieser Gegend macht ihm so leicht niemand

etwas vor. Er ist hier aufgewachsen und kennt jede Straße, jedes Haus, jeden Winkel. Mindestens so gut wie dieser Lausbub! Der wird schon sehen!

Er wartet. Und heraus kommt schließlich Rex – mit Mosers Brieftasche im Fang. Moser ist sprachlos. Er hält die Hand unter die Schnauze des Hundes, und Rex läßt die lederne Brieftasche hineinfallen. *Da! Deine!*

»Ich möchte wissen, wie du das wieder gemacht hast, Rex! Hast du dem Bub gut zugeredet? Vielen Dank jedenfalls, du hast dir schon eine Menge Spielsachen verdient.«

Langsam kommt auch der ahnungslose kleine Dieb aus dem Hofeingang. Er ist sichtlich verdattert von seiner Begegnung mit einem Schäferhund, der noch gerissener ist als er selber.

»Der Rex ist mit allen Wassern gewaschen, mein Junge«, sagt Moser und packt den kleinen Missetäter hart am Kragen. »Und ich übrigens auch«, fügt er grinsend hinzu. »Leider nicht dein Tag heute. Ich bin nämlich hier in der Gegend aufgewachsen, weißt du. Wo der Rex aufgewachsen ist, weiß ich zwar nicht, aber der kennt sich überall aus.«

Rex bellt. *Genau!* Der Junge sieht zu Boden.

»So, jetzt sag mir mal, wo du herkommst.«

Der Junge schweigt verstockt und rührt sich nicht. Er hat Angst bekommen.

»Also gut. Ich kann dich auch zur Polizei bringen . . .«

»Nein«, sagt er jetzt erschrocken, »keine Polizei. Bitte! Mein Vater bringt mich um!«

»In Ordnung. Aber ich sage dir eins . . . Sieh mich an, wenn ich mit dir rede!«

Moser läßt den Jungen los. Der hebt den Kopf und schaut dem Erwachsenen ins Gesicht.

»Ich bin öfter in dieser Gegend. Und wenn ich dich noch einmal bei so was erwische, dann kriegst du großen Ärger. Hast du mich verstanden?«

Große braune Kinderaugen schauen den Kommissar an, dann den Hund.

»Und jetzt ab mit dir!« sagt Moser und schaut dem davonlaufenden Jungen mit einem angedeuteten Lächeln nach. Seine alte Gegend ist immer noch seine alte Gegend. Ob sich daran je etwas ändern wird?

»Komm, Rex, meinen alten Freund Ganscheff hab' ich schon ewig nicht gesehen. Wird mal wieder höchste Zeit.«

Sein schmutziges Jackett trägt Moser jetzt über dem Arm. So kann ein Polizist doch nicht herumlaufen! Ein Polizist repräsentiert die Autorität des Staates. Es ist ohnehin drückend warm. Rex hechelt. *Gibt's hier nirgends was zu trinken?*

In der Tür eines kleinen Lebensmittelladens lehnt eine dicke, gemütlich aussehende Frau in einer rosa Schürze und schaut hinaus auf die ruhige Straße. Sie könnte Mosers Mutter sein.

»Servus, Richard. Auch mal wieder in der Gegend? Hast du jetzt einen Hund?«

»Zugelaufen, Frau Holder.«

Moser betrachtet den hechelnden Rex. Er hat keine Lust, lange Erklärungen abzugeben. Außerdem hat er nicht den ganzen Tag Zeit.

»Ob Sie vielleicht eine Schale Wasser für ihn haben? Ich glaub', der hat einen Riesendurst. Hat gerade zu Mittag gegessen und gleich anschließend einen kleinen Dieb gefangen.«

Frau Holder lacht und verschwindet in ihrem Laden. Sie kommt mit einer kleinen Schüssel voller Wasser zurück, die sie vor sich auf den Boden stellt.

»Wie heißt er denn, der feine Kerl?«

»Rex.«

»Na komm, Rex, hier, trink brav.«

Rex läßt sich das nicht zweimal sagen. Gierig schlürft er das Wasser auf und sieht dann zufrieden wedelnd die dicke Frau an. *Danke!*

»Dankeschön, Frau Holder, und Servus.«

»Servus, Richard. Das nächste Mal kommst du aber auf einen Sprung zu mir rein.«

»Ja, mach' ich.«

Auf dem Weg grüßt Moser noch einige Ladenbesitzer, die in ihren Türen stehen oder auf einem Stuhl vor dem Eingang sitzen. Sie sind mit dem Mittagessen fertig und wollen sich nicht hinlegen. Vielleicht, weil es zu heiß dazu ist. Er kennt diese Leute seit seinen Kinderzeiten, und sie kennen ihn. Und immer ist es im Sommer das gleiche Bild gewesen. Hier ist er großgeworden, aber hier ist er auch herausgewachsen. Und er ist froh darum. Es schaudert ihn einen Moment, als er daran denkt, was hier wohl aus ihm geworden wäre.

Schließlich stehen sie vor Ganscheffs unscheinbarem kleinen Laden. Schwer zu sagen, was für eine Art Laden das ist. Mit Sicherheit kann man eigentlich nur so viel sagen: Es ist keine Bäckerei und keine Metzgerei. Alles andere könnte es sein.

»Rex, du bleibst hier sitzen. Der Ganscheff ist nämlich noch schlimmer als der Stockinger, was Hunde angeht.«

Moser betritt den Laden. Niemand ist zu sehen. Die Regale an den Wänden reichen bis zur Decke, mehrere Tische quellen über von Waren aller Art. Dort stehen ein paar Stereoanlagen, Videorecorder und Fernsehapparate. Daneben mehrere Stapel Jeans, auf einer Kleiderstange hängen Jacketts und andere leichte Jacken. Regenschirme aller Farben und Größen liegen wie bunte Fische auf einem Tisch gestapelt. Auf einem anderen Tisch sind CDs, Musik- und Viedeocassetten angeordnet. Auf den oberen Regalbrettern ist Spielzeug jeder Art zu erkennen, und unter dem Glas der großen Ladentheke schließlich sind Uhren und Schmuck ausgestellt.

Alles hier, von den Jeans bis zu den Uhren, ist gefälscht. Und in dem ewigen Halbdunkel, das all diesen Krempel umhüllt, sieht alles bloß noch fadenscheiniger aus.

Gegorij Ganscheff allerdings sieht nicht so fadenscheinig aus wie seine Waren. Er lächelt nachsichtig über Mosers skeptischen Blick. Sein schneeweißes Haar ist einwandfrei gekämmt, die Bügelfalten seiner Hose sind wie vom Messer gezogen, sein weißes Hemd strahlt. Die goldene Uhrkette, die aus seiner Weste hervorschaut, glänzt wie der goldene Ring, den er am linken Zeigefinger trägt.

Von diesem Laden hier lebt der Mann nicht, das begreift jeder sofort. Nie hat Moser hier drinnen einen Kunden gesehen. Schon damals nicht, als er hier wohnte. Aber wovon der gut gekleidete und sichtlich wohlhabende Exilrusse Gregorji Ganscheff lebt, das weiß keiner so genau. Moser hat es nie herausbekommen, aber ein schlechter Mensch ist Ganscheff nicht, das weiß Moser. Auch ihn kennt er seit seiner Kinderzeit, und immer ist der alte Russe freundlich zu ihm gewesen.

Moser fährt herum.

»Richard, was treibt dich in diese Gegend? Heimweh etwa?« fragt Ganscheff schmunzelnd.

»Nein, alter Gauner, Heimweh nicht. Die Gegend ist mir ziemlich fremd, seit meine Mutter nicht mehr lebt.« Moser und Ganscheff umarmen sich. Der alte Mann klopft dem jungen auf die Schulter und seufzt.

»Ja, ja, recht hast du, Richard. Früher war es schöner hier. Aber heute ... Nein, die Welt wird nicht besser ...«

»Und die Geschäfte, Ganscheff?«

»Geschäfte. Ach, Geschäfte. Nu ja, die Geschäfte gehen eben so, mehr schlecht als recht.«

Ganscheff sieht den jungen Mann freundlich, aber forschend an.

»Aber du bist sicher nicht hier, um einen alten Russen jammern zu hören, hab' ich recht? Also, was kann ich für dich tun, Richard?«

»Es geht um die Sache am Stephansplatz. Du hast doch davon gehört?«

»Dem alten Ganscheff bleibt so leicht nichts verborgen, das weißt du doch. Aber es war ja auch im Radio und in der Zeitung.«

Ganscheff sieht sich in seinem eigenen Laden mißtrauisch um. Er geht zur Tür, dreht dort ein Pappschild um und schließt ab. Einen Augenblick lang sehen sich Ganscheff und Rex durch die gläserne Ladentür hindurch in die Augen. Rex bellt einmal kurz, und Ganscheff dreht sich zu seinem Besucher um.

»Komm, Richard, gehen wir in mein Büro, da ist es viel gemütlicher als hier zwischen diesem ganzen Plunder, den keiner haben will.«

»Ich staune immer wieder, Ganscheff«, sagt Moser und sieht sich in dem geräumigen und sehr teuer eingerichteten Büro um. Spiegelblanker Parkettboden, getäfelte Wände, Safe, bequeme Sessel, großer Schreibtisch. Ganscheff hat mit Sicherheit viel Geld, und er hat viel Einfluß.

Der alte Mann läßt sich in einen der Sessel fallen und deutet auf den zweiten, in den sich nun Moser setzt.

»Ich sage dir, Richard, vor ein paar Jahren noch war alles besser. Man hat in Ruhe seine Geschäfte mit dem Osten gemacht. Vielleicht nicht immer ganz legal ... Aber jetzt ist alles sehr viel härter, viel brutaler. Widerliche Dinge sind da im Gange ... Auf niemanden ist mehr Verlaß.«

»Wie meinst du das, Ganscheff?« fragt Moser vorsichtig und schaut dem Exilrussen ins Gesicht.

»Nu, das muß ich dir als Polizeikommissar ja wohl nicht erzählen. Menschenhandel ist eben doch was anderes als eine kleine Bestechung hier und da ... Und wie ich schon gesagt habe, Bestechung, die hat es schließlich immer gegeben, nicht wahr?«

»Da hat du wohl recht«, sagt Moser und holt die beiden Pässe aus seinem Jackett. Er gibt sie wortlos Ganscheff, der in ihnen blättert. Er bekommt nicht das erste Mal wortlos einen Paß oder ein anderes Papier von Moser gereicht mit der gleichen Frage, die ihm auch jetzt gestellt wird.

»Weißt du etwas über diesen Mann?«

»Schukov ... natürlich kenne ich seinen Namen. Persönlich bin ich ihm nie begegnet. Jeder in der Ostbranche kennt diesen Mann. Er war einer der wichtigsten Männer im russischen Handelsministerium.«

»Was genau hat er dort getan?«

»Nun, das übliche eben. Genehmigungen, Genehmigungen – Provisionen, Provisionen ...«

»Ist er reich geworden dabei? Ich meine – mit seinen Provisionen?«

»Vermutlich ziemlich reich. Aber solche Leute können nie genug bekommen, weißt du. Sie wissen nicht, wann es Zeit ist, aufzuhören.«

»Schukov vielleicht schon. Wenn auch zu spät«, sagt Moser nachdenklich.

»Nu, der Schukov mußte schließlich beim Handelsministerium seinen Hut nehmen. Das war nicht lange nach der Einführung der sogenannten Perestroijka. Für korrupte Beamte war das keine gute Zeit ...«

»Aber der Schukov, der hat sich sehr gut über Wasser gehalten. Er hat seine Kontakte auch danach gepflegt und genutzt«, erklärt Moser. »Er hat als eine Art Einmann-Agentur gearbeitet, Geschäftsverbindungen angeknüpft und so. Und weiter seine Provisionen kassiert.«

»Ja, sicher. Der wäre ja auch dumm gewesen, wenn er das nicht getan hätte, Richard. Kontakte sind das Hauptkapital in der Branche ... Aber in letzter Zeit sind die Geschäfte doch deutlich schlechter geworden.«

Ganscheff seufzt wieder und schüttelt bedächtig den Kopf.

»Und warum?«

»Ist doch klar. Bei dem Chaos da drüben in Rußland. Niemand weiß, wohin die Reise geht. Und Geld haben die auch keins mehr. Und außerdem haben die inzwischen alle ihre eigenen Kontakte im Westen.«

»Das heißt, auch für den Schukov sind die Geschäfte in letzter Zeit schlecht gelaufen, meinst du?«

»Der Schukov«, sagt Ganscheff langsam, »der Schukov war ein ganz gerissener Hund. Das wußte doch jeder. Und skrupellos. Der kannte keine schmutzigen Geschäfte, der kannte nur Geschäfte, die sich lohnen, und Geschäfte, die sich nicht lohnen.«

Ganscheff betrachtet Schukovs Pässe noch einmal aufmerksam. Er schüttelt den Kopf.

»Beide echt«, sagt Moser.

»Natürlich echt«, sagt Ganscheff, ohne aufzublicken. »Mit den richtigen Beziehungen bekommt man auch die richtigen Pässe. Wollte sich wohl nach Brasilien absetzen, der Schukov.«

»Möglich. Wahrscheinlich«, sagt Moser. »Geschäfte, die sich lohnen, hast du gerade gesagt. Was wären denn das zum Beispiel für Geschäfte?«

»Schmutzige Geschäfte, Richard«, sagt Ganscheff traurig. »Sehr schmutzige Geschäfte.«

»Also?« beharrt Moser.

»Nu, Menschenhandel zum Beispiel, du weißt ja, wovon ich rede.«

»Schleuser, illegale Einwanderer? Und du hältst es für möglich, daß der Schukov da seine Hände im Spiel hatte?«

»Weiß ich's, Richard? Möglich ist das.« Der alte Mann lehnt sich in seinen Sessel zurück und schüttelt erneut den Kopf.

»Aber wer kann ein Interesse daran haben, diesen Schukov umzubringen? Und noch dazu mit einer Bombe?« drängt Moser.

»In Frankfurt und in Amsterdam haben sie vor einer Weile zwei frühere Funktionäre auf die Weise umgebracht. Und die Bombe könnte eine Warnung sein.«

»Oder ein Ablenkungsmanöver, Ganscheff.«

»Oder ein Ablenkungsmanöver, Richard.«

»Noch etwas, Ganscheff?«

Moser sieht den alten Mann eindringlich an. Ganscheff hält seinem Blick stand.

»Nein, sonst nichts.« Er zögert einen Moment und fügt dann hinzu: »Sei vorsichtig, Richard, sehr vorsichtig. Wie ich schon gesagt habe, die Methoden sind unglaublich brutal geworden. Die schrecken vor gar nichts mehr zurück.«

»Wen meinst du mit ›die‹, Ganscheff?«

»Nu, wie ich schon gesagt habe, die Menschenhändler.«

KAPITEL 8

FUSSBALL SPIELEN UND EINKAUFEN

»So, Rex , jetzt ...«

Moser bleibt vor dem Laden stehen und sieht dem Schauspiel ungläubig zu.

»Hier herüber! ... Klasse! ... Komm! Gib ab! ... Nein, der ist zu schnell! ... Haha, schaut mal! ... Von dem kannst du noch was lernen, Paul! ... Er hat ein Eigentor geschossen! Haha! ... Seht euch das an!«

Der alte Fußball hat nicht mehr viel Luft, so daß Rex ihn gut fassen kann. Die fünf Jungen und er bilden zwei Mannschaften. Mitten auf der Straße dienen je zwei abgelegte Kleiderhaufen und Rucksäcke als Tore. Gerade hat Rex einem der Jungen den Ball vor den Füßen weggeschnappt und ihn mit der Schnauze zwischen zwei Pfosten durchgeschubst. Stolz dreht er sich um und sieht die lachenden Halbwüchsigen an. Er bellt und wedelt. Er hat gewonnen.

Dann sieht er Moser vor dem Laden stehen und springt, immer noch bellend, auf ihn zu und an ihm hoch. *Siehst du, ich hab' gewonnen!* Die Jungen lachen immer noch.

»Nein, Rex, wer ein Eigentor schießt, hat nicht gewonnen. Der hat verloren. Verstehst du? Du mußt ins richtige Tor schießen.«

Rex bellt und wedelt glücklich. Doch, er hat gewonnen. Eigentor oder nicht. Er hat ein Tor geschossen. Er hat gewonnen. Eifrig schubst er Moser von hinten an, auf das improvisierte Fußballfeld. Moser soll auch mitspielen.

»Nein, Rex, ein andermal. Wir haben heute noch zu tun. Wir müssen für dich einkaufen gehen. Und außerdem sind wir im Dienst.«

Rex hört das Wort ›Dienst‹ und geht nun brav neben Moser her. Die Jungen haben die Szene beobachtet.

»Ciao, Rex! ... Ciao! ... Ciao!«

Rex dreht sich noch einmal um und bellt laut. *Ciao, Jungs. Ein andermal wieder. Wir sind im Dienst, ihr habt's ja gehört.*

Es ist ein ziemlich großes Geschäft für Hundeartikel, vor dem Moser und Rex stehenbleiben. Das Schaufenster zeigt alles, was ein Hund so brauchen kann. Moser und Rex stehen und schauen, da ist Rex schon an der Tür und bellt. *Komm, der Laden ist genau richtig. Da gibt's, was ich brauche.*

»Moment mal!« ruft Moser. »Erst möchte ich mal schauen, was das alles so kostet. Millionäre sind wir nämlich nicht.«

Rex läuft wieder hinter Moser und schubst ihn Richtung Tür. *Komm schon, da wollen wir hinein.*

»Also schön«, sagt Moser, »eine Leine, ein Knochen, standesgemäßes Futter.«

Der Laden ist ausgezeichnet sortiert. Verwirrend viele Dinge gibt es hier, sogar kleine Hundesofas. Möbel für Hunde, denkt Moser, das kann doch wohl nicht wahr sein! Fehlen nur noch Schminkköfferchen.

»Grüß Gott. Kann ich etwas für Sie tun?«

Die Verkäuferin im weißen Kittel steht hinter der langen Theke und betrachtet freundlich Herr und Hund.

»Guten Tag. Ich brauche mehrere Sachen für den Rex hier.«

»Gern. Was darf's denn sein?«

»Also, eine Leine brauchen wir, einen Knochen und ein anständiges Futter.«

»Ihr erster Hund?«

»Ja. Wieso? Sieht man das?«

»Na ja, ein wenig. Ein sehr schönes Tier. Und ein

ganz lieber bist du, was?« sagt sie über die Theke gebeugt zu Rex.

»Das weiß er leider auch selber, was für ein Prachtexemplar er ist«, sagt Moser trocken. »Und was kann so ein Hund noch alles gebrauchen? Könnten Sie mir vielleicht ein paar Tips geben?«

»Das kann ich mir sparen, wie's ausschaut«, sagt die Verkäuferin und blickt fasziniert an Moser vorbei in den Laden.

Auf dem Fußboden neben der Theke liegt bereits eine kleine Sammlung von Knochen unterschiedlicher Größe und eine schöne braune Lederleine. Flink huscht Rex an den Regalen entlang. Er weiß genau, was er will, er braucht nicht lange zu suchen. Das Beste, so viel versteht sich von selbst. Zwischen den Freßnäpfen hat er den seinen im Nu gefunden und bringt ihn zum Rest seines Einkaufs. Dann noch diesen kleinen gelben Ball und den roten da und – es geht ja immer mal was verloren – noch den grünen dazu. Und kämmen muß man sich schließlich auch ab und zu mal, man kann ja nicht herumlaufen wie der letzte Strolch. Also die Fellbürste hier, die ist schon recht. Damit wird der Moser ja wohl umgehen können.

Ernst betrachtet Rex die Sachen, die er angehäuft hat. Fehlt noch etwas? Nein, alles beisammen. Er schaut Moser und dann die Verkäuferin an und bellt. *Das wäre alles.*

»Das Billigste hat er sich ja nicht gerade ausgesucht«, sagt die Verkäuferin schmunzelnd.

»Nein, sieht nicht so aus«, seufzt Moser. »Dafür gibt's dann nichts zu Weihnachten.«

»Für den Hund?« fragt die Verkäuferin.

»Für mich.«

»Einen Maulkorb brauchen Sie für alle Fälle noch«, sagt die Verkäuferin immer noch schmunzelnd. Sie nimmt einen aus dem Regal hinter sich und legt ihn auf die Theke. Rex springt hoch, schnappt ihn sich und läuft um die Theke herum. Er legt den Maulkorb ins Regal zurück und schaut die Verkäuferin an. *Kommt gar nicht in Frage! Den kannst du behalten!*

»Wahrscheinlich will er mir sparen helfen«, sagt Moser.

Die Frau hinter Theke lacht und holt die anderen Sachen.

»Das hier wird ihm sicher schmecken«, sagt sie und stellt noch drei große Päckchen Hundefutter zu dem Einkauf.

Rex schaut sich noch einmal um, ob er wirklich nichts vergessen hat. Ja, er hat. Er läuft noch einmal los und zieht aus einem Stapel hinten im Laden eine Hundedecke hervor, die er der Verkäuferin vor die Füße legt. *Oder soll ich im Büro vielleicht auf der Erde liegen?*

Die Verkäuferin tippt die Preise ein.

»Wie bitte?« sagt Moser. »Nehmen Sie auch Kreditkarten?«

Rex springt an ihm hoch. Seine Pfoten ruhen auf Mosers Schultern, er leckt über Mosers Gesicht. *Danke! Tolle Sachen gibt's hier! Hier müssen wir bald wieder herkommen.*

»Ist schon in Ordnung, Rex«, sagt Moser.

Rex schaut auf die Glasschale mit Hundekeksen und bellt.

»Er meint, bei dieser Summe könnten Sie ruhig was draufgeben«, sagt Moser zu der Verkäuferin.

»Kluger Hund«, sagt sie lachend und gibt Rex eine Handvoll Hundekekse, die sofort verspeist werden. Rex schaut die Verkäuferin listig an. *Mehr!*

»So, Rex, jetzt holen wir den Stocki ab, und dann schauen wir uns diese Frau Hermine Werner mal an. Ich freß doch einen Besen, wenn die sauber ist.«

Herr und Hund verlassen den Laden und spazieren einträchtig die Straße entlang zurück zur Polizeizentrale. Moser trägt die schwere Tüte, Rex hat einen der Knochen im Maul. Am Wagen will Rex die Tüte mit dem Einkauf haben.

»Nein, Rex, ein Knochen und ein Ball genügen. Wenn der Chef einmal in unser Büro kommt und bei uns einen ganzen Spielplatz sieht, dann sind wir beide arbeitslos.«

Moser nimmt die Decke unter den Arm, die Rex sich ausgesucht hat, den Freßnapf und ein Päckchen Futter hat er darin eingewickelt, und den gelben Ball steckt er in seine Hosentasche. Der Kofferraumdeckel klappt zu. Das schmutzige Jackett landet auf dem Rücksitz, im Büro hängt noch ein anderes.

»Mahlzeit, Kinder«, sagt Moser, als er die Tür zum Büro aufstößt. Aber nur Stockinger sitzt dort und kaut an einer Wurstsemmel herum.

»Wo ist denn der Höllerer?« fragt Moser.

»In der Spurensicherung, er kommt aber gleich wieder.«

»Gibt's was Neues?«

»Hier nicht. Und bei dir?«

»Produktive Mittagspause haben wir gehabt, was, Rex?«

Stockinger und Moser schauen hinunter.

»Sag deinem Hund, daß das hier kein Wohnzimmer ist und kein Schlafzimmer und kein Spielzimmer«, brummt Stockinger. »Das hier ist unser Büro, und daran soll sich dein Hund gefälligst halten.«

Rex bellt. *Du sitzt ja auch nicht auf der Erde. Und du hast auch immer was zu kauen. Was du darfst, darf ich auch, stimmt's?* Er schaut Stockinger an und dann Moser. Die Decke hat er neben Mosers Schreibtisch sauber ausgebreitet, genau wie die Decke daheim neben Mosers Bett. Stolz sitzt Rex auf seinem neu hergerichteten Platz, den Freßnapf, den Knochen und den gelben Ball vor sich auf dem Boden. *So läßt sich's doch ganz gut aushalten im Büro. Ist schließlich auch mein Dienstplatz hier.*

Höllerer kommt aus der Spurensicherung zurück.

»Servus, ihr drei. Viel ham's nicht gefunden, aber immerhin.«

Höllerer hält das durchsichtige Zellophantütchen in die Höhe, in dem sich einige krause schwarze Haare befinden.

»Das hier stammt eindeutig vom Täter oder genauer von der Täterin. Frauenhaare. Und keine der Schwestern und der Ärztinnen im Spital hat solche Haare.«

Moser schaut nachdenklich die Haare an.

»Gib einmal her, Höllerer«, sagt er dann unvermittelt.

Er öffnet das Tütchen und bückt sich zu Rex hinunter.

»Hier, Rex, gibt's was zu schnuppern. Präg dir das gut ein, verstanden?«

Rex schnuppert vorsichtig an den Haaren. Uninteressant. Er widmet sich lieber wieder seinem Knochen.

»Da siehst du ja, der hat nur Essen und Unsinn im Kopf«, sagt Stockinger.

»Warten wir's ab, Stocki. So ein Hund, und erst recht ein ausgebildeter wie der Rex, der hat ein enormes Gedächtnis für Gerüche. Und der riecht die allerkleinsten Partikel, das kann man sich gar nicht vorstellen.«

»Ja, aber was nützt das dann uns?« fragt Höllerer skeptisch.

»Na, er erkennt die Gerüche doch wieder.«

»Ach so«, sagt Stockinger, »falls ihm die Mörderin irgendwo in Wien vielleicht über den Weg läuft . . .«

»Dann kann er sie gleich verhaften«, ergänzt Höllerer lachend.

»Willst du nicht gleich auch einen Dienstausweis für den Hund beantragen?« fragt Stockinger.

Rex spitzt die Ohren und hört zu. Der Stockinger meckert schon wieder über irgend was.

»Mach dir nichts draus, Rex, die zwei sind nur neidisch.«

»Und jetzt, Stocki, schauen wir uns die feine Frau Werner einmal aus der Nähe an.«

KAPITEL 9

EINE VORNEHME VILLA

Die hohen Kronen der Linden werfen reichlich Schatten auf die ruhige, abgelegene Straße. Es duftet frisch wie im Frühling. Hier ist die sommerliche Nachmittagshitze nicht drückend, sondern beinahe angenehm. Alles ist gedämpft und langsam. Alles strahlt Ruhe und Wohlstand, ja Reichtum aus. Großen Reichtum.

Hinter Hecken und Zäunen sind die Häuser weit nach hinten versetzt. Vor ihnen stehen mächtige Eichen, und zur Straße hin liegen noch einmal große Rasenflächen, umzäunt von Rosenhecken und blühenden Sträuchern. Die alten Villen sind so jedem zudringlichen Blick von außen entzogen. Kieswege führen zu den Garagen, mit Steinplatten ausgelegte Gehwege zu den Treppenaufgängen der imposanten Wohnhäuser.

Der dunkelblaue Alfa ist sehr langsam die Straße entlanggefahren

Kommentarlos haben Moser, Stockinger und Rex die ganze Pracht an sich vorüberziehen lassen. »Nummer sieben, Villa Werner«, sagt Moser. Der dunkelblaue Alfa hält auf der Straße vor dem schmiedeeisernen Tor. Moser und Stockinger und Rex betrachten das Anwesen durch die offenen Wagenfenster.

»Hübsch«, sagt Moser.

Stockinger brummt etwas Unverständliches.

Die Villa Werner hat drei Stockwerke, alle Fenster sind geschlossen. Die Fenster des obersten Stocks sind deutlich kleiner als die unteren. Früher müssen dort die Dienstboten gewohnt haben. Heute steht vielleicht ein großer Teil des Hauses einfach leer, und das dürfte nicht nur für dieses hier gelten. Hier und da sind graue Rollos hinuntergelassen. Die alten hölzernen Fensterläden werden wohl nicht mehr benutzt, aber entfernen konnte man sie auch nicht, um die Harmonie der Fassade nicht zu stören. Tatsächlich ist diese Fassade sehr ausgewogen, beinahe perfekt, beinahe zu harmonisch.

Den gleichen Eindruck vermittelt das ganze Anwesen. Alles ist überaus sorgfältig gepflegt. Kein Unkraut sprießt zwischen den Steinplatten, kein Gartengerät liegt irgendwo herum. Als ob hier überhaupt niemand wohnt, als ob das Haus und der Garten für Bewohner in Ordnung gehalten würden, die erst noch erwartet werden.

»Dann wollen wir doch mal sehen, wer sich in diesem Prachtbau verschanzt«, sagt Moser und steigt aus.

Stockinger klingelt draußen am Tor, denn selbstverständlich ist die Einfahrt abgesperrt. Eine ganze Weile bleibt es still. Stockinger drückt noch einmal auf die Klingel.

»Ja, bitte?« schnarrt es schließlich aus der Gegensprechanlage.

»Kriminalpolizei. Wir hätten gerne mit ... Frau Werner gesprochen«, sagt Stockinger.

»Einen Moment bitte«, sagt eine Stimme, die nicht die mindeste Überraschung verrät. Diskretion ist hier eben alles.

Es dauert ein kleines Weilchen, bis der Summer ertönt und die drei Besucher das imposante Anwesen betreten können.

Moser beugt sich hinunter und flüstert verschwörerisch: »Rex, du schaust dich hier draußen ein bißchen um, ja? Und mach keinen Krach, die Kripo arbeitet lautlos. Verstanden?«

Moser legt einen Finger an den Mund und schaut Rex an.

Verstanden, Chef! Rex verzichtet auf ein Bellen und spaziert langsam und schnüffelnd davon.

»Hier findet unser Sherlock Holmes sicher nichts. Das sieht mir alles sehr aufgeräumt aus, fast schon zu aufgeräumt«, sagt Stockinger.

»Warten wir's ab«, erwidert Moser.

Die beiden Beamten gehen langsam auf dem mit roten Steinplatten ausgelegten Weg zum Treppenaufgang der Villa. Moser läßt den Blick über die Fassade schweifen.

»Bombensicheres Geschäft, der Osthandel, wie's ausschaut«, sagt Stockinger.

»So sicher wohl doch nicht«, bemerkt Moser.

»Wie meinst du das?«

»Schau dir mal die Fenster im Erdgeschoß an!«

»Ja, und? Frisch geputzt, würd' ich sagen. Und lüften könnten die auch mal, bei dem schönen Wetter.«

»Kugelsicheres Glas«, sagt Moser.

Stockinger schaut noch einmal genauer hin. »Na, da sieh einer an.«

Oben an der Tür steht ein Mann mittleren Alters in grauer Chauffeuruniform, der offenbar auch eine Art Butler ist. Emmerich Valden ist sein Name, und wer Emmerich Valden heißt und so angezogen ist, wo paßt der besser hin als in dieses Haus?

»Ihre Dienstausweise bitte, meine Herren«, sagt er in allerkorrektestem Ton.

»Selbstverständlich«, sagt Stockinger.

Die Ausweise werden vorgezeigt, aufmerksam geprüft und für echt befunden.

»Hier entlang bitte, meine Herren.«

Dieses ›meine Herren‹, denkt Moser amüsiert, das sagt er, als ob wir hier um Arbeit nachfragen. Genau wie die Butler im Film, die sind auch immer so hochnäsig. Wer hätte das gedacht. Ob die Butler im Film die wirklichen oder die wirklichen die Butler im Film nachmachen?

Die Eingangshalle der Villa ist womöglich noch beeindruckender als die Villa von draußen, die immerhin noch aus bescheidenem Stein ist. Aber hier sind die Wände mit Eiche getäfelt, und wo sie nicht getäfelt sind, hängen Gemälde in teuren Rahmen. Ob sie etwas taugen, kann Moser nicht beurteilen, aber wahrscheinlich ist es schon. Unter den Perserteppichen schimmert hier und da weißer Marmor hervor. Messinglampen, mehrere kleine Tische aus Mahagoni, Stühle, sicher von Hand gemacht, auf jeden Fall mit handbestickten Polstern. Hübsch, alles sehr hübsch. Und sehr teuer.

Am Ende der Eingangshalle klopft der Butler-Chauffeur kurz, bevor er die schwere Tür öffnet.

»Bitte sehr, meine Herren.«

»Einen Augenblick noch, nehmen Sie doch schon einmal Platz, meine Herren«, sagt die angenehme dunkle Frauenstimme.

Schon wieder dieser Ton, denkt Moser und schaut seinen Kollegen an, der sich ungerührt umsieht. Der gleiche geschmackvolle Reichtum im Büro wie überall hier. Die ganze Rückwand des großen Raumes ist verglast. Kugelsicher, das sieht nun auch Stockinger. Der Blick fällt auf den rückwärtigen Garten. Ein kleines Paradies in sattem Grün und kräftigen bunten Farben ist da zu bewundern. Manche Sträucher sehen aus wie von weither importiert, und man erwartet unwillkürlich, tropische Vögel in ihnen zu entdecken. Von der Terrasse führt ein Weg, der im gleichen glatten roten Stein ausgelegt ist, hinüber zu einer Art Gartenhaus, das wie ein kleines Wohnhaus aussieht. Es ist einstöckig und weiß getüncht. Auch dort sind die Rollos heruntergelassen. Ob auch dort die Scheiben kugelsicher sind?

»Ja, Firma Ostex, Werner«, sagt die Frau in den Hörer. »Geben Sie mir bitte den Herrn Prokuristen, ja? ... Danke ... Werner hier ... Danke, mir geht es großartig. Ich möchte Sie bitten, einige Kontoänderungen durchzuführen. Und zwar geht es um die Konten mit den Endnummern 328, 334, 356 und 388 ... Sie wissen ja dann Bescheid ... Danke, Ihnen auch ...«

Hermine Werner ist so elegant wie ihre Umgebung. Sie trägt ein hellgraues Kostüm und eine weiße Bluse. Ihr dezenter Perlenschmuck und die beiden Ringe an ihrer linken Hand sind mindestens ein Jahresgehalt von Moser und Stockinger zusammen wert, wenn nicht mehr. Ob die vollen blonden Haare gefärbt sind? Sie ist schlank, und auf den allerersten Blick würde man sie nicht für sechzig halten. Sie ist eine sehr selbstbewußte Dame. Sie ist gewohnt, das Heft in der Hand zu behalten. Wahrscheinlich ist sie geschäftlich eine harte Verhandlungspartnerin. Sie sieht nicht so aus, als ob sie auf etwas verzichten würde, das sie bekommen kann. Moser hat sich in einen Sessel gesetzt, Stockinger ist stehengeblieben.

Hermine Werner rollt sich nun ein Stück nach hinten und um den großen Schreibtisch herum auf Moser und Stockinger zu. Ihr Rollstuhl kommt in gebührendem Abstand vor den beiden Besuchern zum Stillstand, und Moser erhebt sich wieder.

»Mein Name ist Richard Moser, und das ist mein Kollege Stockinger.«

»Behalten Sie doch bitte Platz«, sagt Frau Werner freundlich, nicht ohne die Spur von Herablassung, die Moser erwartet hat und nun amüsiert heraushört. »Und was will die Polizei bei uns?« fragt sie dann lächelnd. »Habe ich etwas angestellt?«

»Wir ermitteln in zwei Mordfällen, Frau Werner«, sagt nun Stockinger trocken.

»Das klingt ja entsetzlich! Ich weiß nur nicht recht, was ich für Sie tun könnte ... Ach, entschuldigen Sie, meine Herren. Kann ich Ihnen vielleicht etwas anbieten, einen Kaffee vielleicht? Es ist nämlich jetzt meine Kaffeezeit.«

»Wenn Sie auch einen nehmen, dann gern«, sagt Moser ebenso freundlich.

Hermine Werner rollt ein Stück zurück zu ihrem Schreibtisch und nimmt einen anderen Telefonhörer ab.

»Emmerich, seien Sie so nett, Kaffee heute für drei.«

Emmerich hat es sich wohl selber schon gedacht, der Kaffee dauert keine drei Minuten. So lautlos, wie er erschienen ist, verschwindet der Butler-Chauffeur auch wieder. Moser wirft ihm einen raschen forschenden Blick zu, den auch Hermine Werner bemerkt. Aber Emmerich Valdens Gesicht bleibt vollkommen ausdruckslos, seine Gesten sind sicher und professionell. Hermine Werner ist mit ihrem Untergebenen sichtlich zufrieden.

»Also, meine Herren, Sie sind von der Mordkommission, wenn ich recht verstehe. Aber was ich für Sie tun könnte, ist mir ganz offen gestanden ein Rätsel. Wenn Sie sich etwas genauer erklären könnten ...«

»Kennen Sie einen Russen namens Pjotor Schukov?« fragt Stockinger nun unvermittelt und durchaus nicht besonders freundlich.

Eine Sekunde lang scheint Hermine den direkten Ton Werner Stockingers zu mißbilligen, aber sie antwortet unverändert souverän. »Flüchtig. Wir haben mit ihm einige Ostgeschäfte abgewickelt, aber das ist Jahre her.«

»Er wurde vor kurzem mitten in Wien in die Luft gesprengt. Haben Sie nichts davon in der Zeitung gelesen?«

Hier macht Hermine Werner wahrscheinlich ihren ersten Fehler. Über den spektakulären Fall haben alle Radio- und Fernsehstationen berichtet, die Zeitungen waren voll davon. Es ist schwer zu glauben, daß irgendeinem erwachsenen Bewohner Wiens diese Geschichte entgangen sein sollte. Nur Hermine Werner scheint nichts davon gehört zu haben.

»Nein, ich komme wenig zum Zeitunglesen, wissen Sie. In die Luft gesprengt, sagen Sie? Das klingt ja wie in einem Kriminalfilm!«

»Ja, leider, Frau Werner«, hakt nun Moser ein. »Und einen Herrn Markus Spitzer? Kennen Sie den?«

Hermine Werner denkt nach, und das ist der zweite Fehler, den sie in diesem Gespräch macht. Sie hätte sich denken müssen, daß der Weg zu ihr nur über Markus Spitzer geführt haben kann, und sie hätte ohne das mindeste Zögern antworten müssen. Aber sie spielt weiter.

»Spitzer ... Spitzer ... Der hat doch eine kleine Exportfirma, nicht wahr? Medizinische Geräte überwiegend, wenn ich mich recht erinnere. Der ist doch nicht etwa auch in die Luft gesprengt worden?«

»Dem hat eine Ärztin vergangene Nacht das Atemgerät abgestellt. Genauer gesagt eine Frau, die als Ärztin verkleidet war. Leider kann er uns jetzt nicht mehr verraten, wer ihn zu dem Mord an Pjotor Schukov veranlaßt hat«, sagt Moser, als erkläre er es einem Kind.

»Frau Werner«, fragt nun Stockinger, bevor Hermine Werner weitersprechen kann, »wo sind Sie denn vergangene Nacht gewesen, so gegen vier Uhr morgens?« Stockingers Ton ist hart, aber korrekt. Das ist die eingespielte Verhörtaktik. Der eine irritiert die verhörte Person, der andere stellt scheinbar immer wieder das Gleichgewicht her und vermittelt den Eindruck, als sei noch gar nichts geschehen.

Diesmal reagiert die Geschäftsfrau aber richtig. Entrüstet sagt sie: »Das soll wohl ein Scherz sein, nehme ich an. Hier war ich! Was glauben Sie denn?«

»Wir glauben gar nichts, Frau Werner«, erwidert Stockinger sachlich. »Pjotor Schukov wurde von Markus Spitzer ermordet. Dann wurde Markus Spitzer selber ermordet.«

»Ja, das mag ja alles sein, wie Sie sagen. Aber was soll ich denn mit dieser Geschichte zu tun haben? Können Sie mir das einmal verraten?«

»Vielleicht gar nichts, Frau Werner«, sagt nun Moser begütigend. »Aber in so einem Fall verfolgen wir alle Spuren, das werden Sie doch verstehen.«

»Eine Spur, die zu mir führt? Nein, offen gesagt, Herr ...«

»Moser.«

»Offen gesagt, Herr Kommissar Moser, das verstehe ich wirklich nicht.«

»Frau Werner, Sie kennen sich doch aus in der Ostbranche. Sie sind lange im Geschäft, Sie besitzen Insiderwissen, das uns vielleicht weiterbringen könnte. Sie kannten Schukov, wenn auch ›flüchtig‹, wie Sie sagen. Und Sie kannten Spitzer, wenn auch gleichfalls ›flüchtig‹. Da liegt es doch nahe, daß wir Sie einmal fragen, ob Sie vielleicht eine Erklärung hätten für die beiden Morde. Ich meine dafür, daß Spitzer den Schukov ermordet hat und dann selber umgebracht wurde.«

»Nun ja, ich weiß zwar noch immer nicht, weshalb Sie sich in diesen Fällen ausgerechnet von mir eine Erklärung erhoffen ... Eine vage Vermutung ließe sich immerhin anstellen ... Wissen Sie, in Frankfurt und in Amsterdam sind abgesprungene russische KGB-Funktionäre auch mit Bomben getötet worden. Vielleicht eine Abrechnung ...? Wäre das nicht möglich?«

Ein spannender Moment: Moser, Rex und ein Polizist.

Rex und sein neues Herrchen – Liebe auf den ersten Blick...

Sie lösen jeden Fall: Moser, Rex, Höllerer und Stockinger.

Ein unschlagbares Trio: Stockinger, Rex und Höllerer.

Zeit fürs Frühstück, Mann...

Also, Ordnung halten mußt du noch lernen, Rex!

Zwei Kommissare, die den Gangstern das Fürchten lehren:
Rex und Moser.

Gefangen, gefesselt, verloren – wenn Rex nicht wäre.

Verschwörer und Geschäftemacher – Hermine Werner und Professor Bardini.

Da kann auch Dr. Leo Graf nicht mehr helfen...
links: Stockinger, Moser und Rex.

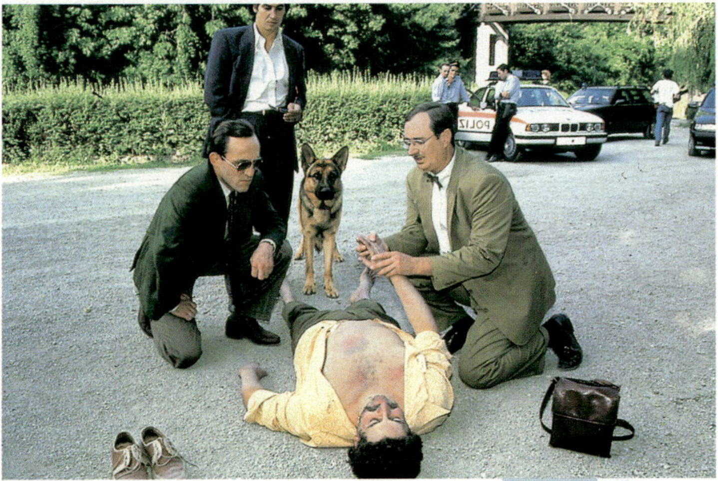

Moser wurde angeschossen. Kann Rex ihm helfen?

Soeben hat Hermine Werner ihren nächsten Fehler gemacht. Es ist wirklich nicht ihr Tag heute. Was sie, die keine Zeit zum Zeitunglesen hat, plötzlich so alles weiß ...

Moser ist diese Unaufmerksamkeit der Geschäftsfrau durchaus nicht entgangen. Der Kommissar und die Frau im Rollstuhl sehen sich für den Bruchteil einer Sekunde in die Augen. Auch Hermine Werner hat verstanden, daß sie sich in diesem Gespräch – oder ist es nicht eher ein Verhör? – bis jetzt nicht sehr geschickt verhalten hat.

»Dagegen spricht aber«, nimmt Moser den Faden wieder auf, »daß Schukov eindeutig von Spitzer ermordet wurde, wie wir Ihnen schon sagten, also von einem Österreicher. Ich kann mir nicht vorstellen, daß es da ein politisches Motiv gab.«

Hermine Werner ist nicht mehr so aufgeräumt und souverän wie noch vor wenigen Minuten. Sie hat Mühe, den Schein zu wahren, das spüren sowohl Moser wie Stockinger. Sie weiß, daß sie sich unnötig verdächtig gemacht hat. Und sie macht ihren nächsten Fehler.

»Es gibt Gerüchte, daß Spitzer dringend Geld brauchte ... Vielleicht wurde er dafür bezahlt und anschließend selber beseitigt?«

Hat sie nicht gerade noch gesagt, daß sie Markus Spitzer nur ›flüchtig‹ kennt? Und jetzt weiß sie sogar über Gerüchte Bescheid, die über ihn im Umlauf sind? Nein, sie ist ganz offensichtlich ausgezeichnet informiert ...

»Was wissen Sie über Schukovs Provisionen, Frau Werner?« fragt Stockinger plötzlich ohne jede Vorbereitung.

Hermine Werner schluckt und schweigt einen Moment. Dann entscheidet sie sich dafür, ein wenig nachzugeben. Sie wendet sich Stockinger nicht offen zu, sondern spricht nur vor sich hin.

»Für diese Provisionen gibt es keine Beweise. Aber Sie haben recht, alle haben an Schukov bezahlt ... Sie sind gut informiert, meine Herren, das muß ich schon sagen.«

Moser setzt das Verhör fort. »Das ist so eins der Probleme, Frau Werner ... Der Schukov muß doch eine ganze Menge Geld angehäuft haben im Lauf der Jahre. Nach Rußland konnte er es natürlich nicht transferieren, also muß es hier sein ... Können Sie sich vorstellen, wo dieses Geld sich befinden könnte?«

»Wieso hier, Herr Kommissar? Ein Schweizer Nummernkonto, das ist doch ganz einfach.«

»Ja, vielleicht«, sagt Moser nachdenklich. »Sagen Sie, betreiben Sie nicht auch Vermögensberatung?«

»Ein wenig, ja ...«, erwidert sie zögernd.

An diesem Punkt kann Moser einen Schritt weitergehen. Die Frau hat genug preisgegeben. Sie kann nicht mehr entrüstet alles zurückweisen, dazu ist es zu spät. Und das ist auch ihr selber klar. Moser und Stockinger haben das Verhör sehr geschickt geführt, das wird sich Hermine Werner auch sagen, sobald sie wieder allein ist und Zeit zum Nachdenken hat.

»Sehen Sie, Frau Werner, so kommen wir nicht weiter«, sagt Moser nun ruhig und bestimmt. »Wir könnten auch die Finanzbehörden einschalten und uns die Firma Ostex einmal sehr genau anschauen. Das wäre ohne weiteres zu machen. Ich vermute, das würde Sie nicht gerade freuen. Habe ich recht? Aber das alles interessiert mich gar nicht so sehr, Frau Werner ... Verstehen Sie, was ich sagen will?«

Hermine Werner regt sich nicht. Sie schaut Moser stumm an.

»Ich vermute, Sie haben Schukovs Geld angelegt? Ist

diese Vermutung richtig? Wie gesagt, Sie müssen mir das nicht sagen. Wir können es auch den Finanzbehörden überlassen, das herauszufinden ... Aber einfacher wäre es doch, Sie würden uns sagen, in welcher Beziehung Sie zu Schukov standen. Haben Sie sein Vermögen verwaltet oder nicht?«

»Und? Ist das vielleicht ein Verbrechen? Ja. Ich habe das Geld von vielen Leuten angelegt.«

»Frau Werner, was werden Sie jetzt mit der Firma von Markus Spitzer tun?« fragt Stockinger und trifft Hermine Werner wieder völlig unvorbereitet. Aber auf einen Fehler mehr kommt es jetzt schon nicht mehr an.

Hermine Werner ist unruhig geworden. Sie weiß genau, daß sie ins Hintertreffen geraten ist, daß die beiden Beamten ihre Schwäche und Unsicherheit erkennen und ausnutzen. Genau wie sie selber die Schwäche anderer immer erkannt und ausgenutzt hat. Geschäft ist Geschäft. Und dieses Gespräch hier ist auch eine Art Geschäft, nur daß diesmal sie es ist, die dabei verliert.

»Wie bitte? Wie meinen Sie das?« fragt sie erstaunt.

»Sie wissen schon, wie ich das meine, Frau Werner«, gibt Stockinger ungerührt zurück. »Aus den Unterlagen von Spitzer geht ganz eindeutig hervor, wie hoch er bei Ihnen verschuldet war. Die Firma von Spitzer gehört praktisch Ihnen. Sie hat überhaupt nur noch existiert, weil Sie Ihre Forderungen noch nicht geltend gemacht haben. Das wissen Sie genauso gut wie wir. Warum haben Sie das eigentlich nicht getan, Frau Werner? Sie haben doch nicht etwa ein gutes Herz?«

»Werden Sie nicht unverschämt, wenn ich bitten darf!« sagt Hermine Werner nun empört. Für einen Augenblick hat sie doch die Fassung verloren. Aber sie hat recht. Stockingers Frage war eine Unverschämtheit. Aber sie war keine bösartige, sondern eine kalkulierte Unverschämtheit, um sie noch weiter aus der Reserve zu locken.

»Sagen Sie, Frau Werner«, lenkt Moser wieder freundlich ein, »das Ostgeschäft ist in den letzten Jahren sehr schlecht gelaufen, nicht wahr?«

»Ja, schon. Viel schlechter als früher, die Zeiten haben sich eben geändert.«

»Haben Sie eine Ahnung, was genau der Schukov in diesen letzten Jahren getan hat? Ich meine, medizinische Geräte liefen nicht mehr gut und andere Elektronik auch nicht besonders. Außerdem, nach so vielen Jahren fangen die westlichen Firmen doch an, sich ihre eigenen Kontakte zu knüpfen, nicht wahr? Da gibt es nicht nur einen Schukov, da gibt es viele. Also was mich interessiert ist, mit welcher Art Ware hat Schukov sich in letzter Zeit beschäftigt? Womit hat er gehandelt? Womit hat er sein rückläufiges Geschäft mit den Provisionen aufgebessert? Was hat er vermittelt?«

Hermine Werner bleibt stumm. Ihr Gesicht ist wie versteinert.

Sie ist plötzlich gealtert. Sie weiß, daß sie eine Verdächtige geworden ist, und so weit hätte es niemals kommen dürfen.

Moser steht auf. »Wir wollen Sie nicht länger belästigen, Frau Werner. Im Moment ist das alles. Auf Wiedersehen.«

»Auf Wiedersehen, meine Herren«, sagt Hermine Werner trotz allem mit fester Stimme.

»Ach, Frau Werner, gestatten Sie noch eine letzte Frage«, sagt Moser an der Tür. »Wie kommen Sie hier überhaupt so zurecht im Haus? Ich meine – mit Ihrer Lähmung?«

»Danke, ich komme zurecht«, erwidert Hermine Werner kühl. »Nach dem Tod meines Mannes habe ich hier im Haus einige bauliche Veränderungen vornehmen lassen, die mir vieles erleichtern.«

»Also dann, einen schönen Tag noch.«

Rex wartet nicht an der Treppe, als Moser und Stockinger aus der Haustür treten.

»Rex!« ruft Moser, und schon schießt der Kripobeamte Rex um die Ecke und springt zuerst an Moser, dann an Stockinger hoch. Er läuft ein Stück weit zur Hausecke, dreht sich um, läuft ein Stück auf seine beiden Kollegen zu, dann wieder ein Stück zurück, alles ohne zu bellen. Die Kripo arbeitet lautlos.

»Sherlock Holmes will uns was zeigen, Richard«, sagt Stockinger.

»Na, dann schaun wir mal.«

Rex verschwindet wieder an der Hausecke. Moser und Stockinger spazieren ihm nach. Der hintere Garten ist dichter bepflanzt als der vordere zur Straße hin. Es ist wirklich ein kleines Paradies. Die Teerosen duften, im kleinen Goldfischteich plätschert es.

Aus dem einstöckigen weißen Gartenhaus sind jetzt Staubsaugergeräusche zu hören, die Fenster stehen offen und die Eingangstür auch. Eine junge Frau ist bei der Arbeit. Rex läuft zu ihr und bellt hinter ihr. Die junge Frau im hellblauen Arbeitskittel stellt den Staubsauger ab und dreht sich um.

»Sieh her, du bist es schon wieder. Ein ganz ein feiner bist du . . . ja . . . ein ganz ein braver Hund . . .«

Sie hat sich zu Rex niedergebückt und streichelt ihm über den Kopf. Rex leckt ihre Hand ab. Erst jetzt sieht sie die beiden Männer.

»Ist wohl Ihrer. Dacht' ich mir schon, daß der dem Besuch von der Frau Werner gehört.«

»Ja. Entschuldigen Sie, er ist sonst nicht so draufgängerisch, was hübsche junge Frauen angeht«, sagt Moser.

Das Haus hat nur ein einziges Zimmer, ziemlich groß und bequem und einladend hergerichtet. Hinten steht die Tür zu einem kleinen Badezimmer offen, eine andere Tür führt in eine winzige Küche. Rex bellt einen Schrank an.

»Ja, wohnt denn hier jemand?« fragt Moser.

»Das ist für die Frau Werner. Wissen Sie, wenn sie wirklich ganz allein sein will. Hier gibt's nämlich kein Telefon und kein gar nichts, und niemand darf sie hier stören. Sonst darf hier auch niemand herein, nur einmal pro Woche zum Saubermachen.«

»Gar keine schlechte Idee, so ein Häuschen, wo man mal so richtig allein sein kann. Hätt' ich auch gern«, sagt Moser. »Sie auch?«

»Freilich. Die Frau Werner hat sich das nach dem Tod ihres Mannes eingerichtet. Das hat sie schwer mitgenommen, da kommt man schon ins Grübeln.«

»Ja, da haben Sie recht ... Rex, nun gib endlich Ruhe!«

»Dem gefällt's halt auch hier. Ist ja auch kein Wunder«, sagt die junge Frau. »Entschuldigen Sie, aber ich muß weitermachen. Die Frau Werner schaut immer darauf, daß ich mich hier beeile.«

»Komm schon, Rex, jetzt ist's ja gut. Na komm!«

Also schön, Rex ist wieder still und gehorcht.

Schließlich ist Moser hier der Kommissar. Stockinger ist noch ein Stück weiter im Garten spaziert und kommt nun zurück.

Alle drei gehen zum Wagen.

Moser schaut nachdenklich auf die ruhige Straße, den Zündschlüssel in der Hand. »Was denkst du über die Verbindung von dem Schukov und der Werner, Stocki?«

»Wenn der Schukov die ganzen Jahre abkassiert hat, dann hat er eine ganze Menge Geld beisammen gehabt. Und die Werner hat ja praktisch zugegeben, daß sie es für ihn sozusagen verwaltet hat.«

»Ja, und? Weiter?«

»Angenommen, der Schukov wollte jetzt sein Geld zurück, und die Werner wollte es nicht mehr herausgeben? Dann hat sie den Spitzer dazu gebracht, den Schukov umzubringen. Der Spitzer war ja praktisch vollkommen in ihrer Hand, nicht? Der hatte doch keine Wahl.«

»Klingt plausibel, Stockinger. Aber wer hat dann den Spitzer umgebracht?«

»Weiß ich's? Die Frau hat doch Verbindungen, die kann sich jemanden gekauft haben.«

»Nein, nein, Stockinger, viel zu riskant. Die Frau ist erpreßbar. Für die steht hier alles auf dem Spiel, einfach alles, nicht nur ein paar Millionen Schilling.«

»Vielleicht ein paar Hundert Millionen Schilling?«

»Gut möglich, Stockinger, daß es hier um noch viel mehr geht, um etwas ganz Unbezahlbares . . .«

»Herr Kommissar sprechen in Rätseln. Was ist heute schon noch unbezahlbar, Richard.«

»Leben, Freiheit, Gesundheit, Stockinger ... Ich komm' noch auf einen Sprung mit ins Büro, und danach sind der Rex und ich verabredet.«

Rex hat sich auf dem Rücksitz schlafen gelegt. Moser dreht den Zündschlüssel, und langsam fährt der sportliche Wagen die Straße entlang und verschwindet.

KAPITEL 10

IM BEISEL

Höllerers Hosenträger hängen immer noch herunter. Ein Tischventilator bläst ihm ins Gesicht. Er sitzt vornüber gebeugt und schreibt. Eben beißt er wieder ein großes Stück von seiner Wurstsemmel ab, als Moser, Stockinger und Rex hereinkommen.

»Servus, Höllerer«, sagt Moser.

»Servus, Höllerer«, sagt Stockinger.

Servus, Höllerer, bellt Rex, der die Pfoten auf Höllerers Knie aufstützt und ihm übers Gesicht schleckt.

»Geh pfui, Rex! Du siehst doch, daß ich am essen bin! Und außerdem hab' ich zu tun«, protestiert Höllerer. »Einer muß ja hier den Papierkram auf dem laufenden halten.«

»Viel zu warm für dich da draußen«, sagt Moser. »Du bist hier schon ganz gut aufgehoben, Höllerer. Gibt's was Neues?«

»Nein, nichts Neues ... Halt! ... Rex, sofort gibst du mir meine Semmel wieder!« ruft Höllerer empört.

Zu spät. Rex sitzt auf seiner Decke und kaut. Alle sehen ihn an, Rex blickt unschuldig drein. Grinst er etwa? *Welche Semmel? War doch nicht der Rede wert, habt euch nicht so. Ein Hund muß schließlich auch mal etwas essen. Nun schaut mich nicht an, als ob ich hier der Verbrecher bin!*

Rex steht auf und stößt mit der Pfote zuerst an seinen Futternapf, dann an seinen Wassernapf. Er geht zu Moser und schubst ihn mit der Schnauze an, dann wiederholt er das Manöver mit seinen Näpfen. Der Wink an Moser ist nicht zu übersehen. Soll Rex vielleicht selber zum Wasserhahn gehen und seinen Napf füllen? Soll er vielleicht allein dafür sorgen, daß er nicht verhungert? Nein, Moser ist dafür verantwortlich. Moser muß ihm zu essen und zu trinken geben. Moser muß ihn ausführen und mit ihm spielen. Moser muß für ihn einkaufen, zumindest bezahlen ... Moser ist sein Herrchen, also muß Moser sich um ihn kümmern. Schließlich kümmert er sich ja auch umgekehrt um Moser.

»Richard, ich glaub', der ist noch nicht satt«, sagt Höllerer bewundernd.

»Nichts da, Rex. Gegessen wird später. Daheim. Was zu trinken ist in Ordnung.«

Moser füllt den Wassernapf an der Leitung.

»Und wer ersetzt mir meine Semmel?« will Höllerer wissen.

»Hol dir eine frische aus meinem Schreibtisch, da müßten noch zwei drin sein«, sagt Moser vom Waschbecken aus, ohne sich umzudrehen.

»Da ist aber keine mehr. Eine hat der Stockinger dir schon heut' mittag geklaut, und die zweite hat gerade der Rex gefressen.«

Moser stellt den Wassernapf ab und schaut seine beiden Kollegen an, einen nach dem anderen. »Die Welt ist voller Kleinkrimineller. Immer schlimmer wird das.«

»Mundraub ist nicht strafbar, Herr Kommissar. Und schon gar nicht, wenn er aus Notwehr geschieht«, sagt Stockinger.

»Wieso Notwehr?« will Moser wissen.

»Na, bei dir kommt man niemals zum Einkaufen. Wenn's nach dir ginge, könnte unsereins glatt verhungern!«

»Recht hast, Stockinger«, stimmt Höllerer zu.

Recht hast, Stockinger, bellt Rex, der im Nu seinen Napf ausgetrunken hat.

»Ihr seid heut alle drei gegen mich«, schmollt Moser.

»Also gut, um den Hausfrieden wieder gerade zu biegen, versprech' ich euch zwei eine Runde Wurstsemmeln für morgen.«

Rex bellt empört. Moser hat schon die Türklinke in der Hand.

»Also euch drei dann ... Stockinger, sei so nett, bring den Höllerer auf den neuesten Stand, ja? Ich bin in einer halben Stunde wieder da. Ich werd schon einmal einen Durchsuchungsbefehl für die Villa Werner besorgen. Man kann nie wissen ...«

Als Moser zurückkommt, sind Stockinger und Höllerer an ihren Schreibtischen beschäftigt. Beide blättern in dicken Aktenordnern und tragen hier und da etwas nach. Rex kaut zufrieden an seinem Büroknochen herum. *Netter Tag heute. Was machen wir als nächstes?*

»Also, Kinder, ich will, daß die Hermine Werner beschattet wird«, sagt Moser gleich, als er zur Tür hereinkommt. »Höllerer, kannst du das organisieren. Rund um die Uhr.«

»Aber wo soll die denn schon hin?« fragt Stockinger skeptisch.

»Vielleicht nirgendwo hin. Vielleicht ergibt sich aber auch was ... Daß mit der Frau etwas nicht stimmt, steht für mich fest. Und dann könnt ihr zwei den Laden dicht machen und heimgehen. Heut' wird sich ja wohl nichts mehr tun. Wir warten erst mal ein, zwei Tage ab, und wenn gar nichts geschieht, dann stellen wir die Villa Werner auf den Kopf. Für meine Begriffe ist die feine Dame im Augenblick die Hauptverdächtige, gelähmt hin, gelähmt her ...«

»Und warum nicht gleich?« will Stockinger wissen. »Daß mit der etwas nicht stimmt, darüber brauchen wir gar nicht mehr zu reden.«

»Wir haben eigentlich noch nichts Konkretes gegen

sie, Stocki. Und wenn wir sie ein, zwei Tage in Ruhe lassen, dann liefert sie uns vielleicht etwas, was noch viel wichtiger ist.«

»So, und was?«

»Mein alter Freund Ganscheff hatte da eine Idee, die vielleicht gar nicht falsch ist. Menschenhändler, hat er gesagt.«

Moser nimmt sein Jackett von der Stuhllehne.

»Servus dann, bis morgen. Komm, Rex!«

Rex springt auf den Beifahrersitz. Moser dreht nicht gleich den Zündschlüssel. Er denkt nach. Rex schaut ihn neugierig von der Seite an.

Moser denkt an einen Fall, der jetzt schon fast drei Jahre zurückliegt. Einer der vielen ungeklärten Todesfälle, die sich im Lauf der Jahre in den Akten der Mordkommissionen so anhäufen. Das liegt nicht nur am chronischen Personalmangel. Viele Tötungsdelikte werden nie aufgeklärt, ganz einfach, weil es keinerlei Verbindung zwischen Opfer und Täter gibt. Das sind die schlimmsten Fälle. Aber meistens stammt der Täter aus dem Familien- oder Bekanntenkreis des Opfers, und dann führt die Spur früher oder später zu ihm.

»So, Rex. Der Max wartet sicher schon auf uns. Aber sehr lang bleiben wir nicht. Ich bin hundemüde.«

Rex gähnt. *Ich auch.*

Es ist ein warmer Abend. Stimmengewirr, Lachen und Gläserklingen sind schon von draußen zu hören. Der Sommergarten des kleinen Heurigenlokals ist fast voll besetzt. Kein Wunder. Das Wetter könnte nicht besser sein, und es sind noch immer Ferien. Zwei Serviererinnen tragen große Tabletts mit Bierkrügen und Weingläsern zwischen den Tischen durch. Windlichter und Schälchen mit Salzgebäck stehen auf den Tischen. Die Wachs-Tischdecken sind rot und weiß kariert.

Bunte Lampions hängen zwischen den Linden, deren Laubwerk beinahe ein Dach bildet. Die Stimmung ist fröhlich und unbeschwert. Die Alltagssorgen sind vergessen, die Arbeit des Tages erledigt. Man kann mit seinen Freunden zusammensitzen und den Abend verplaudern, alte Geschichten aufwärmen, Neuigkeiten austauschen, Pläne schmieden.

Ganz hinten, etwas abseits vom größten Trubel, sitzt Max Koch an einem kleinen Tisch, ein Viertel Roten vor sich, und schaut amüsiert in die Menge. Sein Hemdkragen steht bequem offen, die Ärmel sind ein Stück hochgekrempelt. Sein Blick ist wachsam, das ist er von seinem langen Polizistenleben her noch immer so gewohnt. Die kleinsten Details sind es oft, die auf die richtige Spur führen. Ein winziges Zögern, der kaum merkliche Schatten, der über das Gesicht eines Befragten huscht. Ein Staubkorn, eine Faser, ein Haar ...

Man sieht ihm nicht an, daß er wartet. Er wirkt nicht ungeduldig, und er ist es auch nicht.

Max Koch hat eine Art Adoptivsohn, mit dem er verabredet ist. Er kennt ihn fast seit seiner Kinderzeit, den Jungen. Ein Lausbub ist er gewesen und später dann, als er älter war, ein schwieriger Jugendlicher. Viel hätte nicht gefehlt, und der Junge wäre damals abgerutscht. Aber nicht, weil er die Veranlagung dazu hatte. An Veranlagung glaubt Max Koch in diesen Dingen nicht. Nein, sein ganzes Milieu war nicht das günstigste. Aber der Junge hatte Talent, einen guten Kern und einen guten Charakter, das hat Max Koch damals gleich erkannt. Und er hat ihm geholfen, und der Junge von damals hat sich prächtig entwickelt. Max Koch hat ihn aus der Ferne immer im Auge behalten.

Sie treffen sich auch heute noch ziemlich regelmäßig, wenn auch nicht sehr oft. So sehr viel Zeit läßt einem die Arbeit bei der Mordkommission nicht. Max Koch ist stolz auf seinen Zögling, denn als Zögling, hat er damals schon den Jungen betrachtet und heute den jungen Mann.

Jetzt breitet sich ein herzliches Lächeln auf Max Kochs Gesicht aus. Da ist er. Der junge Mann dort drüben hat ihn noch nicht entdeckt. Er steht leicht gebückt und redet eindringlich auf einen Schäferhund ein, der aufmerksam zuhört und genau zu verstehen scheint, was ihm gesagt wird.

Der Hund hat die Ohren gespitzt und blickt sein Herrchen liebevoll, aber auch verschmitzt an, als wollte er sagen: *Ja, ja, ist ja recht, ich stell' schon nichts mehr an heute abend. Du kannst dich ganz auf mich verlassen. Und was machen wir jetzt?*

Dann blickt der Mann wieder auf und entdeckt Max Koch.

»Grüß dich, Richard.«

Die beiden schütteln sich herzlich die Hand.

»Servus, Max.«

»Und das ist also der Wunderhund, dein neuer Freund? Grüß dich, Rex.«

Rex geht artig um den Tisch, setzt sich und streckt dem Freund seines Herrchens eine Pfote hin. *Guten Abend, der Herr. Freut mich, Ihre Bekanntschaft zu machen.*

Max Koch lacht. Er beugt sich hinunter, schüttelt die Pfote und krault Rex dann hinter den Ohren. Rex vergißt im Nu die Formalitäten. Er leckt Max Koch kurzerhand übers Gesicht.

»Also Rex, was hab' ich dir gerade gesagt? Du sollst dich wie ein zivilisierter Hund benehmen.«

»Laß ihn doch, Richard.«

Rex geht zu Moser hinüber und schmiegt sich an ihn. Er will gestreichelt werden. Er wird gestreichelt.

Max Koch schaut zu. Die Serviererin bringt das Bier, das Moser schon im Vorübergehen bestellt hat.

»Das ist ein gutes Zeichen, Richard.«

»Was?«

»Wenn man nach so vielen Jahren bei der Polizei noch immer Gefühle hat, mein' ich. Um dich brauch' ich mir keine Sorgen mehr zu machen.«

»Solltest du aber, Max. Vor ein paar Tagen erst hat mir ein kleiner Bub die Brieftasche gestohlen, als ich zum Ganscheff gegangen bin. Mir! Kannst du dir das vorstellen? Wenn der Rex ihn nicht gefaßt hätt', ich weiß nicht, ob er mir nicht entwischt wär'.«

»So was kommt halt vor. Wie ich noch im Dienst war, da haben sie mir einmal in einem üblen Kaffeehaus den Wintermantel gestohlen. Und damals war das mein einziger Wintermantel! Was hast du gemacht mit dem Buben?«

»Hab' ihn laufen lassen – so wie du mich damals.«

»Na, wenigstens hast du etwas gelernt von mir. Eine Jugendstrafe genügt, und das ganze Leben kann verpfuscht sein.«

»Nur hast du mir damals zur Warnung zwei deftige Ohrfeigen gegeben ...«

Koch schaut Moser grinsend an.

»Aber geholfen haben die – sonst wärst du da unten verkommen in der Gegend. Ja, das ist alles lange her ... Eigentlich bin ich ganz froh, daß das alles vorbei ist, Richard. Ich genieße mein Pensionärsdasein, das kannst du mir glauben. Aber neugierig bin ich immer noch. Was macht dein Bombenleger?«

»Dem Spitzer hat jemand das Beatmungsgerät abgeschaltet. Eine Frau, als Ärztin verkleidet. Ist einfach an unserem Wachmann vorbeispaziert und hat den Stöpsel rausgezogen. Kannst du dir so was vorstellen? Und der Schukov, der hat Provisionen genommen, und alle haben gezahlt. Aber ich glaub', in der letzten Zeit hat der noch andere Dinge gemacht. Saubere Gesellschaft ... aber dir brauche ich das ja nicht zu sagen. Jedenfalls, eine gewisse Frau Werner hat das Geld von dem Schukov wahrscheinlich so angelegt, daß wir da nicht herankommen. Wir sind in den Geschäftsunterlagen von dem Spitzer auf sie gestoßen, und ich glaub', die hängt da irgendwie mit drin. Nur haben wir noch nichts Konkretes gegen die Frau. Und vielleicht finden wir auch gar nichts, aber nach meinem Gefühl ...«

»Werner ... Werner ...«, murmelt Max Koch nachdenklich vor sich hin.

»Genau die, Max.«

Max Koch schaut sein Gegenüber erstaunt an. Sein Gesicht verfinstert sich etwas. Plötzlich ist er wieder ganz und gar Kriminalpolizist.

»Mein letzter Fall«, sagt er. »Ich muß zugeben, es ärgert mich heute noch ... Eine prunkvolle Villa in Döbling, das Ehepaar Werner sitzt auf der Terrasse, sie fährt in die Halle mit ihrem Rollstuhl ... Deshalb haben wir ihr nichts nachweisen können, der feinen Frau Werner ... Also sie fährt in die Halle, angeblich zur Toilette. Und kurz darauf fällt vom Balkon im ersten Stock ein schwerer Blumentrog dem Dr. Werner auf den Kopf. Sie kommt wieder heraus auf die Terrasse, ruft um Hilfe, daß es sogar noch in der Nachbarvilla zu hören ist. Nur hat dem Dr. Werner keiner mehr helfen können. Alles sauber. Keine Zeugen. Mit Indizien wären wir nicht durchgekommen.«

»Ihr Mann war Arzt?«

»Ja, Internist. Mit eher bescheidener Praxis. Paßt nicht so ganz zu dem Prunk, wie? Der arme Kerl. Ich glaub', der war nicht ehrgeizig. Muß ein anständiger Mann gewesen sein.«

»Was für eine Lähmung hat die eigentlich genau, die Frau Werner? Weißt du das noch?«

»Es gab einen ärztlichen Befund. Die Lähmung hat sie erst zwei Monate vor dem Tod ihres Mannes bekommen.«

»Wie praktisch. Und was stand in dem Befund?«

Max Koch nickt. »Wirklich praktisch. Genau das hab' ich damals auch gedacht. Keine organische, sondern eine psychosomatische Erkrankung. Ursache nicht genau feststellbar. Nerven eventuell, wenn ich mich recht erinnere.«

»Und der Befund war sauber?«

»Was soll man da machen, Richard? Einen organischen Befund kann man nachprüfen lassen, einen psychischen oder psychosomatischen praktisch überhaupt nicht. Niemand hätte ihr das Gegenteil beweisen können. Der Befund war unanfechtbar.«

»Wie war denn die Ehe von denen?«

»Wir konnten nichts herausfinden, Richard. Du warst doch dort?«

Moser nickt stumm.

»Dann hast du ja gesehen, was das für Leute sind. Diskretion um jeden Preis. Wir haben damals vom Dienstmädchen etwas von Streitereien kurz vor dem Todesfall gehört, aber das hat uns nichts genützt. Und das Dienstmädchen hat schon am nächsten Tag seine Stelle verloren, als ich die Frau Werner darauf angesprochen habe. Indiskretion ist in diesen Kreisen eine wahre Todsünde, das kannst du mir glauben.«

Max Koch sieht grübelnd vor sich hin. »Wenn die nicht im Rollstuhl gesessen wär', ich hätte schwören können, daß die ihren Mann umgebracht hat . . .«

»Genau das hab' ich mir nach dem Mord im Spital auch gedacht«, sagt Moser bestimmt. »Wenn die nicht im Rollstuhl wär' . . .«

Moser zögert. Auch er sieht nun nachdenklich vor sich hin.

»Hast du eine Idee, Richard?« will Max Koch wissen.

»Ja ... nein ... nur so eine Idee. Helfen wird uns das wohl nicht. Aber wer hat eigentlich das Gutachten für die Frau Werner damals ausgestellt?«

»Das war ein Neurologe oder Psychiater oder so was. Ich hab' seinen Namen vergessen, aber der müßte in der Akte stehen. Ein gewisser Doktor ... Ich komm' nicht mehr drauf. Dieses Dienstmädchen von der Werner damals, die hat auch so was von einem Verhältnis zwischen der Werner und einem anderen Arzt angedeutet. Aber das war noch ein anderer als der mit dem Gutachten. Die beiden kannten sich wohl schon eine Ewigkeit ... Aber ich hab' das nicht weiter verfolgt, es wäre Zeitverschwendung gewesen. Wir haben der Werner nun mal nichts nachweisen können, dabei ist es geblieben.«

Moser nickt nachdenklich.

»Und diese Frau ist jetzt wieder in etwas verwickelt? Es ist nicht sauber, Richard, ich weiß. Man darf da nichts vermischen und durcheinanderbringen. Vielleicht wurmt es mich bloß so, weil mein letzter Fall ungelöst liegengeblieben ist ... Aber ich war schon damals fest überzeugt, daß diese Frau eine Mörderin ist. Sie war mir damals schon ein wenig unheimlich, diese Hermine Werner. Eine sehr harte, ziemlich skrupellose Person ... Aber ich will dich um Gottes willen nicht beeinflussen, Richard. Du mußt dir da dein eigenes Urteil bilden.«

Moser nickt nur. »Reden wir von was anderem, Max«, sagt er müde. »So oft sehen wir uns ja auch nicht, daß wir immer vom Dienst reden müssen.«

Noch eine Stunde sitzen die beiden Männer beisammen, während Rex zufrieden ihren ruhigen Stimmen lauscht und zwischendurch auch ein Nickerchen macht. Sie lachen viel. Max Koch ist ein großer Witzeerzähler, und er genießt es, über die komischen Seiten seines Rentnerdaseins zu reden. Und Moser muß die ganze Geschichte mit Rex haarklein wiederholen. Rex hört ganz genau zu, als von ihm die Rede ist. Zwischendurch bellt er hier und da und stellt eine Tatsache ins richtige Licht.

Es ist ein entspannter, angenehmer Sommerabend.

KAPITEL 11

AUFSTEHEN !

Einmal muß der Mensch auch ausschlafen, wenigstens einigermaßen. Moser hat sich vorgenommen, heute nicht allzu früh ins Büro zu gehen. Seinen Papierkram schafft er so oder so nicht, wenn er ständig unterwegs sein muß, also wird er am Wochenende ein bißchen arbeiten müssen. Berichte schreiben, Akten vervollständigen – immer dieselbe Routine. Jedenfalls ist heute einmal der Wecker nicht gestellt.

Sehr ordentlich sieht Mosers Schlafzimmer nicht gerade aus. Hier liegt eine Socke auf dem Boden, in der anderen Ecke die zweite; ein Hemd liegt zusammengeknüllt auf einer Reisetasche, über die Stuhllehne ist eine Hose geworfen, und auf dem kleinen Sessel am Fenster stapeln sich, ebenso wie neben dem Bett, alte Zeitschriften und Zeitungen, Mosers Bettlektüre. Dort steht noch ein leerer Teller, auf dem undefinierbare Reste liegen oder vielmehr kleben. Eine Tasse mit Kaffeesatz und ein leeres Glas, ebenfalls mit Resten von irgendetwas; daneben eine halbe Flasche Mineralwasser. Und dazwischen liegen nun auch noch die Sachen von Rex herum: Bälle, Knochen, die Decke, ein leerer Futternapf.

Rex liegt vor Mosers Bett auf dem Boden und läßt seine Augen durch das Zimmer wandern. Er schaut sich still das Durcheinander an, dann wieder seinen schlafenden Herrn. *Schönes Chaos hier,* denkt Rex, *so gefällt es mir. Prima Wohnung haben wir. So ein schönes Zuhause hab' ich noch nie gehabt.*

Moser liegt reglos auf dem Rücken, seine Augen sind geschlossen. Er atmet ruhig. Rex schaut ihn noch einmal liebevoll an, dann steht er auf und holt seinen

Lieblingsball unter dem Bett hervor, wohin Moser ihn gestern abend noch befördert hat. Er schubst den Ball mit der Pfote an, dann mit der Nase.

Er schaut wieder zum reglos daliegenden Moser hinüber. *Man kann doch nicht ewig schlafen! Spielen ist besser.* Er treibt den Ball mit Schnauze und Pfoten vor sich durchs Zimmer, dann nimmt er ihn ins Maul und wirft ihn in die Luft. Rex bellt und läuft aus dem Zimmer. *Getroffen!* Der Ball ist auf Mosers Bauch gelandet.

»Rex! Kannst du nicht draußen spielen? Wie spät ist es überhaupt? Mitten in der Nacht!«

Rex steckt den Kopf durch die Tür und bellt. *Stimmt nicht. Heller Tag, steh auf! Laß uns spazieren gehen! Oder wieder einkaufen! Los, steh jetzt auf!*

Moser lacht. »Ganove! Komm her!«

Mit zwei Sätzen ist Rex auf dem Bett und leckt Moser das Gesicht ab. *Einverstanden? Erst einmal gehen wir spazieren, dann gehen wir was essen, dann spielen wir mit den neuen Bällen, dann ...*

»Ja, ja, ist ja gut. Da hast du deinen Ball, spiel noch ein bißchen.«

Moser wirft den Ball gegen die Wand. Vom Bett aus springt Rex hoch in die Luft und fängt ihn im Flug. Er legt ihn vor dem Bett auf dem Boden und legt den Kopf schief. *Komm raus aus dem Bett! Spiel mit mir!*

»Nein, nein, Rex. Gib' mir zehn Minuten. Du kannst ja inzwischen ein bißchen aufräumen, wie wär's damit? Aufräumen, verstehst du? So, wie ich's dir gezeigt hab'. Und dann kannst du Brötchen holen gehen. Bäcker, verstehst du? Ich hab's dir erklärt.«

Rex hat die Ohren gespitzt und jedes Wort verfolgt. Er bellt noch einmal. Aufräumen. Bäcker. *In Ordnung, Chef!* Er zieht die Hose von der Stuhllehne und schleift sie zum Sessel. Dann trägt er nach und nach Zeitschriften von Mosers Bett zum Sessel, danach seine Knochen und Bälle, die Decke, die Socken, und schließlich das Telefon, das er aus dem Wohnzimmer holt. Er läuft noch einmal aus dem Zimmer und kommt mit einem T-Shirt und einer Hose im Fang zurück, die er ebenfalls zu dem Sessel am Fenster trägt.

Moser macht große Augen.

»Das nennst du aufräumen? Rex! Schluß! Laß meine Sachen in Ruhe! Aufhören!«

Rex sieht ihn an. *Aufräumen, oder?*

»Nein, nein, Rex, nicht so. Geh lieber, hol uns frische Semmeln, der Bäcker weiß Bescheid. Verstehst du? Bäcker, lauf, Rex.«

Rex wedelt mit dem Schwanz und läuft aus dem Zimmer. In der Küche schnappt er sich die kleine alte Korbtasche mit dem Henkel. Vor der Wohnungstür stellt er sie ab. Er springt hoch und drückt mit der Pfote die Klinke herunter. Die Tür öffnet sich. Vom Flur aus stößt Rex sie mit der Schnauze wieder zu. Er läuft die Treppe hinunter, bleibt an der Straße stehen, schaut nach links und rechts, wie er es gelernt hat. Frei! Er stürmt über die Straße und verschwindet in der kleinen Bäckerei gegenüber, deren Tür weit offen steht. Ebenso schnell ist er wieder draußen, läuft zum Haus zurück, stürmt die Treppe hoch und stellt seine Tasche neben der Wohnungstür ab. Er stellt sich auf die Hinterpfoten und drückt mit der rechten Vorderpfote die Klingel. Alles kein Problem. Er hat gelernt, wie man so etwas macht.

Es läutet, aber Moser kommt nicht. Rex klingelt noch einmal.

»Ja, ja – ich komm' ja schon . . .«

Die Tür öffnet sich, und Moser will Rex die Tasche aus dem Maul nehmen.

»Brav gemacht, Rex! Auf dich kann man sich wirklich verlassen. Na, gib' her!«

Rex behält die Henkel im Maul und knurrt. *Nichts da, gefrühstückt wird in der Küche.* Er geht mit der Tasche an Moser vorbei. In der Küche stellt er sie neben den Tisch. Er bellt und schaut Moser an. *Immer noch nicht angezogen?*

Dann geht er zum Küchenschrank und öffnet mit der Pfote eine der unteren Türen. Er steckt seinen Kopf in das Fach und kommt mit seinem Freßnapf wieder zum Vorschein. Den Napf stellt er neben die Tasche mit den Semmeln auf den Boden. *Frühstückszeit!*

»Dauert noch ein paar Minuten, Rex. Ich will erst noch duschen, bevor wir frühstücken. Du bist inzwischen ein braver Hund und räumst deine Spielsachen zusammen. Kapiert?«

Erhobenen Hauptes geht Rex aus der Küche und springt auf das Sofa im Wohnzimmer, während Moser im Badezimmer verschwindet. *Zusammenräumen? Räum' du erst einmal selber auf! Sogar das muß ich für dich machen!*

Moser tritt aus der Dusche, rasiert sich. Er wischt sich noch den letzten Rasierschaum aus dem Gesicht, wirft das Handtuch auf den Haufen beim Fenster und zieht sich rasch an, Jeans und ein sauberes leichtes Hemd aus dem Schrank. Dann geht er in die Küche, schaltet die Kaffeemaschine ein und beginnt, die Semmeln mit Butter zu bestreichen und mit Wurst zu belegen. Er füllt Rex' Futter- und Trinknäpfe.

»Rex! Wo hast du dich wieder versteckt? Los, komm schon, Frühstück, Rex!«

Moser gießt sich eine Tasse Kaffee ein, beißt in eine Wurstsemmel und schlendert ins Wohnzimmer. Er schnallt seine Pistole um und zieht seine Schuhe an.

»Rex! Wo steckst du denn wieder?«

Moser schaut ins Schlafzimmer, in den Abstellraum und schließlich ins Badezimmer. Der Duschvorhang ist zugezogen, aber Rex ist dahinter deutlich zu sehen. Moser lächelt, sagt aber nichts. Rex steckt den Kopf hinter dem Vorhang hervor und bellt. Moser wirft die Arme in die Luft.

»Uh! Hast du mich erschreckt!«

Rex springt aus der Dusche und hüpft schwanzwedelnd um Moser herum. Rex bellt. *Tolles Spiel.*

In diesem Moment klingelt das Funktelefon. Rex stürmt ins Schlafzimmer, kommt mit dem Apparat im Fang zurück und hält ihn Moser hin. Dann läuft er in die Küche. Er muß jetzt erst einmal frühstücken.

»Moser hier . . . Wo sagst du? . . . Da schau an . . . Dr. Graf schon da? . . . Ja, wir kommen sofort, sind schon unterwegs. Bis gleich, Stocki.«

Moser geht in die Küche.

»Auf geht's, Rex, ein neuer Fall. Oder der alte, wer weiß. Komm, wir müssen los!«

Rex verschwindet und kommt mit einem Ball im Fang zurück, seinem Lieblingsball. Er bellt freudig und springt an Moser hoch.

»Nein, nicht zum Spielen. Spazieren gehen wir ein andermal. Ich versprech's dir. Jetzt gehen wir arbeiten, den Ball brauchen wir nicht.«

Rex saust noch einmal fort und kommt mit seiner Hundeleine im Fang wieder.

»Brav, Rex«, sagt Moser und legt ihm die Leine um den Hals, während er in sein Sakko schlüpft.

Rex nimmt seinen Ball wieder ins Maul, und Moser läßt ihn sein Spielzeug mitnehmen. Der Hund hat eben seine eigenen Vorstellungen vom Arbeiten.

Wenig später streicht den beiden der Fahrtwind um die Ohren. Das gute Wetter hält an. Es ist wieder ein blauer, warmer Sommertag. Kinder sind auf ihren Rädern, Jugendliche mit ihren Mofas unterwegs, Mütter in leichten Sommerkleidern schieben ihren Nachwuchs spazieren. Dort ist eine Straße für den Wochenmarkt gesperrt. Moser fährt langsam und sieht die Markttische voller Erdbeeren und Kirschen. Die meisten Ladentüren stehen offen, ebenso die meisten Fenster der Wohnhäuser in den Straßen.

Kommissar Moser und Kommissar Rex sind auf dem Weg in eine ländliche Gegend ganz in der Nähe von Wien. Kommissar Rex mit seinem Lieblingsball im Maul, Kommissar Moser mit nachdenklichem, konzentriertem Gesichtsausdruck. Auf einem kleinen Parkplatz an der Landstraße hat eine Spaziergängerin eine Leiche entdeckt. Genauer gesagt war es wohl ihr Hund, der den Fund gemacht hat.

KAPITEL 12

STOCKINGER ÜBERGIBT SICH

Die Landstraße ist kaum befahren, und sehr viele Leute wohnen in dieser Gegend wohl auch nicht. Jedenfalls liegen die Häuser weit auseinander, überwiegend alte Bauernhäuser, nur zum Teil renoviert. Aber die meisten Höfe werden wohl landwirtschaftlich nicht mehr genutzt.

Der Parkplatz ist nicht zu übersehen. Der große Wagen der Spurensicherung und ein Ambulanzwagen stehen schon dort, außerdem ein Streifenwagen und der alte Volvo des Gerichtsmediziners Dr. Leo Graf. Von den beiden Müllcontainern steht einer weit offen. Zwei uniformierte Beamte, Dr. Graf, zwei Sanitäter und Stockinger stehen davor. Die Leute von der Spurensicherung nehmen bereits die nähere Umgebung unter die Lupe. Auf dem Boden vor dem Müllcontainer steht eine Tragbahre mit der Leiche des erfrorenen Mannes.

Rex bellt und läuft davon, als Moser die Wagentür öffnet. Moser will ihn zurückrufen, läßt ihn dann aber doch gewähren.

»Bleib in der Nähe, Rex!« ruft er ihm nur nach. »Vielleicht gibt's hier Arbeit für dich.« Die Gruppe um die Tragbahre schaut dem Neuankömmling entgegen. »Servus alle miteinander«, sagt Moser.

»Unbekannter Toter, keine Papiere, wahrscheinlich in der Nacht von gestern auf heute erfroren«, berichtet Stockinger knapp.

Moser schaut Dr. Graf an, der einen weißen Arztkittel und eine Brille trägt. Sein Gesicht ist ernst, aber einen Hang zum Humor hat es noch nie verbergen können. Die beiden Männer arbeiten schon lange zusammen, seit Moser bei der Kripo ist. Sie respektieren und schätzen sich, und sie brauchen keine lange Einleitung, wenn sie beruflich miteinander zu tun haben.

»Rötungen, teilweise sogar abgestorbenes Gewebe durch intensive Kälteeinwirkung ... leichte Kopfverletzung, aber die ist harmlos. Allen Anzeichen nach ist der Mann erfroren.«

»Mitten im Sommer?« fragt Moser ungläubig. »Sag mal, Stockinger, da war doch vor ungefähr einem halben Jahr ein ähnlicher Fall, oder?«

»Stimmt, Richard, ebenfalls ein Erfrorener auf einem Parkplatz, drei Kilometer weiter stadteinwärts. Die Kollegen haben damals aber nichts weiter herausgefunden. Ein unbekannter Toter, wahrscheinlich ein Flüchtling irgendwo aus dem Osten ...«

Dr. Graf hört dem Gespräch zu. Er hat seine Arbeit beendet.

Er nickt den beiden Sanitätern zu, die die Leiche ins Gerichtsmedizinische Institut fahren werden. Dann verabschiedet er sich auch schon von Moser. Er ist ein vielbeschäftigter Mann.

»Obduktionsbericht schick' ich dir dann rauf ins Büro, Richard.«

»Ja, ich danke dir. Ich hab' das Gefühl, hier ist noch mehr zu finden.«

Dr. Graf steigt in seinen grünen Volvo und fährt stadtwärts davon. Moser schaut sich auf dem Parkplatz um. Die beiden Leute von der Spurensicherung stehen unschlüssig in der Nähe. Der andere Tote war zwar nicht erfroren, aber die Umstände zwischen beiden Fällen ähneln sich doch erstaunlich. Moser blickt sich nachdenklich um. Rex hat die ganze Zeit schon in der Ferne gebellt, jetzt ist er wieder da und schnüffelt interessiert an einer kleinen Pfütze herum.

»Ist da was gewesen?« fragt Moser die beiden Männer von der Spurensicherung.

»Bloß ein paar nasse Flecken, wahrscheinlich Wasser«, erwidert einer der beiden etwas mißmutig. »Wenn wir jeden Wassertropfen sicherstellen würden, hätten wir viel zu tun ...«

Moser betrachtet Rex, der noch immer schnüffelt. »Aber von dieser Pfütze da hätte ich doch gern eine Probe.«

Rex hat das Interesse an der Pfütze doch rasch wieder verloren, er hat wichtigeres zu tun. Moser folgt ihm mit den Augen und sieht erst jetzt die junge Frau in Jeans und T-Shirt, die mit den beiden uniformierten Beamten etwas abseits steht. Ihr Fahrrad hat sie hinter sich abgestellt, an der Leine führt sie eine Schäferhündin, die jetzt wieder mit Rex herumschmust. Moser geht hinüber.

»Hier bist du also«, sagt er lachend und schaut den beiden verspielten Hunden einen Augenblick zu. Auch die junge Frau lacht und macht ihre Hündin wieder von der Leine los. Die beiden sind mit einem Satz auf und davon und tollen in der nahegelegenen Wiese herum.

»Ja, ein bißchen Privatleben braucht man schließlich auch«, sagt Moser lächelnd zu der jungen Frau, die eben wieder nach ihrem Fahrrad greift.

»Meinen Sie sich selbst oder den Hund?« fragt die Radfahrerin etwas spöttisch. Den Leichenfund scheint sie gut verkraftet zu haben, und auch ihr Schäferhund scheint nicht gerade einen Schock erlitten zu haben. Ob so etwas hier öfter vorkommt?

»Eigentlich meine ich uns beide. Nur er hat es leichter«, erwidert Moser und schaut auf die Wiese hinüber, wo die beiden Hunde übermütig spielen. »Ich meine, er hat mehr Freizeit und ...«

Die junge Frau fragt nicht: Und was? Sie blickt den nun ein wenig verlegenen Moser weiter lächelnd an.

»Also, mein Name ist Richard Moser, Mordkommission Wien.«

Auch die junge Frau wird nun wieder ernst. »Ich habe Ihren Kollegen hier schon erzählt, daß Ria, meine Schäferhündin, hierher gelaufen ist und vor dem Container wie verrückt gebellt hat. Ich habe also nachgeschaut und die Leiche entdeckt, aber sonst nichts weiter gesehen.«

»Gehen Sie öfter hier spazieren?« fragt Moser.

»Ja, ich wohne ganz in der Nähe.«

»Und Ihnen ist wirklich gar nichts aufgefallen, was uns irgendwie weiterbringen könnte. Ich meine nicht so sehr heute. In der letzten Zeit eben, hier in dieser Gegend? Irgend etwas, denken Sie bitte noch einmal genau nach. Fremde Personen, fremde Autos . . .«

Die junge Frau runzelt die Stirn und schaut grübelnd vor sich hin.

»Nein, nichts . . . Oder doch! Zwei- oder dreimal haben wir in der Nacht einen Lieferwagen hier entlangfahren sehen. Mein Mann und ich haben uns gewundert. Auf dieser Straße ist sonst nachts gar nichts los. Sie führt nämlich zur Mülldeponie, und es gibt nur noch eine einzige Abzweigung vorher.«

»Konnten Sie das Kennzeichen des Wagens erkennen oder wenigstens den Wagentyp?«

»Nein, ich habe auch nicht darauf geachtet. Ich weiß nur noch, daß er dunkelrot war.«

»Haben Sie den Wagen also auch tagsüber gesehen, wenn Sie die Farbe so genau erkennen konnten?«

»Ja, stimmt . . . Derselbe Lieferwagen ist auch am Tag manchmal hier lang gefahren.«

»Kann es sein, daß der Wagen aus einem der umliegenden Orte stammt?«

»Keine Ahnung«, sagt die junge Frau, enttäuscht, daß sie nicht weiterhelfen kann. »Mein Mann und ich wohnen hier noch nicht so lange, wissen Sie.«

»Ich danke Ihnen. Sie haben uns sehr geholfen.«

Die junge Frau fährt mit ihrem Hund davon. Rex bellt und sieht ihnen bedauernd nach. *Schade. Kaum hat man angefangen zu spielen, muß alle Welt schon wieder nach Hause. Mal sehen, ob's nicht was zu tun gibt für mich.*

Rex geht wieder zu der Pfütze, die er vorhin schon beschnuppert hat. Er bellt und schaut Moser und Stockinger an, die ihn beobachten.

Der Tote ist abtransportiert, der Wagen der Gerichtsmediziner ist ebenfalls schon verschwunden.

»Das war's dann, meine Herren«, sagt Moser zu den beiden uniformierten Polizisten, die grüßen und in ihren Streifenwagen steigen.

»Du, Richard, ich glaub', er riecht da was«, sagt Stockinger.

»Stocki, wie scharfsinnig!« sagt Moser. »Steig bei mir ein, wir wollen mal sehen.«

Auch Moser steigt in den Alfa, und Rex kommt zum Wagen gelaufen. *Ihr wollt mich doch nicht hierlassen, oder?* Moser deutet zurück auf die Pfütze und ruft aus dem Fenster: »Los, Rex! Such! Such!«

Rex läuft zu der Pfütze zurück und von dort auf die Landstraße. Der dunkelblaue Alfa Romeo folgt langsam. Moser und Stockinger lassen kein Auge von der Straße. Rex läuft langsam, sehr ernst, sehr konzentriert. Jetzt ist er wieder hundert Prozent im Dienst. Er läuft im Zickzackkurs, dann wieder geradeaus, immer gefolgt von Mosers dunkelblauem Alfa. Moser und Stockinger betrachten konzentriert ihren vierbeinigen Führer.

Hier ist es! Rex hebt den Kopf und läuft nun schneller, er biegt nach rechts ein, der Alfa folgt. Rex hat den zweiten Parkplatz gefunden, auf dem die Flüchtlinge übergeben wurden. Moser und Stockinger steigen aus. Der Parkplatz ist leer. Auf der Landstraße fährt ein Müllwagen vorbei.

Rex bleibt genau an der Stelle stehen, wo der Kühllaster und der rote Lieferwagen standen. Er bellt und schaut stolz zu Moser auf. *Hier!*

»Treffer! Was sagst du jetzt, Stocki?« fragt Moser und bückt sich zu Rex hinunter. Rex leckt Mosers Hand. »Brav gemacht, Rex. Das gibt eine extra Semmel für dich.«

»Was soll man dazu sagen?« brummt Stockinger bewundernd. »Der Hund ist ein Genie. Aber ich kann mir nicht vorstellen, was er gewittert hat.«

Moser schaut sich um. »Der unbekannte Tote ist erfroren. Aber unser Gerichtsmediziner sagt, nicht dort, wo er gefunden wurde. Was folgt daraus?«

»Na, daß er anderswo erfroren ist«, sagt Stockinger ungeduldig.

»Sehr gut, Stocki. Und wo? Kaum irgendwo im Freien. So intensive Erfrierungen hat man nur, wenn man längere Zeit besonders tiefen Temperaturen ausgesetzt ist.«

Stockinger sieht seinen Kollegen und Vorgesetzten an. »Mein Gott – ein Kühlwagen!«

»Genau, Stockinger, ein Kühlwagen. Gemüse, Fisch, Fleisch . . . Und jetzt weißt du auch, was der Rex gewittert hat.«

Stockinger sieht sich nun ebenfalls um und geht dann auf ein Gebüsch zu. »Ich seh mich da mal ein bißchen um.«

»Und wir beide auch. Komm, Rex! Such!«

Rex läuft los, hierhin und dorthin, schnüffelt, läuft weiter. Langweilig hier! Er läuft zum Wagen zurück, und es dauert nicht lang, da ist er mit seinem Ball im

Fang wieder bei Moser angelangt. Er legt den Ball vor Moser ins Gras und schubst ihn mit der Schnauze an. *Komm, wir spielen! Na los, sei nicht so träge! Wirf den Ball!*

»Also gut«, sagt Moser resigniert und wirft den Ball weit fort. Rex ist im Nu außer Sichtweite und wieder zurück. »Das reicht, Rex. Zum Spielen ist jetzt keine Zeit. Ein andermal.«

Dann muß eben der Stocki. Rex trägt seinen Ball zu Stockinger. »Geh zum Moser, Rex, der ist für dein Vergnügen zuständig. Los, geh!«

Rex nimmt seinen Ball wieder auf. *Spielverderber!*

Alle drei steigen wieder ein. »Dann schauen wir uns also diese Mülldeponie einmal an«, sagt Moser und startet den Wagen.

Weit müssen sie nicht fahren, kaum zehn Minuten. Unangenehmer, fauliger Geruch steigt ihnen in die Nasen. Rex bellt.

»Du bleibst bei mir, sonst verletzt du dich noch in dem Gerümpel, Rex«, sagt Moser, als Rex schon davonspringen will. Brav bleibt er bei seinem Herrchen. *Du bist schließlich der Kommissar hier.*

»Und was machen wir jetzt? Auf den roten Lieferwagen warten?« Stockinger ist skeptisch, der Gestank gefällt ihm nicht, er ist schon ein ganz klein wenig blaß geworden.

»Na ja, vielleicht treffen wir jemanden, der den Fahrzeugbesitzer kennt oder beschreiben kann«, überlegt Moser. »Und außerdem, so eine kleine Luftveränderung, Stocki . . .« Weit und breit ist keine Menschenseele zu sehen. Stockinger breitet resigniert die Arme aus.

»Schau mal, unser Kommissar hat wieder so eine Ahnung«, sagt Stockinger und deutet mit dem Kopf zu Rex hinüber, der unruhig herumschnüffelt und langsam auf einen hohen Müllhaufen zugeht. Er läuft ein Stück zu Moser zurück, dann wieder auf den Müllberg zu. Er winselt. *Da lang. Da ist etwas, kommt! Aber was Schönes liegt da nicht, das sag' ich euch gleich.*

»Warte, Rex! Komm her!« Moser nimmt den Hund auf den Arm. Leicht ist so ein ausgewachsener Schäfer nicht gerade, aber schließlich kann man den Hund nicht dort hineinlaufen lassen. Bei jedem Schritt könnte er sich ernsthaft verletzen und sich eine Blutvergiftung holen. Moser bleibt also nichts anderes übrig als seinen Freund weiterzuschleppen. Und wenig später ruft es aus dem Müllberg heraus: »Stockinger! Ruf' die Gerichtsmedizin und die Spurensicherung an. Die sollen sofort zurückkommen. Und sag' dem Dr. Graf, er soll sich dann bitte sofort um die Analyse kümmern, es eilt. Ich komm' später noch zu ihm.«

Moser und Rex stehen vor einem prall gefüllten schwarzen Müllsack. Moser muß zuerst Rex zurücktragen und dann den Sack holen. Rex winselt. Stockinger hat inzwischen die Telefonate erledigt. Er betrachtet mißtrauisch den Sack, den Moser nun öffnet. Rex winselt und jault noch lauter. Die beiden Männer weichen zurück.

»O Gott! Nein!« Moser würgt. Stockinger übergibt sich heftig. Beide sind leichenblaß geworden.

KAPITEL 13

IN DR. GRAFS REICH

Das Reich von Dr. Leo Graf ist kühl und grün gekachelt. Auch der Fußboden ist mit grünen Kacheln ausgelegt. Helles Neonlicht erleuchtet den Obduktionssaal im Untergeschoß der Polizeizentrale. Der Raum hat etwas Unwirkliches, etwas von einem Aquarium an sich. Man könnte sich vorstellen, daß man durch ein Guckloch in der Tür große und kleine Fische hier herumschwimmen sieht. Man könnte sich sogar vorstellen, einen Haifisch auf Beutesuche durch diesen Raum jagen zu sehen.

Drei Obduktionstische aus Metall sind über die große Fläche verteilt. An den Wänden stehen und hängen Schränke mit Schubladen und Türen, ebenfalls aus Metall. Verglaste Wandschränke enthalten alle möglichen Flaschen mit sauber beschrifteten weißen Etiketten. Auch ein ganzer Haufen merkwürdig geformter Instrumente ist zu sehen, das Werkzeug von Dr. Graf. Neben den beiden großen Waschbecken stehen Plastikbehälter mit Sterilisationsmitteln. Eine offene Schublade enthält stapelweise hauchdünne Handschuhe, wie sie Ärzte bei Operationen tragen. Auf einem der Tische an der Wand liegen einige aufgeschlagene Bücher mit Abbildungen.

Moser betritt zögernd den Raum. Dieser Toten- und Gruselkeller ist nicht gerade sein Lieblingsplatz, aber diesmal, das ist Moser klar, handelt es sich nicht um eine Routineuntersuchung. Diesmal haben sie es mit einem wirklich ernsten Fall zu tun. Kein Verkehrstoter, kein Mord im Affekt. Ein unglaubliches Verbrechen. Moser ist noch immer blaß. Aber Dr. Graf sieht auch nicht gerade gesund und erholt aus. Sein Haar ist etwas wirr, er ist unrasiert und bleich. Schwarze Ränder zeichnen sich unter seinen Augen ab. Kein Wunder bei so einem Arbeitsplatz. Und bei so einer Arbeit.

»Was ist denn mit dir los?« fragt Moser seinen alten Bekannten. »Sieht so ein vertrauenswürdiger Arzt aus?« Der leichte Tonfall will Moser nicht so recht gelingen.

»Weißt du, was ich mache, wenn das hier so weiter geht?« fragt Dr. Graf.

»Was denn?«

»Arbeit mit nach Hause nehmen, mein Lieber. Oder kündigen.« Dr. Graf grinst.

Moser ist zwei Schritte auf einen der Tische zugegangen und bleibt abrupt stehen. Er schaut nach unten. Vor ihm steht eine große Schüssel mit blutigem Fleisch, innere Organe. Wieder würgt er, wie vorhin auf der Deponie. Er ist so etwas nicht gewohnt. Aber kann ein Mensch sich überhaupt jemals an so etwas gewöhnen?

»Mein Gott, Leo, kannst du hier nicht mal aufräumen! Was treibt einen Menschen bloß dazu, Pathologe zu werden, kannst du mir das einmal verraten? Richtig unheimlich ist es hier.«

»Willst du vielleicht meinen Beruf verleumden, Richard?«

»Nein, nein, Leo. Einer muß das ja machen ... Aber sag mal, hast du nie Angst, daß einer plötzlich unterm Leintuch hervorkommt?«

»Die Toten tun einem nix, Richard. Nur vor den Lebenden muß man sich in acht nehmen. So was wie deinen letzten Fund hab' ich noch nie gesehen. Und ich hab' viel gesehen, das kannst du mir glauben!«

»Wie viele sind es?« fragt Moser tonlos.

»Wir haben auf der Deponie die Überreste von zwei männlichen Personen gefunden, auf sechs Müllsäcke verteilt ... bis jetzt. Die Suche kann noch Tage dauern. Ist dir nicht gut? Setz dich lieber da hin, Richard. Es kommt nämlich noch schlimmer.«

Tatsächlich ist alle Farbe aus Mosers Gesicht gewichen. Moser friert.

Er setzt sich auf den angebotenen Stuhl und sieht den Gerichtsmediziner an, der jetzt ganz in seinem Element ist. Dr. Graf käme nicht sehr weit, wollte er jede Leiche oder jedes Leichenteil als Person, als Menschen behandeln. Er hat Fälle vor sich, mehr oder minder interessante Fälle, sonst nichts. Und das muß auch so sein.

»Gemeinsame Todesursache ist eine Überdosis Halothan«, fährt er fort. »Das ist ein Narkosemittel.«

»Ein Narkosemittel? Kannst du dir vorstellen, warum man jemand auf diese Weise umbringt?«

»Durchaus, Richard ... Den Toten fehlen beide Nieren ...«

»Nein!« sagt Moser leise.

»Fachgerecht herausoperiert. Du hast es vermutlich mit Organhändlern zu tun, Richard. Das sind keine normalen Kriminellen, wenn ich mir die Bemerkung erlauben darf«, sagt Dr. Graf ruhig, aber ganz gegen seine sonstigen Gepflogenheiten mit Zorn und Ekel in der Stimme. »Das ist der allerletzte Abschaum ... das ist ...«

»Mein Gott, Leo! Die bringen wahrscheinlich arme Kerle aus dem Osten illegal hierher, die auch noch dafür bezahlen ... Dann verwenden sie sie als Organspender, als lebende Ersatzteillager! Und anschließend werfen sie sie auf den Müll wie Abfall ...«

»Gut möglich«, sagt Dr. Graf nachdenklich. »Wenn sie illegal herüberkommen, dann gibt es auch keine Vermißtenanzeigen. Niemand wird sie hier jemals suchen. Aber die könnten sich ohnehin an keine

Behörde wenden, selbst wenn sie rechtzeitig erkennen, was ihnen bevorsteht, und noch fliehen könnten.«

»Wer tut so etwas?« fragt Moser leise.

»Auf dem internationalen Organmarkt«, fährt Dr. Graf fort, »bringt eine Niere knapp eine halbe Million Schilling. Du weißt wahrscheinlich, daß es viel zu wenig Spender gibt. Die Wartelisten sind lang. Für viele zu lang. Und wer es sich leisten kann, sein Leben zu erkaufen, der will nicht unbedingt genau wissen, wo seine Rettung herkommt ...«

»Verdammte dreckige Schweine! Diese verdammten Schweine!«

»Reg dich nicht so auf, Richard. Wenn wir erst damit anfangen, dann können wir uns gleich einen anderen Job suchen. Alle beide ...«

Moser schaut vor sich auf den blitzblanken Kachelboden. »Dazu braucht man doch ein Krankenhaus, einen Arzt, einen Operationssaal, nicht?«

»Nicht unbedingt«, erwidert Dr. Graf resigniert. »Um jemanden umzubringen und ihm die Nieren zu entfernen, braucht man keinen Operationssaal, da genügt eine ziemlich einfache Ausstattung. Anders sieht es bei der Einpflanzung einer Niere aus. Da braucht man, würde ich sagen, eine Klinik, zumindest einen Operationssaal und Krankenzimmer mit Betreuung. Eine Niere herauszunehmen, das ist wirklich nicht das Problem – viel eher, sie erstklassig zu übertragen.«

Moser hört angespannt zu. Er sieht den Gerichtsmediziner an und sagt nur: »Weiter, Leo.«

»Verpflanzt werden muß sie binnen achtundvierzig Stunden. Aber in der üblichen Eispackung kannst du sie in einem Tag an jeden Ort der Welt fliegen. Bei einem Herz zum Beispiel ist das etwas anderes, das muß innerhalb von Stunden transplantiert werden, und das können auch nur absolute Spezialisten, von denen es nicht viele gibt.«

Dr. Graf schweigt.

»Das heißt also«, fragt Moser weiter, »eine Niere kann man in jedem Hinterzimmer herausnehmen, und jeder gute Chirurg kann sie bei entsprechender Ausbildung auch verpflanzen, wenn er nur die entsprechende Ausrüstung hat? Also im Idealfall eine ganze Klinik, zumindest aber einen voll ausgestatteten Operationssaal und eine Betreuungsmöglichkeit? »

»Leider, ja . . .«, erwidert Dr. Graf seufzend.

»Ich will dich noch etwas fragen, Leo. Ist es völlig auszuschließen, daß diese Organe an Kliniken hier in Österreich geliefert und dort verpflanzt werden?«

»Im Prinzip ist das völlig ausgeschlossen, ja. Es sei denn, man hat es mit einem Mediziner zu tun, der zugleich ein Verbrecher ist . . .«

»Ich danke dir. Du wirst es als erster erfahren, wenn wir die Schweine haben.«

»Sei vorsichtig, Richard. Ich möchte dich nicht eines Tages auch hier auf dem Tisch haben . . .«

Moser schaut sich noch einmal um. Er schüttelt sich. »Und ich will nicht gern in so einer Schüssel landen, Leo, das kannst du mir glauben.«

Nachdenklich verläßt er den Obduktionssaal. Er weiß, was er zu tun hat, auch wenn die Erfolgsaussichten nicht sehr gut sind. Nur etwas Glück muß man haben. Ganz ohne Glück kommt selbst die Polizei nicht aus.

KAPITEL 14

SCHLACHTPLAN

Stockinger sitzt, noch immer ziemlich grün im Gesicht, an seinem Schreibtisch, eine Wurstsemmel vor sich, die er aber nicht anrührt. Der Fund auf der Müllkippe war doch etwas zu viel für ihn. So etwas hat er zum ersten Mal gesehen, und er legt keinen Wert darauf, etwas Ähnliches jemals wieder mitansehen zu müssen. Höllerer ist bereits über alles informiert. Er arbeitet ruhig an seinem Computer, zwischendurch schreibt er etwas in ein Formular oder schlägt etwas nach.

Rex beachtet Moser überhaupt nicht, als er das Büro betritt. Er schaut ihn nur kurz an und sieht dann beleidigt zum Fenster, wo es gar nichts zu sehen gibt.

Wo warst du? Warum hast du mich nicht mitgenommen? Die zwei hier sind ja todlangweilig. Das war nicht schön von dir, mich einfach hierzulassen.

Moser kommt aus der Gerichtsmedizin und sieht ebenfalls nicht gerade gut aus. Auch er ist schockiert von dem, was er gesehen hat. Er ist nachdenklich, aber sein Gesichtsausdruck ist entschlossen, beinahe finster. »Servus«, sagt er knapp und geht zu seinem Schreibtisch. Aus der Schublade nimmt er seine Pistole und schnallt sie um. Höllerer und Stockinger sehen ihm schweigend und etwas besorgt zu.

»Wie sieht's denn aus, Höllerer«, will Moser wissen, »gibt's was Neues von der Werner?«

»Nichts, Richard. Die rührt sich nicht aus dem Haus und hat auch keinen Besuch gehabt.«

»Gut. Und hast du die alte Akte besorgt? Wer hat ihr damals die Lähmung bescheinigt?«

»Das war ein gewisser Dr. Robert Wallisch. Ein Neurologe. Hat eine Praxis und arbeitet auch am Universitätsspital. Aber gegen den Mann liegt nicht das Mindeste vor. Ich hab' das schon überprüft.«

»Auch gut«, sagt Moser und setzt sich an seinen Tisch. Rex kommt nun doch zu ihm herüber und legt ihm den Kopf auf die Knie. Er winselt leise. *Was ist denn los mit dir? Stimmt was nicht?*

Moser krault dem Hund geistesabwesend die Ohren, und Rex ist zufrieden. Er holt einen Ball unter dem Tisch hervor und legt ihn vor Moser auf den Boden. *Du hast doch versprochen, daß wir spazieren gehen. Also?* Er schaut Moser fragend und bittend an und spitzt die Ohren, als Moser redet.

»Ja, ja, Rex, wir gehen noch einmal fort, wir beide, aber nicht spazieren. Arbeiten.«

Höllerer horcht auf. »Zur Werner?«

»Nein, zur Werner noch nicht. Aber die nehmen wir uns ganz sicher bald gründlich vor, die feine Frau Werner.«

»Was hast du vor, Richard?« will Stockinger wissen.

Moser antwortet nicht gleich, er denkt nach. Höllerer, Stockinger und Rex schauen ihn fragend an. Schließlich steht Moser auf und beginnt, im Büro auf und ab zu gehen.

Er redet zu allen dreien zugleich. »Menschenhändler«, sagt er, »genau, wie Ganscheff angedeutet hat ... Diese verdammten Mistkerle! Wenn ich mich nicht irre, haben wir es hier mit zwei Gruppen Kriminellen zu tun, die zusammenarbeiten. Die einen sind ganz normale Schlepper, die illegale Flüchtlinge aus dem Osten zu uns holen. Ob die wissen, was mit den Leuten geschieht, ist schwer zu sagen. Ich vermute eher nicht, denn sonst würden sie die Preise anheben, und zwar gehörig. Aus der anderen Gruppe kennen wir vielleicht schon zwei Personen, aber das wird sich noch zeigen ...«

»Und wen kennen wir?« will Höllerer wissen. »Du meinst doch nicht den Schukov und den Spitzer?«

»Ich meine den Schukov und die Werner, Höllerer. Der Spitzer war nur ein Werkzeug für die Werner, sonst gar nichts. Der hat wahrscheinlich von der ganzen Sache mit dem Mord an den Flüchtlingen und dem Organhandel gar nichts gewußt. Aber das kriegen wir vielleicht nie heraus. Der Spitzer war der Werner praktisch ausgeliefert. Sie hätte seine Firma von einem Tag auf den anderen dicht machen können. Sie hätte ihn völlig ruinieren können, wenn sie gewollt hätte.«

»Ja, aber warum genau wollte die Werner den Schukov los sein? Ging es da wirklich nur um Geld?« will Höllerer wissen.

»Das scheint mir auch nicht ganz plausibel, Richard«, schaltet sich Stockinger ein. »Die Werner hat mehr als genug Geld, das haben wir ja gesehen. Selbst wenn sie dem Schukov seine Provisionen zurückgegeben hätte ... ich meine, das hätte die doch irgendwie wieder hereingeholt, das hätte sie doch nicht ruiniert. Aber dafür jemanden umbringen? Und mit so einem Aufwand? Das kommt mir schon komisch vor.«

»Geldgier, Stocki, krankhafte Geldgier ... Aber ihr beide habt völlig recht. Die Werner ist zu intelligent, um große Risiken einzugehen, wenn der Gewinn nicht enorm hoch ist oder wenn's nicht anders geht. Die ist keine Spielernatur, die ist eine eiskalte Geschäftsfrau. Allerdings ist sie ziemlich nervös geworden, als wir ihr ein paar Fragen gestellt haben ...«

Moser bleibt am offenen Fenster stehen und sieht hinaus.

Es ist schon später Nachmittag, die Stadt ist aus der lähmenden Mittagshitze erwacht und treibt langsam einem weiteren Abend im Freien entgegen, unter Linden, an Wirtshaustischen. Aber es wird noch mindestens drei Stunden hell sein.

»Ich bin mir nur über eins im Klaren«, fährt Moser fort, »daß die Werner hinter dem Mord an Schukov steht. Aber nicht mal das können wir im Moment beweisen. Wir müßten erst einmal herausfinden, welche Art Geschäfte zwischen Schukov und der Werner in den letzten drei oder vier Jahren überhaupt abgewickelt wurden. Und von diesen Geschäften steht mit Sicherheit nichts in den Papieren der Firma Ostex oder überhaupt in irgendwelchen Papieren der Frau Werner . . .«

»Du glaubst doch nicht etwa«, sagt Stockinger nun ungläubig, »daß der Schukov und die Werner gemeinsam Menschenhandel betrieben haben?«

»Ich glaub' noch gar nichts, Stocki. Ich werd' nur den Verdacht nicht los, daß der Schukov, die Werner, der Erfrorene und die Leichenteile ohne Nieren miteinander zusammenhängen . . . Aber wie genau, das müssen wir eben herauskriegen.«

»Und wie, bitteschön, kriegen wir das heraus?« will Höllerer wissen.

»Wir brauchen etwas Glück, das geb' ich zu«, sagt Moser nachdenklich. »Aber diese Schweine da draußen, die die Flüchtlinge umbringen, die wissen bis jetzt nicht, daß wir den Erfrorenen und die Leichensäcke gefunden haben. Ich hab' schon dafür gesorgt, daß vorerst nichts an die Presse geht. Jedenfalls offiziell nicht. Hoffen wir, daß ausnahmsweise auch nichts inoffiziell durchsickert. Das bedeutet, die werden erst mal weitermachen wie bisher, und das ist unsere Chance.«

»Das heißt, wir müssen die Gegend dort beobachten?« fragt Höllerer.

»Genau das heißt es, Höllerer, und da dir etwas frische Luft auch nicht schaden kann, werden wir beide das übernehmen. Der Stocki hat fürs erste die Nase voll. Schau ihn dir bloß einmal an!«

Rex bellt. *Du willst mich doch nicht schon wieder hier lassen? Ich komm' auch mit!*

»Wir drei. Mein' ich ja ...«

»Und ich?« will Stockinger wissen.

»Du bleibst hier und wartest, bis wir uns melden.« Moser nimmt sein Jackett von der Stuhllehne und steckt sein Funktelefon ein. Aus seiner Schreibtischschublade nimmt er ein zweites mobiles Telefon und gibt es wortlos Höllerer, der ebenfalls aufgestanden ist und seine Pistole umschnallt. »Und wenn wir die ganze Nacht da draußen bleiben und morgen nacht und übermorgen – wir kriegen sie, verlaßt euch drauf!«

»Halt!« schreit Stockinger plötzlich aufgebracht. »Richard, sag deinem Hund ein für allemal, daß meine Semmeln mir gehören und nicht ihm!«

Rex hat sich die Semmel von Stockingers Tisch geschnappt und kaut. *Wenn ich hier nie was zu fressen kriege, dann muß ich mir eben was nehmen. Besonders, wenn ich zu arbeiten habe. Oder?*

Alle vier treffen Vorbereitungen für eine lange Nacht. Stockinger geht sich eine Tüte Wurstsemmeln kaufen und kocht im Büro eine Kanne Kaffee. Ohne große Eile macht er sich über ein paar Akten her. Vielleicht hat er ja heute viel Zeit dafür und kann seine Rückstände aufarbeiten.

Moser und Rex fahren im dunkelblauen Alfa davon. Höllerer steigt in seinen Ford. Auch sie werden sich zunächst einmal mit Semmeln und Kaffee eindecken, dazu Pullover und Taschenlampen besorgen. Es ist zwar August, aber nachts und besonders im Morgengrauen kann es doch empfindlich kühl werden.

Moser und Rex werden am Parkplatz im Gebüsch Wache schieben, Höllerer bei der Zufahrt zur Mülldeponie, die Moser ihm zeigen wird. Moser selbst hat fürs erste genug von Mülldeponien. Sie können sich untereinander telefonisch erreichen, halten aber auch Kontakt zur Polizeizentrale, falls es brenzlig wird. Stockinger kennt den Weg zumindest bis zur Mülldeponie und ist mit Moser die Umgebung abgefahren. Er kann im Notfall mit Verstärkung kommen.

Stockinger hat zwar nichts gesagt, aber er ist etwas beunruhigt über Moser. Moser scheint diese Sache irgendwie näher zu gehen als andere Fälle. Fast sieht es aus, als nähme er diesen Fall persönlich. Hoffentlich bewahrt er einen kühlen Kopf und tut nichts Unüberlegtes. Aber er hat ja Rex bei sich, der auf ihn aufpassen wird. Stockinger grinst. Höllerer hat schon lange keine Nacht mehr draußen verbracht. Er hat auch überhaupt nicht protestiert.

Wahrscheinlich hat er sich sogar gefreut, nach der ewigen Aktenarbeit mal wieder ein richtiges Abenteuer zu erleben. Na dann viel Vergnügen im Dunstkreis der Mülldeponie!

Stockinger lehnt sich behaglich in seinem Stuhl zurück und schaut das Telefon an. Wahrscheinlich wird ja gar nichts passieren, denkt er, und Moser und Höllerer werden bloß frustriert und völlig gerädert wieder im Büro auftauchen. Aber da täuscht Stockinger sich. Eine ruhige Nacht wird das für keinen werden, nicht für Moser, nicht für Höllerer und ebensowenig für Rex. Auch für Stockinger und für eine ganze Reihe anderer Leute verspricht diese Nacht und der folgende Tag ziemlich unangenehm zu werden.

KAPITEL 15

AUF DIE PLÄTZE ...

Während Stockinger sich im Stuhl zurücklehnt und Moser, Höllerer und Rex das Büro schon verlassen haben, steht auf dem Innenplatz des ehemaligen Bauernhofes nach wie vor die große, dunkle Mercedeslimousine. Leer. Der rote Lieferwagen ist nirgendwo zu sehen. Das Gelände liegt wie verlassen da, das große Holztor und sämtliche Türen der Gebäude um den Innenhof herum sind geschlossen. Aus dem sandigen Boden sprießt Unkraut, die Mauern haben überall schon Risse. Etwas Gespenstisches hat dieser Ort.

Vor aller Welt verborgen geschehen hinter diesen Mauern unvorstellbare Untaten. Hoffnungen werden mit einem Schlag ausgelöscht, Menschenleben achtlos und brutal zerstört. Man hört keinen Laut. Nicht einmal Vögel singen hier. Das ganze Anwesen ist vernachlässigt und trostlos. Aber es dient ja auch nicht zum Wohnen. Es dient nur zum Morden.

Hinter einem Fenster im ersten Stock des Hauptgebäudes regt sich etwas. Dort steht eine mittelgroße, schlanke Gestalt in weißem Kittel und schaut ungeduldig Richtung Tor. Der Mann nimmt seine schwarze Hornbrille ab und reibt sich leicht die Augen. Er ist müde und nervös. Dr. Robert Wallisch, eigentlich Neurologe, geht ins Innere des Zimmers zurück. Sie sind ja eben erst weggefahren, wie sollen sie da schon zurück sein? Dr. Wallisch ist noch nervöser als sonst. Er steckt sich eine weitere Zigarette an. Die wievielte wohl schon? Ununterbrochen raucht er, geht im Zimmer auf und ab, tritt ans Fenster.

Noch eine letzte ›Lieferung‹ mit zwei Flüchtlingen soll heute kommen. ›Lieferung‹, so denkt Dr. Wallisch.

Für ihn sind die Flüchtlinge nichts als lebende Organspender, Ersatzteillager für andere, die für ihr Leben bezahlen können, lukrative Einnahmequellen. Arme Teufel zwar, aber schließlich ist man nicht die Caritas. Wen's trifft, der hat eben Pech gehabt. Er selbst hat keinen Einfluß, er kann ohnehin nichts anderes tun, als was er hier tut. Ihm hat man keine Wahl gelassen.

Woher die Leute kommen, wer sie auswählt, wie viele Personen an dem ganzen Unternehmen beteiligt sind, das alles weiß Dr. Wallisch nicht. Oder er weiß es nur ungefähr, denn er ist kein Dummkopf. Er hat seine Vermutungen, er hat hier und da etwas gehört, was nicht für seine Ohren bestimmt war. Aber er will es gar nicht so genau wissen.

Er ist nicht der Chef, er hat zu gehorchen, und das hat seine Gründe. Traurige, aber unabänderliche Gründe. Und schließlich muß er diese Arbeit ja auch nicht umsonst tun. Tun muß er sie zwar, da hat er keine Wahl, aber er wird anständig dafür bezahlt. Selbst dieses Geld zurückzuweisen stand ihm nicht frei. Von einem gewissen Punkt an steht einem Mann vielleicht überhaupt nichts mehr frei. Wie oft hat Dr. Wallisch sich das schon gesagt ...

Dr. Wallisch ist weder sentimental noch naiv. Wenn diese Sache auffliegen sollte, dann bedeuten seine privaten Gründe gar nichts. Für die Justiz ist er nichts als ein skrupelloser Massenmörder. Er steht noch schlechter da als sein Chef, der Professor, der sich niemals auf diese grobe, direkte Weise die Finger schmutzig machen würde. Im Gegenteil, sein Chef rettet Leben, wo er, Wallisch, Leben vernichten muß. Nein, Unsinn, sagt sich Wallisch. Der Professor ist der eigentliche Mörder. Der Professor und diese Frau.

Er selber führt nur aus, und täte er es nicht, dann würde es eben jemand anderes machen. Aber haben sich genau das nicht schon viele Mörder gesagt? Ist er, Wallisch, zu feige, auf Rechtfertigungen zu verzichten? Ist er sogar zu feige zuzugeben, daß doch niemand anderer als er hier auf dem Hof, drüben im Ambulanzwagen, für das verantwortlich ist, was seine eigenen Hände tun? Seine eigene Verantwortung läßt sich nicht mit der des Professors verrechnen. Sie läßt sich nicht kleiner machen als sie ist. Auch seine Schuld nicht.

Nach den beiden, die heute noch kommen, wird es eine Pause geben. Anordnung von oben. Die beiden Idioten haben den Erfrorenen einfach in einen Müllcontainer gesteckt, und das nur wenige Kilometer von hier. Fünf Leute sollten sie bringen, und nur vier waren da. Haben einfach geleugnet, diese Schwachköpfe. Aber schließlich mußten sie zugeben, was sie getan hatten. Falls die Leiche entdeckt wird, ist die Gefahr zu groß. Die Gegend könnte überwacht, die Übergabe beobachtet, am Ende gar die Deponie abgesucht werden. Nein, man muß sich ein anderes Domizil suchen.

Dr. Wallisch tritt wieder ans Fenster und zündet sich eine neue Zigarette an. Wird das nie mehr ein Ende nehmen? Wird er das für den Rest seines Lebens tun müssen, immer wieder? Wird er ewig mit blutigen Händen herumlaufen? Noch so ein armer Teufel und noch einer und noch einer? Er versucht, den Blicken der Männer auszuweichen, wenn es soweit ist. Es sind immer Männer. Und manchmal kommt es ihm vor, als ahnte einer im letzten Moment, was geschehen soll.

Ihr Tod ist wenigstens schmerzlos, denkt Dr. Wallisch. Aber was soll das heißen? Hat so etwas nicht auch der Professor gesagt? Ändert das vielleicht etwas? Wie oft hat er schon daran gedacht, alles hinzuwerfen, aufzuhören, geschehe, was da wolle...

Aber man denkt immer, man kann nichts dagegen tun. Wie lange soll das noch so weiter gehen? Bis der Professor stirbt? Auch daran hat Wallisch schon gedacht, den Professor zu töten. Und wenn der Professor tatsächlich findet, was er sucht? Wallisch glaubt nicht daran. Er hält den Professor für einen Wahnsinnigen. Aber töten kann er ihn auch nicht. Ohnehin ist es dazu längst zu spät, zu tief ist er schon verstrickt. Und außerdem bliebe dann noch immer die Frau, und die würde er nicht töten können. Die würde ihn töten, das weiß Wallisch genau.

Diese Frau ist eiskalt, und sie ist erst recht wahnsinnig. Wallisch hat das schon lange bemerkt, obwohl er sie nur selten zu sehen bekommt. Für ihn ist diese Frau eine Wahnsinnige, eine gefährliche, unberechenbare Irre. Und der Professor? Ist er nicht auch wahnsinnig? Wallisch fragt sich das nicht zum ersten Mal.

Und ich selbst? Bin ich nicht auch wahnsinnig? Auch das fragt er sich nicht zum ersten Mal.

Nein, denkt Dr. Wallisch. Ich bin nicht wahnsinnig. Ich bin gar nichts. Ich bin nichts als ein ganz gewöhnlicher Mörder.

Während Dr. Wallisch auf den roten Lieferwagen und die beiden angekündigten Flüchtlinge wartet, haben Höllerer, Moser und Rex ihre Standorte eingenommen.

Moser hat Höllerer den Parkplatz gezeigt, wo er sich selber versteckt hält. Dann hat er ihn zur Mülldeponie hinübergefahren und ihm unterwegs gezeigt, wo genau er den dunkelblauen Alfa abstellen wird. Der Zündschlüssel steckt, der Wagen ist offen. Höllerer hat, wie zu erwarten war, ein wenig gegen den Gestank der Deponie protestiert, sich dann aber doch auf seinem Posten in einem dichten Gebüsch eingerichtet. Die Pistolen, die Uhren und die Telefone sind noch einmal überprüft worden. Stockinger ist über die genauen Positionen der beiden informiert. Abgemacht ist, daß Moser und Höllerer alle zwanzig Minuten Telefonkontakt aufnehmen und daß Stockinger zu jeder vollen Stunde angerufen wird. Sollte zwei Stunden lang kein Anruf kommen, wird Stockinger mit einem Zivilfahrzeug ohne Blaulicht und mit vier Mann Verstärkung so schnell wie möglich nachkommen.

»Und du glaubst wirklich, daß die nach dem Zwischenfall mit dem Erfrorenen das Risiko eingehen?« fragt Stockinger am Apparat. Er ist noch immer skeptisch.

»Denk dran, daß sie sehr wahrscheinlich nicht wissen, daß wir den gefunden haben«, sagt Moser. »Lang werden die vielleicht nicht mehr hier sein. Aber ich glaub' nicht, daß sie sofort verschwunden sind. So kurzfristig können die nicht planen.«

»Na dann hoffen wir das beste«, sagt Stockinger noch, und ab jetzt werden die Telefone nur noch benutzt wie vereinbart.

Moser hockt im Gebüsch, Rex liegt friedlich neben ihm. Jeder kaut an einer Wurstsemmel. Rex bellt leise. *So gefällt mir das Leben!* Moser legt einen Finger an den Mund. Psst! Lange dauert die Ruhe nicht. Moser greift zu seinem Telefon, will rasch Höllerers Nummer wählen. Nichts. Störung. Die Batterien sind leer, irgend etwas stimmt mit dem Ding nicht. »Verdammter Mist!« brummt Moser. »Ausgerechnet jetzt!« Rex knurrt leise.

KAPITEL 16

GEFANGEN

Moser und Rex hocken schon eine ganze Weile im Gebüsch. Bis jetzt hat sich gar nichts getan. Kaum ein Wagen fährt auf der Landstraße vorüber. Und niemand fährt auf den Parkplatz. Ob Moser sich verkalkuliert hat? Ob die längst über alle Berge sind? Aber die Überlegung muß doch richtig gewesen sein. Die wissen mit größter Wahrscheinlichkeit nichts vom Leichenfund der Polizei. Außerdem lassen sich Leute, die schon unterwegs sind, nicht so kurzfristig einfach abbestellen. Wenn also neue Flüchtlinge unterwegs sind, werden sie wahrscheinlich auch übergeben. Und zwar an dieser Stelle.

Nicht nur Moser wird langsam etwas ungeduldig, auch Rex mag das ewige Stillsitzen nicht. Er will viel lieber spielen. Dort drüben, die großen Wiesen! Wie herrlich könnte man da herumtollen!

»Sei um Himmels willen still, Rex! Verstanden, ganz still. Psst!« Moser legt einen Finger an den Mund und hält Rex einen Moment die Schnauze zu. Rex versteht und gibt keinen Mucks mehr von sich.

Diesmal ist der rote Lieferwagen zuerst da. Moser nimmt seinen Notizblock aus der Tasche und schreibt sich die Nummer auf. Wer in der Fahrerkabine sitzt, ist nicht zu erkennen; die untergehende Sonne spiegelt sich in der Scheibe.

Moser und Rex rühren sich nicht. Aus dem Lieferwagen steigt niemand aus. Der Wagen sieht aus wie leer. Wie ein Geisterauto.

Kaum fünf Minuten später nähert sich ein größerer Lastwagen auf der Landstraße. Er bremst ab und rollt auf den Parkplatz. Dort wendet er und fährt rückwärts an den Lieferwagen heran. Nur knapp eineinhalb Meter trennen die beiden Fahrzeuge. Gerade genug, um die Türen öffnen zu können.

Gleichzeitig steigen vier Männer aus, zwei aus dem Lastwagen, zwei aus dem Lieferwagen. Sie wechseln ein paar Worte, die Moser aber nicht versteht. Die Männer sind zu weit weg, und sie reden leise, als ob sie Lauscher fürchten.

Die hinteren Türen der beiden Autos werden geöffnet, einer der Männer verschwindet in dem größeren. Nach zwei Minuten kommt er wieder zum Vorschein, zusammen mit zwei weiteren jungen Männern, die in dicke Wintermäntel gehüllt sind und Wollmützen tragen.

Die jungen Männer bieten hier mitten im Hochsommer einen merkwürdig deplazierten Eindruck. Sie schauen sich etwas ängstlich um. Sie atmen sichtlich auf, daß die Fahrt zu Ende ist. Oder beinahe zu Ende.

Wenn die wüßten, daß ihre Reise wirklich bald zu Ende sein soll, ganz und gar zu Ende . . ., denkt Moser.

Die beiden jungen Männer werden rasch in den Laderaum des Lieferwagens verfrachtet. Die Türen des größeren Wagens und die des kleineren werden wieder geschlossen. Ein Umschlag wechselt den Besitzer. Wortlos. Es wird also bar bezahlt.

Ein knapper Gruß, und die beiden Männer aus dem Lastwagen steigen ein. Der schwere Laster manövriert auf dem Parkplatz und fährt schließlich davon. Auch seine Nummer hat Moser notiert. Sollen sie nur fahren, die kriegen wir, denkt er.

»Komm' gleich. Muß mal!« ruft einer der Männer, Steiner, seinem Kumpan zu und nähert sich dem Gebüsch, in dem Moser und Rex kauern. Er geht um das Gebüsch herum. Moser und Rex dürfen sich nicht rühren. Auf keinen Fall dürfen sie auch nur den leisesten Laut von sich geben. Auf einmal beginnt Rex, laut zu bellen. Moser schaut ihn entgeistert an.

Im selben Moment fährt eine wütende Stimme Moser an: »Raus da! Aber langsam, Freundchen!« Rex hat nur früher als Moser bemerkt, daß sie entdeckt worden sind.

Moser wälzt sich mit einer geschickten Bewegung tiefer ins Gebüsch und will seine Waffe ziehen, aber da fällt bereits ein Schuß. Der andere war zum zweiten Mal schneller.

»Beim nächsten Mal treffe ich. Also raus da jetzt, Hände über den Kopf!«

Rex knurrt und bellt abwechselnd. Moser sieht, wie Steiner auf Rex zielt. »Rex! In Deckung! Lauf weg!«

Im Nu ist Rex verschwunden, und Moser steht langsam auf und kommt aus dem Gebüsch. Die Hände verschränkt er hinter dem Kopf. Es hat keinen Sinn, diese Leute zu provozieren, die fragen nicht erst lange, bevor sie schießen. Eine falsche Bewegung, und eine Kugel könnte ihn tödlich treffen. Dann würde er genauso im Müllcontainer enden wie der Erfrorene. Denen da käme es mit Sicherheit auf einen Toten mehr oder weniger nicht an.

»Franz, kümmer dich um den Hund!« ruft Steiner seinem Kumpan entgegen, der aus dem Wagen gestiegen ist und herbeieilt, ebenfalls mit gezogener Pistole.

»Umdrehen! Und wehe, du versuchst was, Freundchen! Ich blas' dir das Hirn aus dem Schädel, kapiert?«

Moser dreht sich langsam um. Er spürt den Lauf einer Pistole an der Schläfe, während Steiner geschickt und schnell seine Taschen durchsucht. Der andere Mann, Franz, kommt schon nach wenigen Augenblicken zurück.

»Keine Spur von dem Hund, der ist fort.«

Moser atmet trotz allem erleichtert auf.

»Pfeif auf den Köter! Schau mal, was wir hier haben! Pistole, Telefon, Dienstausweis. Ein Wiener Bulle. So ist das also.«

»Ein ehemaliger Wiener Bulle«, sagt Franz grinsend und richtet seine Pistole auf Mosers Kopf.

»Nein, nicht hier«, sagt Steiner rasch. »Wir haben hier schon genug Lärm veranstaltet. Den nehmen wir mit.«

Moser muß sich vorn zwischen die beiden Männer setzen. Eine Waffe bleibt auf seinen Kopf gerichtet. Sie machen sich erst gar nicht die Mühe, ihm die Augen zu verbinden. Wenn ich alles sehen darf, kann das nur eins bedeuten, denkt Moser. Ich lebe nicht mehr lange.

Der rote Lieferwagen verläßt den Parkplatz und fährt die Landstraße entlang. Er fährt nicht die gerade Strecke zur Mülldeponie weiter, sondern biegt vorher ab. Die Fahrt geht über Hügelkuppen, durch kleinere Baumbestände, an vereinzelten, weit von der Straße abliegenden Gehöften und Einzelhäusern vorbei. Die Gegend ist geradezu idyllisch, und vor allem: idyllisch ruhig. Keine Menschenseele ist zu sehen, die Straße liegt verlassen da. Offensichtlich sind die Leute bereits zu Hause, und auf dem Land geht man abends nicht mehr fort. Die Wahrscheinlichkeit, daß der rote Lieferwagen gesehen wird, ist nur sehr gering. Und damit ist auch Mosers Überlebenschance nur sehr gering.

Die drei Männer sitzen stumm in der Fahrerkabine und schauen auf die Straße. Keiner von ihnen bemerkt den Schäferhund, der geschickt und vorsichtig den Wagen verfolgt. Er nimmt Abkürzungen, wartet, versteckt sich, läuft wieder los, aber nie direkt auf der Straße. Vom Wagen aus kann man ihn gar nicht sehen.

Was ist das? Rex bleibt plötzlich stehen. Mitten durch

das Feld, das er als Abkürzung genommen hat, verläuft ein hoher Zaun. Rex bellt verärgert. Er läuft ein Stück an dem Zaun entlang. Nichts zu machen, das kann kilometerweit so gehen. Er hockt sich vor den Zaun und schaut hinauf. Viel zu hoch zum Springen. Dann läuft er, so schnell er kann, das letzte Stück Weg zurück zur Landstraße. Der rote Lieferwagen ist nicht mehr zu sehen. Rex läuft jetzt doch die Straße entlang, so schnell er kann. Auf jeden Fall muß er den Wagen wiederfinden. Zum Verstecken bleibt ihm im Moment keine Zeit.

Da! Da ist er wieder. Rex verlangsamt seinen Lauf und verbirgt sich dann auf der anderen Straßenseite zwischen den Bäumen. Er verfolgt das rote Auto, bis es von der Straße auf einen schmalen, nicht sehr langen Feldweg einbiegt, der zu einem Bauernhof führt.

Rex beobachtet, wie einer der Männer aussteigt und das große Holztor öffnet. Er sieht den Wagen verschwinden und das Tor sich schließen. Rex geht vorsichtig näher.

Er läuft um das ganze Gehöft herum, aber da ist kein Durchkommen. Alles abgeschottet. Er weiß, was er zu tun hat. So schnell er kann, läuft Rex den Weg zurück, diesmal den kürzesten Weg direkt auf der Straße. Aber er läuft nicht zum Parkplatz, sondern zur Müllkippe.

Insgesamt sind kaum mehr als zwanzig Minuten vergangen. Erster Telefonkontakt, wie ausgemacht. Höllerer wählt die Nummer von Mosers Funktelefon. Nichts tut sich. Höllerer wird nervös. Er wählt rasch die Nummer von Stockinger.

»Du, Stocki, hat sich der Richard wieder bei dir gemeldet?«

»Bei mir? Nein. Ist doch noch gar nicht die volle Stunde. Stimmt was nicht?«

»Nein, nein ... ich weiß noch nicht. Wir haben verabredet, alle zwanzig Minuten zu sprechen, aber sein Telefon ist tot, da rührt sich nichts. Ich glaub', ich seh' mal nach, was los ist.«

»Sollen wir kommen, Höllerer?« fragt Stockinger drängend.

»Noch nicht, Stocki, vielleicht ist ja gar nichts. Vielleicht bloß eine Störung im Telefon. Auf jeden Fall geh' ich mal zum Parkplatz rüber und schau nach. Ich meld' mich in einer Viertelstunde oder in zwanzig Minuten wieder bei dir.«

»Sei vorsichtig, Höllerer. Ihr habt es da nicht mit Kleinkriminellen zu tun. Falls etwas ist – diese Typen haben nichts mehr zu verlieren.«

»Ich weiß Bescheid, Stocki. Ich paß schon auf.«

Dr. Wallisch steht am Fenster und schaut zu, wie der rote Lieferwagen neben seinem schwarzen Mercedes hält.

Er will schon seinen Arztkoffer nehmen und hinuntergehen, als er sieht, was geschieht. Aus der Fahrerkabine steigen nicht nur Steiner und Bernecker aus, sondern noch ein dritter Mann, der die Hände über dem Kopf erhoben hat.

Steiner hält Moser die Waffe vor, während Bernecker das Hoftor schließt und die Ladetür des Lieferwagens öffnet.

»Aussteigen!«

Die beiden Flüchtlinge treten auf den Hof hinaus und schauen sich mißtrauisch um. Sie sind verängstigt, übermüdet und von der langen Fahrt im Kühlwagen deutlich mitgenommen. Und die Pistolen der beiden Bewacher tragen auch nicht gerade zu ihrer Beruhigung bei.

»Dort hinein, ins Haus!« kommandiert Bernecker und führt die beiden Männer hinein.

»Und du kommst mit mir«, sagt Steiner zu Moser. »Da lang. Und versuch mir ja keine Tricks. Ich mag sowieso keine Bullen, weißt du.«

»Werd' ich jetzt wenigstens vom Chef empfangen?« fragt Moser spöttisch. »Ich rede nicht gern mit miesen kleinen Handlangern.«

Der andere läßt sich nicht aus der Ruhe bringen. Er ist ein eiskalter Profi, so viel hat Moser längst verstanden. »Du redest bald mit gar keinem mehr, wenn du nicht das Maul hältst«, sagt Steiner. »Da lang! Na mach schon, beweg dich!«

Moser muß vorangehen. Er wirft einen Blick auf das Haus und sieht die schemenhafte Gestalt am Fenster im ersten Stock. Er wird eine Treppe hinuntergeführt und einen Gang entlang zu einem Kellerraum mit vergittertem Fenster gebracht.

»Nicht gerade komfortabel«, sagt Steiner zynisch, »aber lang bleibst du sowieso nicht hier. . .«

»Da kannst du Gift drauf nehmen!« sagt Moser.

»Umdrehen!« befiehlt Steiner.

In der nächsten Sekunde durchzuckt ein rasender Schmerz Mosers Kopf und dann den ganzen Körper. Die Wände drehen sich wild um ihn, Sterne tanzen vor seinen Augen. Dann wird alles dunkel.

Die beiden Flüchtlinge werden unterdessen in ein Zimmer im Haupthaus gebracht, in dem zwei Etagenbetten, ein Tisch und einige Stühle stehen. Auf dem Tisch stehen eine Thermoskanne, Gläser, Butter, Wurst, Käse, Brot. Die beiden jungen Männer schauen unsicher auf den gedeckten Tisch. Sie haben Hunger. Aber sie haben auch Angst.

»Alles für euch«, sagt Bernecker gleichgültig. »Essen. Dann Arzt. Doktor.« Er macht ihnen ein Zeichen, und die beiden Flüchtlinge zögern nicht mehr. Bernecker verläßt das Zimmer und schließt hinter sich ab.

Dr. Wallisch sitzt an seinem Schreibtisch und raucht nervös. Der Aschenbecher vor ihm ist schon bis zum Rand gefüllt. Die schwarze Arzttasche steht neben ihm auf dem Boden. Er sieht unschlüssig das Telefon an, aber es hat keinen Sinn. Er allein ist verantwortlich, er allein hat zu entscheiden. Niemand, der die Situation hier nicht kennt, kann ihm raten, was er tun soll. Ihm ist schon lange unbehaglich zumute, daß er auf den Vorschlag Steiners eingegangen ist, die Leichen zur nächsten Müllkippe zu bringen. Das war zwar bequem und vielleicht auch nicht anders zu machen, aber riskant war es trotzdem. Viel zu nah.

Wallisch weiß nicht, daß der Erfrorene gefunden wurde. Er weiß auch nicht, daß sechs der Plastiksäcke entdeckt worden sind. Hätte er das gewußt, hätte er diese letzte Lieferung gar nicht mehr hierherbringen lassen. Selbstverständlich nicht. Das hätte oberste Alarmstufe bedeutet. Sie hätten den Hof sofort verlassen und sich ein sicheres neues Quartier gesucht. Aber jetzt sind die Männer schon einmal da, und alles ist vorbereitet. Außerdem geht es sehr schnell, er wird nicht länger als eine Stunde brauchen, wenn er sofort anfängt. Er hat Routine.

Es klopft, Steiner kommt herein.

Dr. Wallisch kommt ohne Umschweife zur Sache. »Was ist das für ein Mann, Steiner?«

»Ein Bulle, Herr Doktor. Hier.« Steiner gibt dem Mann im Arztkittel Mosers Ausweis.

»Verdammt noch mal!« ruft Wallisch, als er den Polizeiausweis sieht.

»Was hätten wir denn machen sollen?« will sich Steiner verteidigen. »Der hat auf dem Parkplatz herumgeschnüffelt. Hätten wir ihn dort erschießen sollen?«

Dr. Wallisch geht darauf nicht ein. »Du weißt, was das bedeutet! Wir müssen den Laden hier noch heute dichtmachen. Die beiden noch, und dann ist erst einmal Schluß bis auf weiteres.«

Dr. Wallisch steht auf und beginnt, im Zimmer auf und ab zu gehen.

»Was wird jetzt mit dem Bullen im Keller?« will Steiner wissen.

Wallisch bleibt am Fenster stehen und sieht hinaus. Der Polizist hat Steiner und Bernecker gesehen; er kennt den Lieferwagen, wahrscheinlich auch die Nummer des Kühllasters, und er kennt diesen Hof hier; dazu hat er sich möglicherweise noch die Nummer von Wallischs Mercedes gemerkt. Nein, man kann ihn nicht laufen lassen. Unmöglich. Er hat eben Pech gehabt. Wie die anderen armen Teufel. Auf noch einen kommt es nun auch nicht mehr an.

»Was mit dem Polizisten wird, entscheiden wir nachher«, weicht Wallisch aus. »Du bringst mir jetzt den ersten zum Wagen. Bernecker soll inzwischen zusehen, daß hier nichts Wichtiges zurückbleibt. Und Slavik soll sich bereithalten.«

»In Ordnung, Chef«, sagt Steiner und verläßt das Zimmer.

Wallisch nimmt seine Arzttasche und verläßt ebenfalls den Raum. Er geht mit raschen Schritten über den Hof und verschwindet in der Scheune. Das Deckenlicht wird eingeschaltet. Wallisch geht zu dem grünweißen Ambulanzwagen, der mitten in der großen Scheune steht. Er öffnet die Schiebetür und steigt ein. Auch im Wagen geht die Beleuchtung an. Er enthält einen Stuhl, einen kleinen Tisch, schmale Schränke mit Flaschen und Tuben, eine Liege mit Gummiüberzug.

Dr. Wallisch nimmt aus seiner Tasche zwei verpackte Spritzen und ein Fläschchen. Er zieht die erste Spritze auf und setzt sich auf den Stuhl. Er wartet. Am liebsten würde er sich noch eine Zigarette anzünden. Aber er beherrscht sich. Er schaut auf seine Uhr.

»Du zuerst. Zum Arzt«, sagt Steiner nicht unfreundlich zu einem der beiden jungen Männer. Die beiden Flüchtlinge sehen sich an. Mißtrauisch, ängstlich.

»Du brauchst keine Angst zu haben«, sagt Steiner in beruhigendem Ton. Das haben sie immer so gemacht, da gibt es am wenigsten Ärger. »Nur eine Schutzimpfung. Impfung, verstehst du? Damit du gesund bleibst.«

Der junge Mann schaut Steiner verständnislos an. »Was gesund? Ich schon gesund ...«

»Sonst wirst du krank und findest keine Arbeit. Kapito? Komm schon, wir haben nicht mehr viel Zeit!«

Steiner packt den Mann kurzerhand am Arm. Er sagt noch etwas auf Russisch zu seinem Kameraden, was Steiner nicht versteht.

»Du kommst nachher dran. Leg dich solange auf das Bett da«, befiehlt Steiner dem anderen.

Die Tür wird von draußen wieder abgeschlossen. Der Zurückgebliebene starrt sie an. Er wartet, bis die Schritte im Flur verklungen sind, dann geht er zum Fenster. Aber von hier aus hat er keinen Einblick in den Hof. Der Flüchtling kann nicht sehen, wie sein

Kamerad in der Scheune verschwindet, in der ein Mann im weißen Kittel mit einer Spritze in der Hand wartet. Aber er kann spüren, daß hier etwas nicht stimmt. Er öffnet das Fenster und klettert vorsichtig hinaus.

Im Ambulanzwagen sind inzwischen alle Geräte eingeschaltet. Zwei Monitore laufen. Steiner bleibt für alle Fälle noch einen Moment am Wagen stehen. Manchmal gerät einer in letzter Sekunde noch in Panik.

»Setz dich da hin, auf die Liege«, sagt Dr. Wallisch. »Du bekommst jetzt deine Impfung.« Der Arzt schiebt den Pullover des Mannes am linken Arm hoch und gibt ihm die Injektion.

»So, alles erledigt«, sagt er beruhigend. Als der Mann wieder aufstehen will, drückt er ihn auf die Liege nieder. »Bleib noch einen Moment sitzen, gleich ist es vorbei.« Der Flüchtling versucht noch einmal aufzustehen, aber er schafft es nicht mehr. Dr. Wallisch setzt dem Wehrlosen die Maske des Narkosegerätes auf.

KAPITEL 17

HÖLLERER AUSSER ATEM

Sobald sich das Tor hinter dem roten Lieferwagen geschlossen hat, ist Rex umgekehrt und so schnell er konnte den ganzen Weg zurückgelaufen. Mit Abkürzungen ist es gar nicht so weit vom Parkplatz zum Bauernhof.

Aber Rex läuft nicht zum Parkplatz zurück. Er läuft zu dem Gebüsch nahe der Einfahrt zur Mülldeponie. Er weiß, daß der Parkplatz jetzt leer ist. Er muß Höllerer holen. Er läuft wie ein Langstreckenläufer, in großen, regelmäßigen Sprüngen, unermüdlich, wie es scheint. Er könnte endlos so laufen.

Rex wittert Mosers Kollegen Höllerer und seine Wurstsemmeln schon von weitem, aber Höllerer ist nicht mehr, wo er vorhin noch war. Er hat sich auf den Weg zum Parkplatz gemacht, um nach Moser zu schauen. Rex nimmt die Fährte auf und folgt ihm ungeduldig. Es dauert nicht lang, da hört er Höllerer sprechen.

»Du, Stocki, ich glaub', hier stimmt was nicht«, sagt Höllerer ins Telefon. »Der Richard ist nicht mehr auf seinem Posten, und in seinem Wagen ist er auch nicht. Spurlos verschwunden.«

»Wir kommen sofort, Höllerer. Bleib, wo du bist.« Stockinger hatte sich auf einen ruhigen Abend im Büro eingestellt, aber offensichtlich hat Moser doch das richtige Gespür gehabt. Um so besser. Diesen Kerlen müssen sie so schnell wie möglich ihr blutiges Handwerk legen, egal wie.

»Moment, warte mal«, sagt Höllerer. Rex hat ihn von hinten angeschubst. Er hechelt und bellt durcheinander. »Hier ist . . .«

»Ja, ich hör' ihn schon«, unterbricht ihn Stockinger, »... und der Richard?«

»Keine Spur. Der Rex ist allein.«

Rex läuft ein Stück von Höllerer fort, bleibt stehen, dreht sich um und bellt wieder. *Komm! Na komm schon, beeil dich! Ich zeig's dir. Du mußt helfen!*

»Du, Stocki, ich glaub', der Rex will mir was zeigen. Paß auf. Ihr fahrt am besten sofort los. Und nehmt doch eine Streife, da kommt ihr schneller voran. Am besten gleich zwei Wagen, man kann nie wissen, was wir da vorfinden. Ihr fahrt erst einmal zu dem Parkplatz, den du ja kennst. Sobald ich genaueres sagen kann, ruf ich dich im Streifenwagen wieder an. Alles klar?«

»Bis gleich, Höllerer, und sei vorsichtig, ja?«

Ein bißchen Abenteuer ist ja schön und gut, aber gleich ein Marathonlauf? So hat Höllerer sich das nicht vorgestellt. Der dicke Mann ist zwar schneller und behender als man erwarten würde, aber gegen einen Schäferhund hat er dann doch keine Chance. Immer wieder muß Rex stehenbleiben und auf Höllerer warten. Höllerer keucht und stolpert querfeldein dem Hund hinterher, der unermüdlich vorwärts drängt. Kein Wunder, er spürt die Gefahr für sein Herrchen. Immer wieder sieht Rex sich nach Höllerer um.

Ja, gut! Das schaffst du schon, schneller! Hier lang. Beeil dich! Warum bist du auch so dick!

Da! Höllerer plumpst auf einer Wiese der Länge nach hin. Rex läuft zu ihm zurück und winselt ihn an. *Meine Güte, Höllerer, paß doch auf, wo du hinläufst! Komm, steh auf! Wir müssen uns verdammt noch mal beeilen!*

»Ich kann gleich nicht mehr, Rex«, keucht der Polizist. »Ist's noch weit?« Rex schleckt ihm übers Gesicht. *Steh auf! Ist nicht mehr weit. Komm!*

Höllerer rappelt sich auf und läuft weiter. Das hier ist ein Job für junge Leute. Und er ist nicht mehr der Jüngste.

Ein paar Minuten später sieht er den abgelegenen Bauernhof von einer Anhöhe aus. Er wählt Stockingers Funknummer und gibt Instruktionen durch. Dann wendet er sich an Rex.

»Du bist jetzt ein braver Hund, Rex. Ganz still, ja? Die da drinnen dürfen uns nicht kommen hören.« Höllerer legt einen Finger an die Lippen. Aber Rex hat schon verstanden, er weiß, daß er hier nicht bellen darf. Er winselt leise. *Ist ja recht, gehen wir.*

»Also, dann los!« sagt Höllerer, und vorsichtig nähern sich der Mann und der Hund dem Gehöft. Höllerer zieht seine Pistole und geht geduckt am Gemäuer entlang. Plötzlich bleibt er stehen. Er richtet seine Waffe auf einen jungen Mann in ärmlicher Winterkleidung, der gerade von einem niedrigeren Teil der Zwischenmauer heruntergesprungen ist.

»Stehenbleiben!« ruft Höllerer mit gedämpfter Stimme. Der junge Mann gerät in Panik. Er läuft los. Aber weit kommt er nicht. Rex ist mit wenigen Sätzen bei ihm. Er springt ihn von hinten an und wirft ihn zu Boden. Knurrend bleibt er über ihm stehen. Der junge Mann reißt Augen und Mund auf. Er rührt sich nicht.

»Ist gut, Rex«, sagt Höllerer leise. »Brav gemacht.«

Er beugt sich zu dem jungen Mann hinunter. »Wer bist du? Was ist da drin los?«

Der Mann versteht ihn nicht. »Michail, Freund. Da.« Er deutet mit dem Finger zurück auf das Gehöft.

»Ja, versteh' schon«, sagt Höllerer. »Und den Richard haben sie auch ... Die werden schon sehen ... Bleib hier, hörst du? Nicht weglaufen.«

Aber jetzt ist keine Zeit, sich um den illegalen Flüchtling zu kümmern. Höllerer schaut sich das niedrigere Mauerstück an. Auch Rex schaut hin und winselt. Es ist für beide zu hoch.

Höllerer wendet sich noch einmal dem Flüchtling zu. »Komm her!« Der junge Mann reagiert nicht, er versteht nicht. Kurzerhand zielt Höllerer mit der Pistole auf ihn und macht ihm ein Zeichen. Der Mann gehorcht ängstlich. Er stellt sich vor die Mauer.

»Rex! Komm zu mir, komm!« ruft Höllerer leise. Auch Rex gehorcht, und Höllerer nimmt ihn auf den Arm. »Mein Gott, ich wußte gar nicht, was so ein ausgewachsener Schäfer wiegt«, stöhnt er. Aber er schafft es, Rex auf die Mauer hinaufzuheben. »Bleib da stehen, Rex! Noch nicht springen! Nicht weglaufen! Ich komme auch.«

Höllerer macht dem Flüchtling vor, was er tun soll. Nun versteht der junge Mann, und er hat auch begriffen, daß der dicke Mann nicht sein Feind ist, sondern auf seiner Seite steht. Jedenfalls im Moment. Im Moment ist er der Feind dieser Leute da drin und kann seinem Freund Michail helfen – falls ihm noch zu helfen ist. Der Flüchtling hilft dem Polizisten, die Mauer zu erklettern. Sobald Höllerer und Rex drinnen verschwunden sind, läuft er doch noch davon, auf eine Baumgruppe zu, die nicht weit entfernt ist. Von dort aus beobachtet er das Gehöft.

Höllerer hat sich mit Mühe auf der anderen Seite hinuntergelassen, ohne sich das Genick zu brechen oder den Knöchel zu verstauchen. »Himmel noch mal!« stöhnt er und hockt sich auf den Boden. »Laß mir wenigstens eine halbe Minute, Rex!«

Nichts da. Rex hat Witterung aufgenommen. Moser ist in der Nähe. Der Hund ist nicht mehr zu halten, er verschwindet um eine Hausecke. Höllerer nimmt seine Pistole wieder aus dem Halfter und steht auf. Vorsichtig biegt er um die Ecke, aber Rex ist verschwunden. »Verdammt!« knurrt Höllerer. Aber im nächsten Moment ist Rex wieder da. Er wartet auf Höllerer, der ihm nun folgt. Der Weg führt zwischen mehreren Gebäuden hindurch, die Anlage ist doch recht verwinkelt. Schließlich bleibt Rex vor einem vergitterten Kellerfenster ohne Glas stehen. Höllerer kommt außer Atem heran und beugt sich hinunter.

»Richard! Ich weiß auch nicht wie, aber der Rex hat dich gefunden.«

»Er muß den Wagen verfolgt haben.« Moser faßt sich plötzlich an den Kopf und stöhnt.

»Bist du okay, Richard?« fragt Höllerer besorgt. Rex winselt leise.

»Bloß eine Beule, nehme ich an«, erwidert Moser. »Paß auf, Höllerer, durch das Haus hier runter zu kommen, ist vielleicht zu gefährlich. Außerdem ist die Kellertür massiv und schwer. Aber ich glaub', dieses Gitter hier ist nicht besonders ernst zu nehmen. Versuch mal, ob du's aufkriegst.«

Tatsächlich ist das Gemäuer, in das die Eisenstäbe eingelassen sind, schon alt und brüchig. Aber das Fenster liegt von unten aus gesehen in einer Höhe von etwa einem Meter achtzig, und da der Kellerraum völlig leer ist und keinen Stuhl oder anderes Mobiliar enthält, kann man es von unten nicht erreichen.

Höllerer rüttelt vorsichtig am Gitter. Es bewegt sich zwar, läßt sich aber nur schwer aus den Angeln heben.

»Rex, du schiebst Wache«, sagt Höllerer und legt seine Pistole ab. Er kommt ganz schön ins Schwitzen, bevor die Gitterstäbe entfernt sind, aber er hat es geschafft. »Moment noch, Richard«, sagt er, setzt sich auf die Erde und wischt sich mit seinem Taschentuch den Schweiß aus der Stirn. Gerade will er seinem Kollegen die Hand reichen und versuchen, ihn nach oben zu ziehen, da hört Moser Schritte.

»Deine Pistole, Höllerer, schnell, und dann weg vom Fenster!« ruft Moser mit gepreßter Stimme.

Höllerer hat ihm im nächsten Moment die Waffe gereicht und sich neben das Fenster zurückgezogen. Er lauscht.

Moser hat sich wieder auf den Boden gelegt. Er tut, als sei er aus der Ohnmacht noch immer nicht erwacht. Die Schritte kommen näher, die schwere Tür wird aufgesperrt, und Steiner kommt mit vorgehaltener Waffe herein. Er geht um Moser herum und stellt sich unter das Fenster, von wo aus er in dem halbdunklen Raum besser sehen kann.

»Spiel kein Theater, Bulle«, sagt Steiner grob. »So hart hab' ich nicht zugeschlagen.«

Moser hebt langsam den Kopf und sieht seinen Wärter an. Die Mündung der Pistole ist genau auf seinen Kopf gerichtet.

»Was passiert jetzt?« fragt Moser leise.

»Pech gehabt, Bulle. Du hast zu viel gesehen«, sagt Steiner kalt.

Moser hat nichts mehr zu verlieren, er greift blitzschnell in seine Jackentasche und zieht die Pistole. Aber der andere ist schneller. Mit einem gekonnten und zielsicheren Tritt hat er Moser die Waffe aus der Hand geschleudert. Er richtet seine eigene Pistole erneut gegen Moser. In diesem Moment schaut Moser auf das Fenster über Steiners Kopf. Steiner grinst flüchtig.

»Blöder Trick, Bulle. Wo hast du die Knarre her?«

Aber er wartet schon keine Antwort mehr ab. Er streckt die Hand mit der Waffe aus, um Moser zu erschießen. Aber Mosers Blick war kein blöder Trick. Bevor der Schuß fällt, wird Steiner von hinten umgeworfen. Rex ist durch das Fenster gesprungen, Steiner fällt nach vorn. Moser entreißt ihm mit einem Griff die

Waffe, und bevor Steiner noch reagieren kann, knallt der Griff von Mosers Pistole gegen seinen Kopf, und er sinkt lautlos zusammen.

»Glück hast du heut' auch nicht gerade ...«, sagt Moser, und dann schließt er Rex in seine Arme und vergräbt sein Gesicht im weichen Fell des Hundes.

»Mein Gott, Rex, ohne dich wär' ich jetzt tot ... Und ohne dich auch, Höllerer«, fügt er mit einem Blick auf das offene Fenster hinzu, in dem Höllerers Kopf wieder zu sehen ist.

Moser hebt Steiners Pistole auf und überprüft sie kurz. Dann reicht er Höllerer seine Dienstwaffe nach oben und sagt: »Sei vorsichtig da draußen, die sind alle bewaffnet, glaub' ich ... Ach, und deine Handschellen kannst du mir mal borgen.«

»Alles klar«, sagt Höllerer, reicht die Handschellen hinunter und verschwindet.

Moser kettet Steiners Hände auf dem Rücken zusammen, dann verlassen er und Rex den Kellerraum. Die schwere Tür wird wieder abgeschlossen.

Noch ahnen die anderen nicht, was vorgefallen ist. Der Hilfsarbeiter Slavik kommt mit dem ersten Plastiksack aus der Scheune. Er trägt ihn zu dem roten Lieferwagen und schlendert dann zurück. Bernecker kommt ebenfalls aus der Scheune. Er trägt ein Gefäß aus Plastik zu der dunklen Limousine und deponiert es dort im Kofferraum. Es sieht aus wie eine Urne oder auch wie eine ganz spezielle Kühlbox.

»Bringt schon den zweiten, wir müssen uns beeilen!« ruft Dr. Wallisch aus der Scheune. Dann zündet er sich wieder eine Zigarette an.

Bernecker geht von der Limousine quer über den Hof ins Haus. »Steiner! He, Steiner, beeil dich, wir müssen noch wegräumen!« ruft er im Vorbeigehen die Kellertreppe hinunter. »Der verdammte Bulle ist doch selber schuld«, sagt er leiser zu sich selbst. »Pech für ihn.«

Er schließt die Tür auf und will den zweiten Mann, das zweite Opfer holen. »So, jetzt bist du dran. Impfung.«

Verdutzt bleibt er stehen. Der Raum ist leer, das Fenster ist offen. Bernecker geht rasch hinüber und schaut hinaus. Er kann nichts Verdächtiges entdecken.

»Hände hoch! Umdrehen! Aber langsam!« ruft Höllerer in diesem Augenblick.

Bernecker hebt die Hände in die Höhe und dreht sich langsam um. Er sieht ungläubig die Waffe an, die auf ihn gerichtet ist. Er sagt nichts.

»Da hinüber und Hände an die Wand! Na wird's bald!«

Der Mann gehorcht widerstandslos. Höllerer zieht ihm mit einem gekonnten Griff die Pistole aus dem Schulterhalfter.

»Und jetzt da hinaus auf den Hof!«

In diesem Moment ertönen gar nicht weit weg Polizeisirenen. Alle hören sie gleichzeitig. Wallisch wirft seine Zigarette fort und läuft aus der Scheune auf seinen Wagen zu. »Steiner, Bernecker! Los, wir müssen weg!« ruft er im Laufen. Er sieht sich kurz um, aber weder Steiner noch Bernecker sind in der Nähe.

»Stehenbleiben!« ruft Moser in diesem Moment.

Wallisch stutzt einen Augenblick, dann dreht er sich um und läuft zurück in die Scheune. Moser läuft ihm nach.

»Rex! In Deckung!« ruft er noch und verschwindet durch das Tor. Ein Schuß fällt, noch einer, dann mehrere. Auch der Hilfsarbeiter Slavik ist bewaffnet. Metall und Glas splittern. Schließlich ist es still.

»Höllerer, sei so gut und mach das Tor auf, ja?« ruft Moser von drinnen.

Kurze Zeit später fahren die beiden Polizeifahrzeuge und der Ambulanzwagen auf den Hof. Stockinger spingt als erster heraus. Der verletzte Slavik wird abtransportiert. Moser kommt mit Dr. Wallisch aus der Scheune. Der Mann im weißen Kittel läßt sich wortlos abführen, ebenso Bernecker. Höllerer geht mit zwei Beamten ins Haus, um Steiner zu holen.

»Schicken Sie zwei oder drei Leute auf das Feld hinter dem Haus. Sie sollen den Flüchtling mitnehmen. Der wartet dort auf seinen Freund«, sagt Höllerer im Fortgehen zu einem der uniformierten Beamten.

Moser schaut zu, wie Wallisch die Handschellen angelegt werden. Er hat mit Stockinger einige Sätze gesprochen, aber dann nicht darauf geachtet, daß Stockinger an ihm vorbei Richtung Scheune gegangen ist.

»Stocki, nicht . . .«, ruft er ihm nach, aber Stockinger ist bereits durch das Tor verschwunden. »Nicht in die Scheune, Stocki«, sagt Moser leise.

Wenige Augenblicke später kommt Stockinger wieder aus der Scheune heraus. Besser gesagt, er kommt nicht, er taumelt. Sein Gesicht ist mindestens so blaß wie auf der Mülldeponie. Fast grünlich. Er dreht sich zur Scheunenwand und übergibt sich. Das zweite Mal an diesem Tag. Armer Stockinger.

Rex läuft zu ihm hinüber und leckt ihm über die Hand. *Krank? Geht's dir nicht gut? Ist doch alles prima, schau doch, der ganze Trubel, und ich hab' meinen Moser wieder.*

KAPITEL 18

TRAUTES HEIM

Moser, Stockinger und Höllerer sitzen an ihren Schreibtischen. Keiner schaut in seine Akten und Formulare. Der Papierkram muß warten. Alle drei sind erschöpft, selbst Stockinger hat seine Krawatte abgenommen. Höllerers Hosenträger hängen hinunter, wie immer, und Mosers Hemdkragen steht weit offen. Rex liegt auf seiner Decke und gähnt. Für heute hat er genug gearbeitet. Es ist schon weit nach Mitternacht. Am liebsten möchte er sofort nach Hause. Und das geht nicht nur ihm so . . .

»Also, fassen wir noch einmal zusammen«, sagt Stockinger. Moser und Höllerer gähnen gleichzeitig. Rex winselt leise. *Ich will endlich nach Hause. Soll ich vielleicht im Büro übernachten? Mein Lieblingsball ist zu Hause und meine Lieblingsdecke auch.*

»Wir gehen gleich, Rex«, sagt Moser müde.

»Der Slavik war bloß der Schlächter, der weiß nichts weiter. Der ist viel zu dumm. Aber ich glaube, der wird uns noch ein paar von diesen Müllsäcken zeigen, wenn wir ihn ordentlich bearbeiten. Und darauf kann der sich verlassen, daß wir ihm einheizen. . . Vermutlich haben die doch mehrere Deponien benutzt. . . Der Bernecker und der Steiner wissen schon etwas mehr. Allerdings nicht unbedingt die Namen der Lastwagenfahrer, die die Flüchtlinge gebracht haben. In einem solchen Verbrecherring sorgt der Chef fast immer dafür, daß der einzelne nur das Nötigste weiß und kein bißchen mehr. Dafür hast du aber zumindest die Wagennummer von diesem Kühllaster, Richard.«

»Wird schon überprüft«, sagt Moser. »Die kriegen wir – falls das Nummernschild nicht gefälscht war.«

»Außerdem hat der Steiner zugegeben, daß er die meisten Behälter selber zum Flughafen gefahren hat. Allerdings hat er sie dort nur an einer bestimmten Stelle deponiert. Er weiß nicht, wer sie abgeholt und mitgenommen hat.«

»Wenn der Wallisch weiter schweigt, werden wir das nie herausbekommen«, sagt Höllerer.

»Wir werden ja sehen, ob wir in seinen Unterlagen etwas finden«, wirft Stockinger ein.

»Unterlagen?« sagt Höllerer entmutigt. »Bei dem werden wir keine Unterlagen finden, da bin ich ganz sicher. Diese Leute sind doch nicht wahnsinnig.«

»Vielleicht gerade ...«, sagt Moser leise, »aber Unterlagen? Ich glaub' auch nicht, daß die so ein Risiko eingehen würden.«

»Na gut, wir werden ja sehen. Entscheidend ist im Moment aber etwas anderes, wie wir alle wissen. Der Steiner hat zugegeben, daß er nicht alle Behälter zum Flughafen gebracht hat. Er hat ausgesagt, daß der Wallisch immer wieder einmal einen der Organbehälter selbst mitgenommen hat. Die Frage ist also, was er damit gemacht hat. Wohin hat er diese Behälter gebracht? Wer war der Abnehmer?«

»Irgendwie hab' ich den Eindruck«, sagt Moser nachdenklich, »der Wallisch ist auch nur ein kleiner Fisch. Unser Dr. Graf hat mir erklärt, daß eigentlich nicht viel dazu gehört, eine Niere zu entnehmen. Das kann praktisch jeder Medizinstudent in fortgeschrittenem Semester. Allerdings gehört eine ganze Menge dazu, eine Niere zu transplantieren. Dazu muß man eine Ausbildung als Chirurg haben. Und man braucht eine gute Ausstattung. Einen Operationssaal, Pflegepersonal und so weiter. Und der Wallisch ist erstens Neurologe, nicht Chirurg, und zweitens hat er keinen Operationssaal.«

»Na schön«, wirft Höllerer ein, »aber eine allgemeinmedizinische Ausbildung hat er zumindest.«

»Neurologe ... Neurologe ...«, sagt Moser nachdenklich. »Also gleich morgen früh schauen wir uns die Praxis von diesem Dr. Wallisch einmal genauer an. Wär' doch gelacht, wenn wir da nicht irgend etwas finden, was uns weiterbringt.«

»In Ordnung, Richard«, sagt Stockinger.

Höllerer streift sich die Hosenträger wieder über die Schultern, Stockinger bindet sich seine Krawatte um. Niemand hat Stockinger außerhalb des Büros je ohne Krawatte gesehen. Und, man muß es ihm lassen, niemand hat auch Höllerer außerhalb des Büros je mit hängenden Hosenträgern gesehen. Moser streckt sich und steht auf. Rex ist sofort neben ihm und streckt sich ebenfalls. *Endlich nach Hause.* Aber jetzt bellt er nicht einmal mehr, auch er ist hundemüde. Die drei Männer verlassen gemeinsam das Büro und gehen durch das verwaiste Treppenhaus nach unten. Der Parkplatz ist nur schwach beleuchtet und fast leer. Stockinger kann zu Fuß nach Hause gehen, er wohnt ganz in der Nähe. Höllerers Wohnung liegt auf dem Weg. Moser nimmt ihn mit.

Moser und Höllerer fahren schweigend durch die nächtliche Stadt. Vieles hätte heute schiefgehen können, das ist beiden Männern klar. Jeden hätte sein Einsatz heute das Leben kosten können, und für Moser hat dazu auch nicht viel gefehlt. Genau das gleiche hätte auch für Höllerer gelten können. Und Moser hätte ihm in diesem Fall ebenso beigestanden. Das war keine Frage. Nur, es hätte auch zu spät sein können. Oder auf dem Bauernhof hätten viel mehr Leute sein können. Sie hätten beide überwältigt werden können. Man hätte sie alle beide umbringen können. Ob sie dann auch in Müllsäcken geendet wären wie diese anderen armen Teufel? Eine ziemlich gruselige Vorstellung. Moser schüttelt sich bei dem Gedanken.

»Ist was, Richard?« fragt Höllerer.

»Nein, nichts, Höllerer.«

Höllerer schaudert ebenfalls, aber er schweigt. Ob er gerade das gleiche Bild vor Augen hatte? Er schaut stumm auf die Straße. Moser hat bemerkt, wie sein Kollege kurz zusammengezuckt ist. Er weiß, was Höllerer durch den Kopf geht. Ungefähr dasselbe wie ihm.

»Übrigens, Höllerer, danke«, sagt er leise.

Rex bellt leise auf.

»Recht hat er, Richard, ihm mußt du danken«, sagt Höllerer lächelnd und wendet sich Rex zu. Er streichelt dem Hund über den Kopf. »Ohne ihn wärst du jetzt nicht mehr am Leben.«

»Ich weiß«, sagt Moser. »Danke euch beiden.«

Höllerer steigt vor seiner Haustür aus und verabschiedet sich. Rex springt nach vorn und sitzt wieder stolz und eigentlich verbotenerweise auf dem Beifahrersitz. Von hinten hat er seinen Ball mitgebracht, den er im Maul hält. Müde ist er nicht mehr. Das Nickerchen im Büro hat ihm gut getan. Und wenn er im Auto vorn sitzt, ist er immer hellwach. Einer muß ja aufpassen, daß der Moser die Verkehrsregeln beachtet.

Aber Moser hat kein Nickerchen zwischendurch gemacht. Er ist zum Umfallen müde und kann kaum noch die Augen offen halten. Der Schock sitzt ihm noch tief in den Knochen. Auch als Polizist kommt man schließlich nicht gerade jeden Tag dem Tod so nahe. Und heute ist es wirklich verdammt knapp gewesen. So knapp wie vielleicht noch nie während seiner Zeit bei der Polizei.

»Wenn du so weitermachst, Rex«, sagt Moser, wie um sich selber aufzumuntern, »dann kriegst du noch einen Orden erster Klasse vom Bundespräsidenten persönlich. Und eine Beförderung zum Hauptkommissar. Wär' das was? Was meinst du dazu?«

Rex schaut sein Herrchen an. *Wuff! Orden sind mir egal, und der Bundespräsident auch. Es reicht, wenn ich auf dich aufpassen muß.*

Moser findet einen Parkplatz nicht weit von seiner – ihrer – Wohnung entfernt. Im Briefkasten liegt die übliche Post, in der Wohnung herrscht die übliche Unordnung. Rex springt freudig zwischen seinen Bällen und Knochen umher. Endlich zu Hause! Das hier ist doch etwas ganz anderes als das Büro! Hier kann man ordentlich herumsausen, aufs Sofa springen, aufs Bett springen, Ball spielen. Alles, was im Büro nicht geht oder nicht erlaubt ist – hier darf er es. Und er macht Gebrauch von seinen Freiheiten, wo immer er kann.

»Den Orden kriegst du doch nicht, Rex«, sagt Moser im Vorbeigehen. »Jedenfalls nicht, solange du dir das Aufräumen nicht angewöhnst. Irgendwann breche ich mir über deinen Knochen und Bällen noch beide Beine!«

Moser geht in die Küche. Rex hält den Kopf schief und läßt die Ohren hängen. Er schaut sich um. *Aufräumen? Wieso denn? Aber na schön, wenn's denn sein muß ...* Dann trägt er ein Stück nach dem anderen in Mosers Schlafzimmer, wo auch seine Decke liegt. Er legt Knochen und Bälle ans Fußende seiner Decke und läuft dann zu Moser in die Küche. Sein Napf ist mit Wasser gefüllt. *Danke!* Moser hat eine Flasche Bier aufgemacht und nimmt einen großen Schluck. Er belegt noch eine letzte Semmel mit Wurst und bricht sie durch.

»Da, fang, Rex! Hälfte für dich.« Rex fängt die halbe Semmel im Flug und verschlingt sie. Dann schaut er mit schräg gelegtem Kopf zu Moser auf und jault leise. *Mehr! Bitte!*

Moser füllt Rex' Freßnapf und geht aus der Küche. »Guten Appetit! Und friß nicht so schnell, mehr gibt's heute nämlich nicht. Wir wollen ja nicht, daß du dick wirst, oder?«

Moser geht in sein Schlafzimmer und legt sich angekleidet aufs Bett. Die Hände verschränkt er unter dem Kopf. Er will nachdenken, aber es dauert nicht lang, da liegt er zusammengekauert auf dem Bett und schläft. Kein Wunder nach so einem Tag.

Rex kommt herein und betrachtet ihn aufmerksam. Er jault mitleidig. *Armer Moser!* Dann bellt er leise. *So geht es aber nicht! Zähneputzen! Schuhe aus!*

Moser blinzelt. »Hast ja recht. Gleich.«

Rex zupft an Mosers Hosenbein, und schlaftrunken steht Moser auf und wankt ins Bad. Im Schlafanzug kommt er zurück und läßt sich auf's Bett fallen. Rex schaut den Wecker an. Moser hat vergessen, ihn zu stellen. Macht nichts, Rex wird ihn schon wecken, wenn es hell ist. Rex hat noch nie verschlafen.

»Nacht, Rex. Schlaf gut«, sagt Moser schon im Halbschlaf.

Rex sitzt eine ganze Weile vor dem Bett und schaut Moser aufmerksam an. Dann nimmt er einen Zipfel von Mosers Decke in den Fang und zieht sie bis unter das Kinn des Schlafenden, bevor er sich selber zufrieden auf seiner Decke ausstreckt und von den Abenteuern des Tages träumt.

Schon zweimal ist Rex an diesem Morgen beim Bäcker gewesen, aber das Geschäft war noch geschlossen. Dabei ist es doch schon lange hell. Auch sonst ist kaum jemand auf der Straße. Hier und da jemand, der zur Frühschicht geht oder von der Nachtschicht kommt. Ansonsten ist die Straße menschenleer. Kein einziges

Auto kommt vorbei. Rex ist ein wenig spazieren gegangen und dann in die Wohnung zurückgekehrt. Die Haustür steht offen, die Wohnungstür kann er leicht öffnen, denn er läßt sie angelehnt. Den Moser wird schon niemand stehlen. Jetzt sitzt er wieder mit gespitzten Ohren vor Mosers Bett und schaut den Schlafenden an.

Er zupft an Mosers Decke und bellt einmal kurz und laut. *Zeit zum Aufstehen! Mitten am Tag ist es schon!*

Moser blinzelt und sieht zum Wecker hinüber. »Du bist wohl wahnsinnig, Rex! Es ist ja noch nicht einmal sechs Uhr!«

Rex stellt den Kopf schräg. Er bellt noch einmal, aber leiser. Dann läuft er wieder aus der Wohnung und hinüber zum Bäcker. Diesmal schließt die Bäckersfrau gerade die Ladentür auf. Sie bückt sich zu Rex hinunter und streichelt ihn. »Heut' bist du aber früh dran, Rex. Ihr beide müßt wohl zum Dienst, was?«

Mit einer Tüte voll Semmeln im Maul kommt Rex zurück. Er bellt vor dem Bett. *Jetzt wird es aber Zeit!*

Moser seufzt. Viertel nach sechs. »Also schön, Rex, du mußt sowieso einmal duschen. Sonst kommst du ja nie dazu. Was glaubst du, wie der Stockinger sich freut, wenn du frisch gebadet bist.«

Eine Viertelstunde später kommt Moser ohne Hemd aus dem Badezimmer gelaufen. »Rex! Hierher! Jeder muß mal duschen! Komm, ich muß dich noch abspülen! Na komm schon, nun stell dich nicht so an!«

Er schaut in die Küche, er schaut ins Wohnzimmer. Keine Spur von Rex. Schließlich sieht er hinter der Schlafzimmertür ein Hundeohr mit weißem Schaum. Dort hat Rex sich versteckt, nachdem er endlich entwischen konnte.

»Na, komm schon, Rex. Ich spül' ja alles wieder ab.«

Rex bellt und kommt hinter der Tür hervor. Beleidigt geht er zu seiner Decke und legt sich hin. Moser kniet sich neben ihm nieder und redet ihm gut zu. »Und danach gibt's Frühstück, du kriegst auch eine Wurstsemmel, einverstanden?«

Moser geht zur Tür. »Komm, Rex. Na, komm!«

Also gut. Besser, er wird das stinkende Zeug rasch wieder los, mit dem Moser ihn im Bad überschüttet hat. Rex trottet langsam hinter Moser her ins Badezimmer. Moser hebt ihn in die Badewanne und duscht ihn lauwarm ab. Rex schüttelt sich kräftig und bellt. Jetzt ist auch Moser wieder naß.

»Ich muß noch mal in deinem Laden fragen, Rex«, sagt Moser am Frühstückstisch. »Mein Shampoo magst du ja offenbar nicht. Vielleicht haben die ein anderes für dich. Einverstanden?«

Dann verlassen Herr und Hund einträchtig die Wohnung und steigen in ihren Sportwagen.

KAPITEL 19

DREI STUDIENFREUNDE

»Bist du aus dem Bett gefallen?« fragt Stockinger, als er zur Tür hereinkommt.

»Ich nicht, aber der Rex«, antwortet Moser mit einem vorwurfsvollen Blick auf den Hund. Rex schaut demonstrativ zum Fenster hinüber, wie er es immer tut, wenn er an irgend etwas schuld sein soll. Moser ist dabei, neue Batterien in sein Telefon einzulegen.

»Unser vierbeiniger Kommissar also«, sagt Stockinger und bückt sich zu Rex hinunter, um ihm über den Kopf zu streicheln. Das Verhältnis der beiden hat sich inzwischen weitgehend normalisiert. Ja, man kann sogar sagen, Rex und Stockinger stehen inzwischen auf ganz gutem Fuß miteinander. Ebenso wie Rex und Höllerer. Aber das ist auch weiter kein Wunder. Mit Rex muß man einfach auf gutem Fuß stehen.

»Geh, pfui, Rex!« ruft Stockinger und richtet sich erschreckt wieder auf. Im Nu hat Rex dem Polizisten übers Gesicht geschleckt. *Morgen, Stocki. Schöner Tag heute.*

»Daß er das nicht lassen kann!« beschwert sich Stockinger bei Moser.

»Der mag dich eben, Stocki, daran wirst du dich gewöhnen müssen. Der Rex hat was übrig für gute Polizisten . . .«

»Soll das vielleicht ein Kompliment sein, Richard? Oder hab' ich mich eben verhört?«

»Und außerdem ist er frisch gebadet«, erwidert Moser nur und nimmt den Telefonhörer.

Er wählt und wartet. »Morgen, Leo . . . Ja, ziemlich scheußliche Sache, aber das Nest haben wir jedenfalls ausgehoben – zumindest eins davon. Vielleicht haben die noch andere Unterschlüpfe, aber das glaub' ich eigentlich nicht ... Sag mal, Leo, kennst du zufällig einen gewissen Dr. Robert Wallisch, Neurologe? ... Ja, den haben wir gestern festgenommen ...«

Moser hört eine ganze Weile zu. »Danke, Leo, das könnte uns weiterhelfen. Servus ... Nicht noch mehr Leichen? ... Ja, wir werden uns Mühe geben, aber versprechen kann ich nichts ... Also, servus.«

Höllerer kommt nun ebenfalls ins Büro und grüßt.

»Und? Weiß unser Leichenfledderer was über diesen Wallisch?« will Stockinger wissen.

»Nichts Genaues. Vor Jahren gab es einmal einen Prozeß gegen ihn ... irgendeine Sache um einen Kunstfehler. Aber Leo sagt, daß Wallisch damals freigesprochen wurde. Die genaueren Umstände kennt er nicht, aber Wallisch ist auf jeden Fall mit weißer Weste aus diesem Prozeß herausgekommen. Man hat ihm kein schuldhaftes Verhalten nachweisen können.«

Stockinger sagt nachdenklich: »Irgend etwas bleibt doch in so einem Fall immer hängen ... Ich kann mir vorstellen ...«

»... daß der gute Dr. Wallisch seit damals Kundschaft eingebüßt hat? Und in Geldnot geraten ist?« unterbricht ihn Höllerer.

»Könnte sein«, sagt Moser, »aber vielleicht steckt noch ganz etwas anderes dahinter. Auf jeden Fall, Stocki, sehen wir uns seine Praxis einmal an ... Höllerer, du hältst hier erst mal die Stellung.«

Höllerer nickt zufrieden. Ihm tun noch die Füße von gestern weh, und er hätte nichts dagegen, den ganzen Tag auf seinem Bürostuhl zu verbringen.

Moser nimmt seine Pistole aus der Schublade. »Auf geht's, meine Herren«, sagt er zu Stockinger und Rex. An der Tür dreht er sich noch einmal zu Höllerer um: »Bevor ich's noch vergesse, Höllerer. Erstens finde bitte heraus, wem eigentlich der Hof gehört, den wir da ausgehoben haben. Ich will wissen, auf wen das Gelände im Grundbuch eingetragen ist. Und zweitens – wer ist zur Zeit bei der Villa Werner?«

Höllerer sieht auf seine Uhr. »Krepnik müßte jetzt dort sein.«

»Ruf ihn bitte an und schicke ein paar Mann Verstärkung. Krepnik soll in die Villa gehen und die Werner dort festhalten.«

»Vorläufig festnehmen?« fragt Höllerer. »Aber wir wollten doch sehen, ob sie uns irgendwohin führt, nicht?«

»Ich glaube nicht, daß sie uns noch irgendwo hinführt. Ich glaube, die weiß inzwischen Bescheid und wird nicht so blöd sein, uns auf eine Spur zu bringen ... Aber der Krepnik soll sie nicht festnehmen, noch haben wir ja nichts Konkretes gegen sie in der Hand.«

»Und was soll der Krepnik dann tun, Richard?«

»Der Krepnik soll ihr erklären, daß wir einen Durchsuchungsbefehl für ihr Haus haben. Den haben wir ja schließlich auch. Wenn sie Schwierigkeiten macht, dann soll sie zumindest wissen, daß sie ab sofort keinen Schritt mehr ohne Beobachtung tun kann. Wenigstens wird sie auf die Art nichts beiseiteschaffen können.«

Der dunkelblaue Alfa hält vor einem vornehmen alten Mietshaus in der Wiener Innenstadt. Auf der gerahmten Tafel neben der Eingangstür steht Wallischs Name. Neurologe. Sprechzeit nur nach Vereinbarung. Telefonnummer. Die Haustür ist offen, Rex läuft voran. Moser klingelt im zweiten Stock. Eine resolute Dame in mittlerem Alter erscheint an der Tür.

»Tut mir leid, der Doktor empfängt nur nach Vereinbarung. Sie haben doch keinen Termin?«

»Nein, wir haben keinen Termin«, sagt Stockinger. »Kriminalpolizei.«

»Kriminalpolizei?« fragt die Dame im weißen Kittel überrascht. »Aber der Herr Doktor ist gar nicht da.«

»Das macht nichts, dürfen wir trotzdem kurz hereinkommen?« fragt Moser höflich.

Die Tür wird geöffnet, die Dame tritt zur Seite. Rex schlüpft schon durch die Tür.

»Tiere dürfen hier nicht herein. Rufen Sie bitte den Hund zurück!« verlangt die Frau verärgert.

»Rex! Hierher! Du wartest vor der Tür, verstanden?« Rex gehorcht ohne Protest. Sowieso uninteressant dort drin. Völlig steril, da riecht es nach gar nichts.

Im Vorzimmer steht nur der Schreibtisch der Arzthelferin, darauf ein eingeschalteter Computer. Dahinter an der Wand eine Patientenkartei. Außerdem stehen am Fenster zwei moderne Sessel und ein kleiner Glastisch. Die Tür zum Sprechzimmer ist geöffnet. Alles sieht sehr aufgeräumt aus.

»Ist es etwas Wichtiges? Soll ich den Herrn Doktor vielleicht anrufen?« fragt die Frau unsicher.

»Nicht nötig, danke«, sagt Moser.

»Aber dann ...«

»Das ist mein Kollege Stockinger, und mein Name ist Moser. Wir sind von der Mordkommission.«

Die Arzthelferin schluckt. »Ist etwas mit ...«

»Nein, nein«, unterbricht Moser, »bloß eine Routineuntersuchung.«

»Und womit kann ich Ihnen dienen?«

»Kennen Sie vielleicht eine Frau Hermine Werner?« fragt Stockinger.

»Als Patientin von uns?« fragt die Frau ausweichend.

»Ja, oder eine ehemalige Patientin.«

»Meine Herren, Sie wissen sehr gut, daß ich Ihnen über Patienten keine Auskunft geben darf«, sagt die Frau entschlossen.

»Ja, das wissen wir«, lenkt Moser freundlich ein und schaut sich in der Arztpraxis um. »Sagen Sie, wie läuft denn die Praxis so?«

Die Frau wird sichtlich reserviert. Sie antwortet nicht und schaut die beiden Beamten nur fragend und leicht verärgert an.

Als Moser und Stockinger schweigen, sagt sie schließlich: »Auch auf diese Frage kann ich Ihnen nicht antworten, meine Herren.«

Moser seufzt. »Schauen Sie, Frau ...«

»Marquart.«

»Schauen Sie, Frau Marquart, Sie würden uns schon sehr helfen, wenn Sie uns wenigstens sagen wollten, ob Ihnen bei Ihrer Arbeit hier irgend etwas aufgefallen ist. Ich meine, ist irgendwas nicht ganz so, wie es vielleicht sein sollte? Ist irgend etwas Ihnen hier merkwürdig vorgekommen? Nein?«

Die Frau schaut Moser zunehmend irritiert an. »Merkwürdig? Wie meinen Sie denn das?«

»Ist schon gut«, sagt Moser resigniert.

»Am besten Sie sprechen mit Dr. Wallisch persönlich«, sagt Frau Marquart nun mit Nachdruck. »Heute ist Freitag, da ist am Nachmittag um fünfzehn Uhr ein Termin. Der Doktor wird sicher gegen halb drei kommen, dann können Sie ihn hier erreichen.«

»Und wo ist der Doktor jetzt?« fragt Stockinger.

»In der Klinik«, erwidert die Frau ohne Zögern. »Wissen Sie, das hier ist eine reine Bestellpraxis. Der Doktor behandelt hier nur seine Privatpatienten. Ansonsten arbeitet er im Universitätsspital, da können Sie ihn erreichen. Soll ich Ihnen die Nummer geben?«

»Nicht nötig, Frau Marquart, wir fahren selbst vorbei. Neurologische Abteilung, nehme ich an?«

Frau Marquart nickt stumm. Das ganze Gespräch ist ihr unheimlich. Moser schaut der Frau direkt ins Gesicht. Er wird jetzt vorsichtig einen Schritt weiter gehen.

»Wie lange arbeiten Sie schon hier, Frau Marquart? Das können Sie uns doch wenigstens verraten?«

Die Frau richtet etwas an ihrer Frisur, aber sie weicht Mosers Blick nicht aus.

»Von Anfang an. Ich meine, seit die Praxis eröffnet wurde. Und vorher war ich Krankenschwester am Universitätsspital. Dr. Wallisch hat mir damals diese Stelle hier angeboten, und da ich ohnehin nur noch Teilzeit arbeiten wollte, bin ich dann vom Spital in die Praxis gewechselt. Ich bin hier sehr zufrieden, Dr. Wallisch ist ein guter Arzt und ein guter Arbeitgeber. Ich kann mich über nichts beschweren ...«

Moser unterbricht den plötzlichen Redeschwall. »Dann kennen Sie Dr. Wallisch praktisch schon seit seiner Zeit kurz nach dem Studium, nicht wahr?«

»Ja, er hat damals als Assistenzarzt am Spital angefangen.«

»Es ist sehr nett von Ihnen, Frau Marquart, daß Sie uns das erzählen«, sagt Moser freundlich. »Wir wissen, daß Sie nicht dazu verpflichtet sind. Sie haben uns und dem Doktor Wallisch schon sehr geholfen, und Sie würden uns allen noch mehr helfen, wenn Sie mir noch eine weitere Frage beantworten würden.«

Frau Marquart sieht den jungen Polizisten beunruhigt an. Sie weiß inzwischen sehr genau, daß hier etwas nicht stimmt. Sie ahnt, daß etwas ganz und gar nicht in Ordnung ist. Mordkommission ... In ihrem ganzen Leben hat sie noch mit keinem Beamten von der Kriminalpolizei gesprochen. Der Beamte will ihr nicht sagen, was passiert ist. Aber etwas muß geschehen sein. Etwas Schlimmes. »Fragen Sie«, sagt sie schließlich leise.

»Über Patienten dürfen Sie uns keine Auskunft geben, das sehe ich ein. Aber der Dr. Werner, der Mann von Frau Hermine Werner, der war hier kein Patient. Da ist also keine ärztliche Schweigepflicht berührt, oder? ... Haben Sie den Dr. Werner gekannt?«

Frau Marquart zögert nicht lange. »Der so tragisch ums Leben gekommen ist vor ... vor wieviel Jahren war das?«

»Vor etwas mehr als fünf Jahren«, antwortet Moser.

»Ja, der Dr. Werner war ein Studienfreund von Dr. Wallisch. Ganz früher waren sie oft beisammen. Wissen Sie, ab und zu bin ich mit den dreien essen gegangen. Der Dr. Wallisch ist nicht verheiratet ... Aber verstehen Sie mich nicht falsch ... da war selbstverständlich nichts. Ich bin glücklich verheiratet und habe zwei Kinder ...«

»Mit den dreien, sagten Sie gerade?« hakt Moser ein.

»Ja. Dr. Wallisch, Dr. Werner und Dr. Bernhard. Inzwischen längst Professor Bernhard. Auch ein Studienfreund von Dr. Wallisch. Es kam nicht sehr oft vor, aber ab und zu hat Dr. Wallisch mich damals eingeladen. Die Frau Werner und Dr. – Professor Bernhard waren dann auch dabei. Es waren sehr nette Abende damals, aber das ist lange her.«

Moser starrt die Frau geistesabwesend an. Drei Ärzte ... drei Studienfreunde ...

»Sie haben uns wirklich sehr geholfen, Frau Marquart«, sagt er schließlich. »Wenn Sie uns nun noch verraten könnten, wo wir Professor Bernhard finden können? Mit ihm möchten wir uns auch gern ein wenig unterhalten. Vielleicht kann er uns in unserem Fall auch ein Stück weiterhelfen.«

»Wenn Sie sowieso ins Universitätsspital fahren, vielleicht treffen Sie ihn dort an. Er arbeitet auch dort. Chirurgische Abteilung.«

Moser läßt sich seine plötzliche Überraschung nicht anmerken. Er zuckt nur kurz zusammen, als die Frau ›Chirurgische Abteilung‹ sagt. Von der Chirurgie hat er in den letzten Tagen mehr gesehen, als ihm lieb ist. Sein Bedarf ist gedeckt.

An der Tür dreht Moser sich noch einmal um. »Ach übrigens, Frau Marquart, den Termin heute nachmittag können Sie absagen. Und alle weiteren Termine von Dr. Wallisch auch. Ich glaube kaum, daß er noch einmal einen Patienten haben wird ...«

Moser, Stockinger und Rex steigen schweigend wieder in den Wagen. »Na also, da sind wir endlich einmal auf einen Chirurgen gestoßen«, sagt Stockinger, als alle drei wieder auf ihren gewohnten Plätzen sitzen. »Fehlt nur noch, daß dieser Professor Bernhard auf Nierentransplantationen spezialisiert ist.«

Moser starrt nachdenklich durch die Windschutzscheibe. Drei Studienfreunde also, ein Internist, ein Neurologe, ein Chirurg. Die Werner kennt alle drei. Einer von ihnen, ihr Mann, kommt auf gewaltsame Weise ums Leben, genau wie Schukov und Spitzer, die die Werner ebenfalls kennt. Der zweite, Wallisch, bescheinigt ihr eine nicht nachprüfbare Lähmung und verschafft ihr praktisch ein Alibi. Noch dazu ein Alibi, das sie immer wieder benutzen kann – vorausgesetzt, das Gutachten war tatsächlich falsch, und sie ist in Wahrheit nicht gelähmt. Aber das kann ihr niemand beweisen.

Nerven ... Psychosomatisch ... Wallisch ist ein Mörder hinter gutbürgerlicher Fassade. Ein Massenmörder sogar. Ein Schlächter. Bleibt noch dieser Professor Bernhard, der erste, auf den sie gestoßen sind, der theoretisch mit den Nieren selbst etwas anfangen kann. Genauer mit denen, die nicht per Flugzeug wer weiß wohin transportiert werden. In achtundvierig Stunden um die Welt ...

Und Hermine Werner sitzt wie die Spinne im Netz zwischen all diesen Leuten gelähmt in ihrer prachtvollen Villa. Sie ist die einzige, die zu allen eine Verbindung hat, die alle kennt. Jede wichtige Person in diesem ganzen Fall ist irgendwie mit Hermine Werner verknüpft. Sie muß diejenige sein, die hier die Fäden zieht. Die Spinne.

KAPITEL 20

HUNDE UND EULEN

Moser hat den Wagen noch nicht angelassen, da piept sein Funktelefon.

»Moser ... was? ... Okay, Höllerer, der Krepnik kann sie beide festnehmen, aber er soll dort auf uns warten ... oder nein, warte ... schick lieber noch ein paar Leute hinüber, wir müssen uns die feine Villa Werner ohnehin einmal genauer anschauen. Sag dem Krepnik Bescheid, aber er soll warten, bis wir da sind. Die Werner ist gefährlich, und ihr sogenannter Chauffeur ist wahrscheinlich bewaffnet. Bis gleich dann, Höllerer.«

Stockinger sieht seinen Kollegen fragend und beunruhigt an.

»Der Bauernhof gehört Emmerich Valden, dem Chauffeur von der Werner ... jedenfalls auf dem Papier«, sagt Moser und startet den Wagen. »Jetzt haben wir sie, die feine Frau Werner. Hab' ich's doch gleich geahnt ...«

Es ist ein ruhiger Freitagmittag, der Verkehr ist mäßig. Der dunkelblaue Alfa mit den beiden Polizeibeamten vorn und dem Schäferhund auf dem Rücksitz rast durch Wien. Rex bellt. *Toll, so schnell. Das macht Spaß. Prima Tag heute!*

»Paß auf, daß du keinen Strafzettel kriegst, Richard«, sagt Stockinger trocken und klammert sich fest. »Wegen überhöhter Geschwindigkeit.«

Der Alfa und zwei voll besetzte Streifenwagen halten mit quietschenden Reifen fast gleichzeitig auf der Straße vor der Villa Werner.

»Gehen Sie zur Rückseite!« ruft Moser der einen Gruppe Polizisten zu, »und Sie kommen mit uns!«

Moser klingelt. Nichts tut sich. Rex springt über den Zaun und läuft am Haupthaus vorbei nach hinten. Den Beamten bleibt nichts anderes übrig, sie müssen ebenfalls über den Zaun klettern. Das gußeiserne Zufahrtsgitter müßte man schon in die Luft sprengen, wenn man durch das Tor wollte. Aber die Zäune sind hier nicht sehr hoch, jedenfalls nicht unüberwindlich. Eher symbolisch ist die Abgrenzung zur Straße. Die richtigen Sicherungen, Alarmanlagen, schußfestes Glas, Kameras, sind eher dezent auf dem Gelände verteilt.

Auch an der Haustür klingelt Moser noch einmal. Nichts rührt sich.

»Meine Herren«, sagt der Kommissar zu der Gruppe uniformierter Beamter.

Es dauert keine zwei Minuten, und die Tür ist fachgerecht aufgebrochen. Die Männer stürmen ins Haus, alle mit gezogenen Waffen. Nichts. Die Eingangshalle ist leer.

»Schaut's zu, ob ihr wen findet«, sagt Moser zu den anderen Polizeibeamten, die in verschiedene Richtungen davonlaufen. Wenn sich jemand im Haus befindet, dann verhält er sich jetzt besser ganz leise ...

Moser selbst und Stockinger gehen direkt in Hermine Werners Büro. Diesmal ist es nicht so ordentlich aufgeräumt wie beim ersten Besuch. Die Schreibtischschubladen stehen fast alle offen. Papiere liegen auf dem Boden verstreut. Ein größeres Gemälde, das an einer Seitenwand hing, steht auf dem Boden. Die Tür eines großen, in die Wand eingelassenen Safes steht weit offen. Der Safe enthält nur noch wenige Papiere, die wahrscheinlich unbedeutend sind. Weder Moser noch Stockinger machen sich die Mühe, sie auch nur anzuschauen.

»Die hat's aber plötzlich eilig gehabt, die feine Frau

Werner«, sagt Stockinger nüchtern. Moser nimmt ein gerahmtes Foto vom Schreibtisch und betrachtet es nachdenklich. Das hat sie in der Eile vergessen. Mit Absicht wird sie es kaum zurückgelassen haben. Ein stattlicher Mann mittleren Alters und Hermine Werner sind darauf zu sehen, offensichtlich irgendwo im Süden. Hermine Werner ist auf dem Foto noch jünger. Sie sieht attraktiv aus. Und energisch, denkt Moser. Sehr energisch. Die Frau muß schon immer sehr genau gewußt haben, was sie will. Der Mann schaut entspannt in die Kamera, er lächelt zufrieden. Auch er strahlt Selbstbewußtsein aus und scheint an Erfolg gewöhnt zu sein.

Stockinger ist zu Moser getreten und betrachtet ebenfalls das Foto. »Ihr Mann?«

»Nein«, sagt Moser, »das glaub' ich nicht.«

Moser öffnet die Verandatür und tritt hinaus. In diesem Moment fällt ein Schuß. Dann noch einer. Dann nichts mehr. Einen Moment lang herrscht Totenstille. Moser und Stockinger sehen sich einen Augenblick an und wollen loslaufen.

»Rex!« ruft Moser.

Aber da bellt Rex schon, und einen Augenblick später taucht er zwischen den blühenden Sträuchern auf und schießt auf Moser zu. Er springt an ihm hoch und schleckt ihm übers Gesicht. Er ist unverletzt. Moser schließt den Hund in die Arme und schaut in die Richtung, aus der er gekommen ist.

Zwei uniformierte Beamte haben Emmerich Valden in die Mitte genommen und kommen zügig aufs Haus zu. Valden blutet am rechten Oberarm.

»Nur ein Streifschuß«, sagt einer der Beamten, als sie in Hörweite sind. »Der Hund hat ihn gestellt. Saubere Arbeit, der versteht sein Handwerk«, fügt der Polizist mit bewunderndem Blick auf Rex hinzu.

»Rex heißt er«, sagt Moser stolz. Dann fährt er schimpfend, an den Hund gewandt, fort: »Merk dir das für die Zukunft, Rex, ich bin hier der Boß. Willst du mich vielleicht arbeitslos machen? Oder bist du lebensmüde? Das ist ein gefährlicher Beruf. Du hast auf meine Anordnungen zu warten. Verstanden?«

Rex bellt freudig. Er kennt Mosers Stimme ganz genau und weiß, daß Moser nicht wirklich schimpft. Er bellt noch einmal und schaut Moser an. *Okay, Chef! Zu Befehl, Chef! Toller Tag heute, Chef!*

Emmerich Valden hält sich den leicht blutenden Arm und schaut verstockt vor sich hin. Er blickt auch nicht auf, als Moser ihn anspricht.

»Sie besitzen einen Bauernhof in der Nähe von Wien, Herr Valden?« fragt Moser in korrektem Ton.

Keine Reaktion.

»Wie kommt ein Chauffeur zu so einem Besitz?« hakt Stockinger nach.

»Ich hab' mit der Sache nichts zu tun«, sagt Valden plötzlich erregt und schaut Moser an, dann Stockinger, dann wieder Moser.

»Mit welcher Sache?« fragt Moser.

Valden schweigt erneut.

»Hören Sie mir genau zu, Herr Valden«, fährt Moser ruhig fort, »Sie machen für sich alles nur schlimmer, wenn Sie uns jetzt nicht helfen. Bei der gegenwärtigen Lage sind Sie wegen Mordes dran. In ... wir wissen noch nicht einmal ganz genau, in wie vielen Fällen. Sie werden für den Rest Ihres Lebens hinter Gittern verschwinden. Verstehen Sie, was ich sage?«

Emmerich Valden reißt die Augen auf. Er gerät in Panik.

»Ich hab' damit nichts zu tun. Ich weiß nicht, was auf diesem Bauernhof geschehen ist. Kurz nachdem ich hier anfing ... das war, als der Dr. Werner gestorben war ... ich war vorbestraft, das werden Sie sowieso rauskriegen ... ich hätte nie wieder Fuß fassen können ... die Frau Werner hat mich aufgenommen und immer anständig behandelt ...« Valden schaut nun abwechselnd alle in der Runde an, sogar Rex.

»Was ist mit dem Bauernhof?« unterbricht ihn Stockinger.

Valden zögert einen Moment, bevor er antwortet. »Die Frau Werner hat den Hof auf meinen Namen eintragen lassen. Sie hat damals gesagt, das sei wegen der Steuer, und ich brauchte mich um nichts zu kümmern und um nichts zu sorgen.«

»Die hat wirklich an alles gedacht, die Frau Werner«, sagt Stockinger.

»Nicht ganz«, sagt Moser nachdenklich. »Zum Beispiel nicht daran, daß der Spitzer gefaßt werden könnte und seine Unterlagen uns zu ihr führen würden ...«

Moser wendet sich wieder an Emmerich Valden, der von ganz allein weiterredet.

»Ich weiß bis heute nicht genau, was wirklich auf diesem Bauernhof geschehen ist, glauben Sie mir! Es ging mich ja auch nichts an. Daß da etwas nicht ganz stimmt, das ist mir auch lange klar. Aber was sollte ich denn tun? Ich selber hab' nichts getan ... Das müssen Sie mir glauben, Herr Kommissar.«

»Doch, das haben Sie!« fährt ihn Moser an. »Sie haben der Frau Werner noch weitere Gefallen getan. Reden Sie jetzt endlich, Mann!«

Valden sieht den Beamten überrascht an. Er denkt angestrengt nach. Ihm wird klar, daß Moser Bescheid weiß. Aber Moser weiß in Wahrheit noch gar nichts. Er hat nur so seine Vermutungen, und er hat ganz richtig vermutet, wie sich nun zeigt.

Valden fährt leise fort: »Die Flüge. Ja. Aber das ist auch kein Verbrechen, oder? Frau Werner ist Geschäftsfrau, und sie hatte manchmal eben eilige Sendungen. Weshalb hätte ich mich weigern sollen, die Pakete für sie zu transportieren? Ich hab' sie hier am Flughafen in Empfang genommen und am Zielflughafen hinterlegt, das war alles. Mit der nächsten Maschine bin ich dann wieder zurückgeflogen. Na und? Ist das denn ein Verbrechen? Sonst hab' ich nichts getan, gar nichts!«

Emmerich Valdens Stimme zittert. Der Schweiß steht ihm in dicken Perlen auf der Stirn. Er öffnet seinen Hemdkragen und atmet schwer. Seine rechte Hand hängt schlaff herunter, seine linke zittert. Die Wunde hat schon aufgehört zu bluten.

»Herr Valden, machen Sie uns doch nichts vor«, sagt Moser mit ruhiger, kühler Stimme. »Sie haben sich für die Frau Werner ins Grundbuch eintragen lassen, obwohl Ihnen klar war, daß mit dem Bauernhof etwas nicht stimmte. Selbst wenn Sie wirklich nicht wußten, was genau dort geschah, wußten Sie jedenfalls, daß es ein Unrecht war. Und zwar ein schlimmes Unrecht. Sie haben für die Frau Werner kleine Pakete zu verschiedensten Flughäfen transportiert. Selbst wenn Sie nicht wußten, was diese Pakete enthielten, wußten Sie doch, daß es etwas Illegales war. Sie kennen den Rechtsgrundsatz: Unwissenheit schützt vor Strafe nicht?«

Valden schaut Moser ins Gesicht, sagt aber nichts.

»Sie können noch so lange behaupten, Sie hätten von nichts gewußt. Das spielt vor Gericht keine Rolle, Herr Valden. Das einzige, was jetzt noch eine Rolle für Sie spielt, ist, ob Sie uns helfen oder nicht.«

Emmerich Valden schweigt.

»Wer hat Markus Spitzer im Spital ermordet?« fragt Stockinger plötzlich wie aus heiterem Himmel.

Emmerich Valden schaut den Beamten verständnislos an. »Wie bitte?« Er wird noch verwirrter und unsicherer, und Stockinger hat sein Ziel erreicht. »Ich kenne gar keinen Mann mit diesem Namen! Ich hab' niemanden ermordet! Das können Sie mir nicht anhängen!« ruft er in wilder Panik.

Moser nimmt das Verhör nach kurzem Schweigen wieder auf. »Weshalb wollten Sie überhaupt fliehen, wenn Sie von nichts wissen, Herr Valden?«

Valden antwortet nicht.

»Das Grundstück hat keinen Ausgang nach hinten, Herr Valden. Wir haben das schon bei unserem ersten Besuch überprüft. Die Straße nach vorn ist ständig überwacht worden. Nun fragen wir uns natürlich: Wie ist die Frau Werner hier herausgekommen? Sie ist doch weg, oder?«

»Ja«, gibt Valden mit leiser Stimme zu.

»Also?« bohrt Moser weiter. Schweigen. »Sie arbeiten seit etwa fünf Jahren hier, Herr Valden. Sie kennen die Gewohnheiten von Frau Werner sehr genau. Was hat sie eigentlich getan, wenn Sie unterwegs waren und Pakete ausgetragen haben? Ist sie dann einfach hier im Haus geblieben? ... Gut, es gibt spezielle Taxen für Behinderte, das wissen wir natürlich auch. Aber die Frau Werner ist nicht behindert, und das wissen Sie genauso gut wie wir.«

»Ich sage nichts mehr«, bringt Emmerich Valden stöhnend hervor und dreht sich um.

»Nehmen Sie ihn mit«, weist Moser knapp einen der Polizisten an und wendet sich an Rex, der bislang ruhig dalag und der Szene zugeschaut hat.

Rex springt auf und bellt. Er hat Moser schon vorhin etwas zeigen wollen. Jetzt erinnert er sich und läuft durch die offene Verandatür hinaus in den hinteren Garten.

Zwei uniformierte Beamte kommen herein. »Niemand sonst im Haus, Herr Kommissar. Wir haben nichts Verdächtiges gefunden.«

Moser nickt stumm und wendet sich an Stockinger. »Komm, Stocki, wir schauen uns die Einsiedelei von der Werner einmal an.«

Rex läuft aufgeregt voran. Die Tür ist nicht verschlossen. Das kleine Haus ist verlassen. Mitten im Zimmer steht der Rollstuhl von Hermine Werner. Rex bleibt vor einem Schrank stehen und bellt. Moser öffnet die beiden Türen. Nichts. Der Schrank ist leer.

»Keine Leiche im Schrank, Dr. Graf kann sich freuen«, sagt Stockinger und wendet sich ab.

»Ja, die hat gründlich aufgeräumt. An fast alles hat sie gedacht«, sagt Moser nachdenklich. »Aber jeder übersieht etwas. Das perfekte Verbrechen hat es noch nie gegeben. Der Zufall verhindert jedes perfekte Verbrechen, das hat der Max mir schon früh eingeschärft. Man muß nur herausfinden, wo der Zufall ins Spiel kommen könnte, und da muß man suchen.«

»Der Zufall kann ebenso gut das perfekte Verbrechen erst ermöglichen, Richard«, sagt Stockinger beiläufig vom anderen Ende des Zimmers.

»Da ist was dran, Stocki, das gebe ich zu. Aber die Wahrscheinlichkeiten sind da ungleich verteilt . . .«

Rex winselt und bleibt vor dem Schrank sitzen.

»Irgend etwas muß da drin sein«, sagt Moser nachdenklich und geht näher heran. Er schaut ins obere Fach. Nichts. Dann kniet er sich nieder und untersucht den Boden des Schrankes.

Stockinger schaut skeptisch zu. »Hast du deine Lupe nicht dabei, Sherlock Holmes?«

»Nicht nötig, Watson«, erwidert Moser und steht auf. Zwischen Daumen und Zeigefinger seiner Rechten hält er vorsichtig ein paar kaum sichtbare Haare.

»Schau mal her, Stockinger. Das hat der Rex gewittert.«

Er zeigt seinem Kollegen den Fund, bevor er ein Plastiktütchen aus seiner Jackettasche nimmt und die Haare hineinfallen läßt.

»Die Perücke!« geht es Stockinger nun auf. »Das gibt's doch nicht!«

»Du erinnerst dich, ich hab' den Rex an den Haaren schnüffeln lassen, die an Spitzers Bett gefunden wurden«, erklärt Moser.

»Aber das kann doch nicht sein, daß man ein paar Haare riechen kann. Und dann noch durch eine geschlossene Schranktür!«

»Wir können das sicher nicht, Stocki«, fährt Moser fasziniert fort. »Wir können überhaupt wenig mit unseren Sinnesorganen anfangen. Im Vergleich zu einem Hund hören und riechen wir fast gar nichts. Und im Vergleich zu einer Eule zum Beispiel sind wir praktisch blind. Lupe hin, Lupe her . . .«

»Dafür können wir wenigstens denken, und das kann eine Eule nicht. Oder willst du etwa behaupten, daß eine Eule nicht nur besser sehen kann als wir, sondern auch besser denken?« erwidert Stockinger streitlustig. »Und ein Hund kann auch nicht denken«, setzt er entschieden hinzu und schaut Rex nach.

Rex hat kein großes Interesse an Philosophie. Er schlendert hinaus.

»Das kommt noch ganz drauf an, was man unter Denken versteht, Stockinger«, beharrt Moser. »Vielleicht denken Tiere bloß anders als wir, und wir verstehen ihr Denken so wenig, wie sie unseres verstehen. Bei dem Rex jedenfalls bin ich mir manchmal gar nicht so sicher, ob der nicht seine eigenen Gedanken hat.«

Stockinger brummt etwas Unverständliches und will die Diskussion beenden. Aber Moser ist noch nicht fertig. »Hast du nicht neulich selbst zum Rex gesagt: Kluger Hund, Rex! Kluger Hund? Was hast du denn dann damit gemeint?«

Ärgerlich erwidert Stockinger: »Aber bei Tieren ist das doch alles festgelegt, Richard, das ist doch klar!«

»Dann bestreitest du also gar nicht unbedingt, daß Tiere denken. Du willst eher sagen, daß sie nicht frei sind? Aber was ist dann Freiheit, Stockinger?«

»Ach, was weiß ich!« gibt Stockinger ungeduldig zurück.

Draußen bellt Rex. Die Diskussion ist vorläufig beendet, und die beiden Männer gehen hinaus.

Rex springt auf und läuft ein Stück auf das dichte Gebüsch zu, das den Garten nach hinten begrenzt. Er dreht sich nach den beiden Männern um und bellt noch einmal. *Kommt! Na kommt schon! Hier entlang!*

Moser und Stockinger folgen. »Armer Dr. Graf. Die Leiche liegt bestimmt dort im Gebüsch«, sagt Stockinger.

Aber im Gebüsch liegt keine Leiche. Im Gebüsch ist eine Pforte versteckt, die auf ein Stück Ödland führt. Sie ist nur angelehnt, aber sie hat ohnehin kein Schloß. Rex läuft schnüffelnd voran, an einem anderen Zaun entlang, durch ein weniger dichtes Gebüsch. Und mit dem nächsten Schritt stehen alle drei plötzlich auf einer kleinen Seitenstraße. Rex bleibt ein Stück weiter vorn stehen und bellt enttäuscht. Wagenspuren sind auf dem sandigen Seitenstreifen zu sehen.

»Sieh mal einer an«, sagt Stockinger, »die Werner hat also ganz einfach einen gut versteckten Hinterausgang und einen Zweitwagen ... Kluger Hund, Rex!«

»Kluger Hund, Rex!« sagt auch Moser und krault liebevoll Rex' Ohren. Moser lacht. Stockinger grinst. Rex bellt. *Hab' ich doch gesagt!*

Alle drei gehen zur Villa zurück. Moser gibt knappe

Anweisungen. Die Haare müssen in der Spurensicherung verglichen werden, bevor sie als Beweisstück gelten. Die Autonummer des Zweitwagens muß ermittelt werden, angemeldet entweder auf Hermine Werner oder auf Emmerich Valden. Emmerich Valden muß dem Haftrichter vorgeführt werden. Ein weiteres Verhör wird folgen.

Vielleicht läßt sich über den Verbleib der weggeschafften Organe noch Genaueres herausfinden. Auch der zweite Flüchtling muß verhört werden, wenn sie ihn erwischt haben. Vielleicht kann er nützliche Angaben machen. Ein Haftbefehl gegen Hermine Werner muß ausgestellt werden. Ein Fahndungsfoto ist schon mal da, wenn auch kein ganz neues. Vielleicht trägt sie auch die Perücke. Eine Großfahndung nach der Flüchtigen muß eingeleitet werden. Grenzen, Flughafen, Bahnhöfe, Straßen. Die Geschäftsräume der Firma Ostex müssen durchsucht werden. Eine Menge Arbeit liegt vor ihnen.

KAPITEL 21

SICHERE QUELLEN

Draußen auf der Straße vor der Villa Werner stehen inzwischen nicht nur Mosers dunkelblauer Alfa und die beiden Streifenwagen. Drei oder vier weitere Personenwagen stehen dort und blockieren die schmale Straße fast in der gesamten Breite.

Offensichtlich ist hier etwas Dramatisches geschehen, ein Einbruch, ein Mord, etwas, das in die Zeitung, ins Fernsehen gehört . . .

Ein eleganter schwarzer Mercedes hält vor dem Tor der Nachbarvilla, und eine nicht weniger elegante blonde junge Dame, die deutliche Ähnlichkeit mit Marilyn Monroe besitzt, schaut neugierig herüber. Überhaupt scheint sich die ganze Szene in einem Film abzuspielen.

Lange bleibt die junge Frau aber nicht stehen, bevor sie ihren Wagen in die Einfahrt lenkt. Sofort ist ein ganzer Pulk von Reportern und Reporterinnen hinter der arglosen Frau her, aber zu spät. Der Mercedes ist in der Garage verschwunden, das Tor hat sich automatisch schon wieder geschlossen. In der Sicherheit des gut verschlossenen Eingangstors kommt die Frau von der Garage her dann doch näher auf die kleine Menschenmenge zu. Sie ist zu neugierig, um die Leute einfach zu ignorieren. Und wenn direkt nebenan etwas geschehen ist, betrifft das natürlich irgendwie auch sie.

Ein paar Zeitungsnamen und der Name eines lokalen Fernsehsenders schwirren durch die Luft. Die junge Frau ist nun doch etwas verwirrt.

»Können Sie uns etwas über Frau Hermine Werner sagen, die hier nebenan wohnt?«

»Haben Sie in der Nachbarvilla nichts Verdächtiges bemerkt?«

»Kennen Sie die Frau Werner persönlich?«

»Sie soll mehrere Morde auf dem Gewissen haben!«

»Sie soll wahnsinnig sein!«

»Wissen Sie, wo die Frau Werner sein könnte?«

»Seit wann ist die Polizei schon hier?«

»Russische Menschenhändler ... Organe ... Chirurgen ... Schleuser ... Mafia ... zerstückelte Leichen ... Nieren ...«

Die junge Frau ist sprachlos. Sie sagt kein Wort und schaut bloß hinüber zur Villa ihrer Nachbarin, die sie praktisch überhaupt nicht kennt, ja so gut wie nie gesehen hat. Auch wenn sie diese Journalisten nicht ganz ernst nimmt – irgend etwas ist offensichtlich vorgefallen. Und zwar etwas, das die Anwesenheit gleich mehrerer Polizeifahrzeuge in dieser ausgesprochen ruhigen Straße notwendig macht.

»Was sagen Sie?« fragt sie schließlich. »Nein, tut mir leid, ich kann Ihnen da nichts sagen. Aber schauen Sie, da kommen Leute aus dem Haus. Polizei wahrscheinlich. Fragen Sie doch die.«

Die junge Frau bleibt noch stehen und beobachtet die Szene. Die Journalisten lassen sie abrupt an ihrer Toreinfahrt stehen und laufen hinüber zur Villa Werner. Dort haben sie im Nu Moser, Stockinger und Rex umringt, der aufgeregt bellt. Eine junge Frau mit einem Mikrofon in der Hand kommt Moser zu nahe. Rex springt an ihr hoch und drückt sie zurück. Er knurrt sie an. *Komm bloß nicht zu nahe! Wir mögen das nicht.* Sofort hält die Reporterin Abstand, und ihre Kollegen, die den Vorgang beobachten, halten nun ebenfalls Distanz.

Rex ist mit dem Resultat seiner Drohung zufrieden und bellt noch einmal nachdrücklich, für alle Fälle.

Bleibt mir von meinem Moser fort! Sonst könnt ihr was erleben! Die Fotoapparate klicken wie wild, Rex bellt alle Reporter auf einmal an.

»Ruhig, Rex! Die tun uns nichts«, sagt Moser.

Stockinger seufzt. Wieder einmal die berühmte undichte Stelle. Die scheinen schon alles zu wissen. Und mehr als alles, mehr jedenfalls als die Polizei. »Mafia! ...«, sagt Stockinger verächtlich vor sich hin, »... wahnsinnig, die Werner! ... Wunderhund! ... Hast du das gehört, Richard? So ein Käse!«

»Steckt tatsächlich die Mafia dahinter, Herr Kommissar?«

»Stimmt es, daß der Hund praktisch alles aufgedeckt hat?«

»Hat der Hund dem Kommissar das Leben gerettet?«

»Handelt es sich um eine wahnsinnige Massenmörderin, Herr Kommissar?«

»Wie heißt der Hund?«

Moser beendet das Stimmengewirr nun seinerseits mit einer lauten und deutlichen Frage: »Wer hat Sie informiert?«

Er weiß im voraus, daß er keine Auskunft bekommen wird. Immer das gleiche Spiel. Im Polizeihauptquartier macht eben fast jede Neuigkeit aus fast jedem Fall sofort die Runde. Und mitten in der Ferienzeit ganz besonders. Dagegen ist praktisch nichts zu machen. Immer wieder sickert etwas nach draußen durch, dann noch etwas, und die Spekulationen bei der Presse schießen wild ins Kraut. Schließlich ist der Informant dann gezwungen, dies oder das richtigzustellen – nicht, daß es noch viel nützen würde – und muß weitere Informationen lancieren. Auf diese Weise reimt sich die Presse alles zusammen – ein Gemisch aus Halbwahrheiten, Spekulationen und Lügen.

Einen Augenblick herrscht Schweigen, dann sagt ein junger Reporter grinsend: »Man hat so seine Quellen, Herr Kommissar. Sie sind doch Kommissar Richard Moser? Und das da ist doch Rex?«

»Welche Quelle?« fragt Moser bloß.

»Berufsgeheimnis!« schallt es ihm entgegen.

»Also Rex heißt der Hund?« fragt eine andere Stimme.

Moser wird ungeduldig. »Meine Herrschaften, ich verstehe ja, daß Sie ihre Informationsquellen nicht preisgeben wollen. Aber behindern Sie bitte nicht unsere Arbeit. Wir haben noch zu tun.«

»Wo? Sie suchen Frau Hermine Werner, richtig?«

Resigniert nickt Moser. »Wenn Sie sie zufällig in einem Kaffeehaus treffen sollten, seien Sie so nett, liefern Sie sie bei uns in der Polizeizentrale ab. Wir möchten nämlich gern mit ihr reden.«

»Stimmt es, daß der Hund Ihnen das Leben gerettet hat?«

»Ist es richtig, daß der Rex den Fall praktisch aufgeklärt hat?«

»Der Fall ist noch nicht aufgeklärt, meine Herrschaften. Bitte, lassen Sie uns unsere Arbeit tun«, sagt nun Stockinger sichtlich verärgert.

»Wir tun auch nur unsere Arbeit, das wissen Sie doch. Die Öffentlichkeit hat ein Recht . . .«

»Ja«, sagt Moser, »die Öffentlichkeit hat ein Recht. Aber die Polizei hat eine Pflicht. Und jetzt lassen Sie uns bitte durch. Und versuchen Sie nicht, uns zu folgen.«

Er weiß sehr gut, daß sie wie Kletten an ihnen kleben werden, wenn man sie läßt. Grinsend fügt er hinzu: »Wir sind ohnehin schneller.«

Moser faßt Rex am Halsband, der inzwischen interessiert zwischen den fremden Leuten herumschnüffelt, und zieht ihn mit sich fort. Die drei steigen in den Alfa. Die Fotoapparate klicken noch immer. Rex bellt noch immer. Er kann mit seiner neuen Rolle als Star sichtlich nichts anfangen. Wie soll sich ein Hund denn auch verhalten, wenn er berühmt oder zumindest auf dem besten Weg ist, eine Berühmtheit zu werden? Aber der Trubel! Prima! Dagegen hat Rex nichts. Viel besser als im Büro, wo man nicht einmal ordentlich bellen darf!

»Sauregurkenzeit«, sagt Stockinger kopfschüttelnd, als sie wieder im Wagen sitzen. »Die sind ganz versessen auf eine Story!«

Moser nickt nur. »Halt dich fest, Stocki!« sagt er, und der dunkelblaue Alfa schießt die ruhige Straße hinunter und um die Ecke. Es dauert keine zwei Minuten, da ist der letzte Reporterwagen endgültig abgehängt.

KAPITEL 22

DER PROFESSOR

Rex muß wieder im Wagen warten. Im Krankenhaus sind Hunde nicht erlaubt. Warum, das versteht Rex nun wirklich nicht. Stockinger und Moser gehen rasch die langen Flure entlang. Eine Gruppe junger Leute in weißen Arztkitteln marschiert brav hinter zwei älteren Ärzten her. Alle tragen Unterlagen in der Hand und Stifte griffbereit in den Außentaschen ihrer Kittel. Visite. Die Gruppe schaut den beiden eiligen Männern fragend entgegen und bleibt unwillkürlich stehen. Sie passen so gar nicht in die Ruhe der Krankenstation an einem Freitagnachmittag. Sie gehören nicht hierher.

»Wen suchen Sie?« fragt einer der Ärzte.

»Professor Bernhard«, erwidert Moser knapp.

Sie werden an die Stationsschwester verwiesen, aber Professor Bernhard, sagt der Arzt, ist freitags nicht in der Klinik.

»Darf ich erst einmal Ihre Dienstausweise sehen, meine Herren?« verlangt die resolute Oberschwester. Recht hat sie. Da könnte sich ja jeder Zutritt verschaffen. Auch ihre Auskunft ist negativ. Professor Bernhard ist nur montags, dienstags und donnerstags in der Universitätsklinik. An diesen Tagen hält er morgens Vorlesung, nachmittags operiert er.

Professor Bernhard ist ein gefragter und vielbeschäftigter Mann. Auf seinem Gebiet ist er geradezu eine Kapazität. Einen solchen Mann kann man ohnehin nicht einfach so ohne Termin, ohne Anmeldung sprechen wollen. Und schon gar nicht hier in der Klinik, wo er keine freie Minute hat, wenn er da ist. Aber das alles behält die Oberschwester natürlich für sich. Die Polizei kümmert sich um so etwas ohnehin nicht.

»Der Professor hat doch wohl nichts ausgefressen?« will sie schließlich, halb im Scherz, wissen.

»Nein, nein«, sagt Moser, »wir brauchen nur dringend ein paar Auskünfte von ihm. Wir hoffen, daß er uns in einem wichtigen Fall weiterhelfen kann.«

Die Schwester nickt, etwas skeptisch zwar, aber sie scheint Mosers Antwort zu schlucken.

»Dann versuchen Sie's am besten in seiner Privatklinik, da müßten Sie ihn heute antreffen. Ist allerdings ein ganzes Stück weit draußen. Mit dem Wagen eine knappe halbe Stunde. Warten Sie bitte einen Moment.«

Sie verschwindet rasch im Schwesternzimmer und schließt die Tür hinter sich. Stockinger geht ihr vorsichtig nach. Er legt ein Ohr an die Tür und lauscht. Könnte ja sein, daß sie ihren Professor anruft und vorwarnt. Auch solche altmodischen Methoden sind manchmal noch recht hilfreich ... Aber die Tür ist so gut wie schalldicht, Stockinger hört bei aller Anstrengung nichts. Witzlos, Stocki, denkt Moser, anrufen kann sie ihn auch, wenn wir weg sind. Aber Moser sagt nichts.

Die Tür öffnet sich plötzlich, und die Stationsschwester steht mit einem Blatt Papier in der Hand vor dem perplexen Stockinger. Einen Moment lang schauen sich die beiden wortlos an. Moser betrachtet sie beide abwechselnd. Stockinger wird unter dem strengen Blick der matronenhaften Frau rot wie ein kleiner Junge. Als ob seine Mutter ihn bei etwas Peinlichem ertappt hätte. Moser grinst, die Schwester geht kommentarlos an Stockinger vorbei und reicht Moser das Blatt Papier, das sie in der Hand hat.

»Ich hab's Ihnen aufgeschrieben. Sie werden's schon finden.«

»Ja, danke sehr, Schwester«, sagt Moser brav.

Moser und Stockinger wenden sich zum Gehen. Die

Schwester bleibt noch einen Moment im Gang stehen und schaut den beiden eiligen Polizisten nach.

Moser zögert nach ein paar Schritten und kehrt noch einmal um. »Ach, Schwester? Es wäre mir lieb, wenn Sie dem Professor nicht Bescheid sagen würden, daß wir auf dem Weg sind ... Um genau zu sein, ich will Ihnen da nichts verschweigen ... es wäre mir sogar sehr wichtig, daß der Herr Professor nicht vorher informiert wird ...«

Die Schwester sieht den Polizisten einen Moment lang schweigend an. Der Professor hat also doch etwas ausgefressen. Aber was nur? Nun, die Polizei wird schon ihre Gründe haben. »Verstehe«, sagt sie schließlich. »Sie können sich auf mich verlassen.«

Moser und Stockinger sitzen schweigend nebeneinander. Nach allen Informationen, die sie gesammelt haben, zweifeln beide nicht mehr, daß sie im Begriff sind, den Fall endgültig zu lösen. Wahrscheinlich sogar heute noch. Nur das eine oder andere Detail bleibt noch zu klären. Aber Details können auch sehr wichtig sein. Auch wenn die Schwester aus dem Universitätsspital den Professor nicht anruft, wird er Bescheid wissen, daß die ganze Sache aufgeflogen ist. Es ist fast ausgeschlossen, daß er nichts weiß. Wallisch hat nicht mehr mit ihm in Kontakt treten können. Und wenn er nicht wegen Wallisch Bescheid weiß, dann muß Hermine Werner ihn vor ihrer Flucht angerufen haben.

Moser ist sich sogar ziemlich sicher, daß Hermine Werner ihren Komplizen und alten Freund gewarnt hat. Daran läßt sich ohnehin nichts mehr ändern. Wenn die Journalisten bereits so viel herausbekommen haben, dann ist auch die Werner im Bilde gewesen.

Weshalb hätte sie sonst auch fliehen sollen? Wahrscheinlich hat sie ihre Flucht schon nach dem ersten Besuch der Polizei vorbereitet. Die Spur hätte niemals zu ihr führen dürfen. Schon damit hatte sie nicht gerechnet. Sie ist eine intelligente Frau.

Ihr muß schon gleich nach dem Gespräch mit Moser und Stockinger klar geworden sein, daß sie schwere Fehler gemacht hat. Sie muß geahnt haben, daß man ihr auf die Schliche kommen würde, was die vorgetäuschte Lähmung angeht. Ihr muß auch klar gewesen sein, daß der Tod ihres Mannes dann erneut untersucht würde und daß die Polizei sich auch eingehend mit Dr. Wallisch befassen würde, der ihr damals die Lähmung bescheinigt hat. Und früher oder später würde man auch darauf kommen, daß sie diejenige ist, bei der alle Fäden zusammenlaufen. Sie ist die einzige Person im Spiel, die alle Beteiligten kennt, mit allen Beteiligten in Kontakt stand oder steht. Man würde ihre Verbindung mit Maximilian Bernhard aufdecken, man würde die Klinik durchsuchen. Es war zu spät ...

Ihre Flucht ist ganz und gar folgerichtig, denkt Moser. Es war sein Fehler, das Grundstück nicht von Anfang an genauer untersucht zu haben. Er hatte ja geahnt, daß die Lähmung nicht echt war. Genau wie Max Koch es damals schon geahnt hatte, als er sie verdächtigte, die Mörderin von Dr. Werner zu sein. Er hätte sich auch sagen müssen, daß die Werner in diesem Fall seit über fünf Jahren ein zweites, geheimes Leben führte. Und dazu brauchte sie Bewegungsfreiheit ohne Zeugen. Sie mußte die Villa verlassen und betreten können, wie sie es wollte. Ein zweiter Ausgang, ein zweiter Wagen waren also nur logisch. Sie hätten gleich danach suchen müssen. Dann hätten sie auch von vornherein mit Sicherheit gewußt, daß ihre Lähmung nicht echt ist.

Zu spät, denkt Moser. Sie wird nicht durchkommen. In einem kleinen Land wie Österreich entgeht man so leicht keiner Großfahndung. Man kann kaum untertauchen, und man kann erst recht nicht die Grenze überschreiten. Und selbst wenn sie das schafft, denkt Moser, wird sie mit internationalem Haftbefehl gesucht. Und schließlich ist sie eine alte Frau ... Sie kann eine Flucht nicht lange durchhalten. Sie werden sie bald finden, davon ist Moser überzeugt.

Der dunkelblaue Sportwagen hält an der Torauffahrt einer einsam stehenden alten Villa ein ganzes Stück vor den Toren von Wien.

PRIVATKLINIK FÜR PLASTISCHE CHIRURGIE
PROF. M. BERNHARD.

»Mit Schönheitschirurgie hat sich schon immer eine Menge Geld verdienen lassen«, sagt Stockinger.

»Mit illegaler Organtransplantation wahrscheinlich noch viel mehr«, erwidert Moser und betrachtet nachdenklich ebenfalls das Anwesen. »Stell dir vor, Stocki, dein Leben hängt davon ab, und du stehst auf einer Warteliste, irgendwo in der Mitte oder ganz hinten. All dein Geld nützt dir nichts. Niemand kann dir helfen, niemand kann legal Organe einfach herbeischaffen. Dir bleibt nichts übrig, als zu warten und zu hoffen. Du mußt dich darauf einstellen, daß es für dich bald zu spät sein wird. Du hast den Tod vor Augen. Du verstehst die Welt nicht mehr. Alles hast du bis jetzt mit deinem Geld kaufen können. Alles. Und jetzt plötzlich nützt dir dein Geld auch nichts mehr. Jetzt plötzlich bist du nicht besser dran als das ärmste Schwein. Du mußt einsehen, daß jeder einmal stirbt, auch du. Du kannst dir dein Leben nicht erkaufen, obwohl du jeden Preis zahlen würdest. Jeden. Da ist es dir ganz gleich, ob du legal oder illegal zahlst. Da fragst du nicht groß, woher das rettende Organ eigentlich kommt. Du willst es nicht wissen. Nein, es ist dir sogar lieb, wenn keiner es dir sagt. Du willst nur leben, und du bist glücklich, daß du dafür bezahlen darfst, daß du dafür viel, viel Geld bezahlen darfst . . .«

Der Wagen fährt durch das weit offen stehende Tor und hält auf dem mit großen Steinplatten ausgelegten Platz vor dem Haus. Rex springt heraus und nimmt Witterung auf. Er bellt leise, schnüffelt. Der Weg führt zur Eingangstür. Die beiden Beamten steigen die wenigen Stufen hinauf. Sie brauchen nicht zu klingeln, die Tür ist angelehnt. Als ob man sie erwartet . . .

»Psst, Rex! Du bist ganz still, verstanden?« sagt Moser und legt einen Finger an den Mund. Rex hat verstanden. Er winselt leise und ist dann ganz still.

Die große Eingangshalle ist weiß gestrichen und mit weichem Teppichboden ausgelegt. Die Tür zu einem kleinen Büro mit Schreibtisch und einigen Karteikästen steht offen, ebenso alle anderen Türen, die von einem Gang im hinteren Teil der Villa abgehen. Vier Krankenzimmer mit jeweils einem Bett, alle leer. Rex ist an der Treppe stehengeblieben und hat die Ohren gespitzt. Nun folgen ihm Moser und Stockinger nach oben, einen weiteren Gang entlang. Dicke orientalische Teppiche, einige moderne Gemälde an den Wänden. Die Tür zur Bibliothek steht offen. Wände voller Folianten und Taschenbücher. Alle anderen Türen sind geschlossen. Vor einer bleibt Rex sitzen und winselt. Aus dem Zimmer am Ende des Ganges ist plötzlich ein leises Geräusch zu hören. Moser und Stockinger gehen vorsichtig weiter. Rex geht langsam voran. Die letzte Tür am Ende des Ganges ist ebenfalls nur angelehnt. Rex bleibt davor stehen, gibt aber keinen Laut von sich. Er weiß, wie seine Befehle lauten, und er kann sich an Befehle halten.

Moser und Stockinger ziehen ihre Pistolen und stellen sich rechts und links neben der Tür auf.

Aus dem Zimmer dringt nun kein Laut mehr. Moser öffnet die Tür mit einem Ruck und stürmt in den Raum, gefolgt von Stockinger, der Feuerschutz gibt.

Der Mann hinter dem großen, alten Eichenschreibtisch stellt gerade sehr ruhig ein Glas Wasser ab. Er trägt einen weißen Arztkittel. Sein Haar ist grau, er ist hochgewachsen, das kann man sehen, obwohl er sitzt. Aber sein Gesicht ist blaß und eingefallen, wie in wenigen Stunden um Jahre gealtert. Seine sehnigen Hände liegen auf dem Schreibtisch. Sie zittern nicht. Der Mann wirkt vollkommen ruhig und gelassen.

»Polizei, nehme ich an. Ich habe Sie erwartet, meine Herren«, sagt er mit fester Stimme. »Nehmen Sie Platz.«

Rex knurrt, verstummt aber nach einem kurzen Blick von Moser. Vor dem Schreibtisch stehen zwei Besuchersessel. Moser und Stockinger setzen sich. Moser steckt seine Pistole ein, Stockinger behält die seine in der Hand, auch wenn er sie nicht mehr direkt auf Professor Bernhard richtet.

»Moser, Mordkommission. Mein Kollege Stockinger. Professor Maximilian Bernhard, nehme ich an?«

Der Mann nickt wortlos.

»Ist außer Ihnen noch jemand im Haus?« fragt Stockinger.

»Die beiden letzten Patientinnen habe ich heute morgen in die Klinik eines Kollegen bringen lassen. Die Angestellten sind gegangen, nachdem sie unten noch alles in Ordnung gebracht haben.«

Moser und Stockinger schauen den alten Mann

wortlos an. Sie spüren beide, daß sie im Augenblick nur zuhören müssen. Er will reden, er wird reden. Und er wird ohne Umschweife reden.

Professor Bernhard lehnt sich in seinem Sessel zurück und seufzt leicht: »Der Operationssaal befindet sich im Kellergeschoß. Sie werden alles finden, was Sie suchen. Allerdings existieren keine Unterlagen, wie Sie sich denken können.«

Moser nickt, und der Professor fährt fort: »Sie werden Fragen haben. Wenn ich Sie bitten dürfte, das Verhör – denn ein Verhör ist es ja wohl – hier an Ort und Stelle durchzuführen. Und wenn ich Sie weiter bitten dürfte, meine Antworten so zu akzeptieren, wie ich sie Ihnen gebe, Herr Kommissar Moser. Alles andere hat jetzt keinen Sinn mehr, glauben Sie mir.«

Moser nimmt sein Funktelefon aus dem Jackett und wählt. »Einen Augenblick nur.« Er ruft die Polizeizentrale an und bestellt die Leute von der Spurensicherung und einen Streifenwagen. Dann telefoniert er kurz mit dem Gerichtsmediziner Dr. Graf, den dieses Haus sicherlich ebenfalls interessieren wird.

»Professor Bernhard«, nimmt Moser anschließend das Verhör wieder auf, »Sie sind Facharzt für Plastische Chirurgie. Nierentransplantationen, das ist etwas ganz anderes . . .«

»Jeder gute Chirurg kann sich das nötige Wissen dazu aneignen, und jeder gute Chirurg kann danach eine Niere fachgerecht transplantieren. Mit den nötigen Apparaturen und kompetenten Assistenten, versteht sich.«

»Als Assistent hat Ihnen Dr. Wallisch gedient?« hakt Stockinger ein.

Professor Bernhard schweigt.

»Sie wußten von Anfang an, woher die Organe kamen?« fragt Moser weiter.

»Ja«, erwidert der Professor ohne Zögern. »Zu Anfang war allerdings nicht geplant, die Spender zu töten ...«

»Die Spender?« unterbricht Moser. »Sollten Sie nicht so aufrichtig sein und ›die Opfer‹ sagen, Professor Bernhard?«

Der Arzt schweigt einen Moment und schaut sein Gegenüber direkt an. »Erwarten Sie von mir keine Rechtfertigung und keine Reue, Herr Kommissar. Ich habe nicht getötet, ich habe Leben gerettet ...«

Wieder unterbricht ihn Moser. »Sie sind also der Ansicht, Sie haben sich nichts vorzuwerfen ... außer vielleicht Steuerhinterziehung? ... Sie sind ein Mörder, so gut wie Wallisch ein Mörder ist, Professor Bernhard.«

»Wenn Sie mich bitte nicht mehr unterbrechen wollen, Herr Kommissar«, erwidert der Mann hinter dem Schreibtisch. Er ist nicht verärgert, er ist weiterhin ruhig und korrekt. Er wirkt sehr entschlossen und zielstrebig. Er möchte sagen, was er zu sagen hat, nicht mehr, nicht weniger. Er hat bereits gesagt, daß er sich nicht rechtfertigen wird, daß von ihm keine Reue zu erwarten ist.

»Gut, fahren Sie fort«, sagt Moser.

»Wie ich schon sagte, war zu Beginn nicht geplant, die Spender zu töten. Im Prinzip, müssen Sie wissen, kann jeder Mensch auch mit einer einzigen Niere ganz normal leben. Geplant war, den Spendern jeweils nur eine Niere zu entnehmen. Dann sollten sie sich erholen, und es wäre ihnen anschließend weitergeholfen worden. Aber dieses Verfahren erwies sich sehr bald als unpraktikabel ...«

Moser kann einfach nicht an sich halten. »Wer war dagegen, Professor Bernhard? Hermine Werner? Hat sie Sie hintergangen? Hat sie dafür gesorgt, daß die armen Teufel gleich umgebracht wurden wie Schlachtvieh? Um weniger Kosten und Ärger mit den Leuten zu haben? Um das Risiko so klein wie möglich zu halten?«

»Diese Leute mußten nicht leiden«, unterbricht ihn der Arzt. »Sie sind schmerzlos gestorben. So schmerzlos, wie man es sich überhaupt nur wünschen kann, glauben Sie mir das bitte.«

»Schöner Trost!« wirft Stockinger ein.

»Wußten Sie von Anfang an, daß die Flüchtlinge doch umgebracht wurden?« will Moser wissen.

»Nach den ersten Fällen, ja.«

»Und Sie haben trotzdem weitergemacht? Und behaupten gleichzeitig, Sie hätten nicht getötet, sondern Leben gerettet?« Moser kann seine Wut kaum verbergen.

Der Professor schweigt wieder.

»Wie viele sind es gewesen?« fragt Moser weiter.

»Hier in der Klinik vielleicht fünfzehn bis zwanzig im Laufe der Jahre. Ich weiß es im Augenblick nicht ganz genau. Und wie ich schon sagte, es existieren keine Unterlagen.«

»Was hätten Sie getan, wenn Ihnen ein Patient hier in der Klinik gestorben wäre? Oder sollte ich besser fragen: Was haben Sie getan? Hat Dr. Wallisch das erledigt? Wie mit den Leuten vom Bauernhof?«

»Ich bin kein Stümper, Herr Kommissar. Und auf diesem Hof bin ich selbst niemals gewesen. Ich habe verzweifelten Menschen das Leben gerettet . . . .«

»Zahlungskräftigen Menschen, wollten Sie wohl sagen . . . Wieviel haben Ihre Kunden bezahlt? Haben sie in Schilling bezahlt? Oder in Dollar? Hunderttausend Dollar? Zweihunderttausend? Wie haben Sie geteilt, die Frau Werner, der Dr. Wallisch und Sie?«

Der Professor schweigt.

»Weshalb haben Sie das überhaupt getan, Professor Bernhard?« fragt Moser weiter. »Sie sind ein erfolgreicher Chirurg, Sie besitzen eine Privatklinik. Sie hatten das nicht nötig. Offen gestanden, ich verstehe das nicht ... War es wirklich nur das Geld? Oder hat Hermine Werner Sie dazu gezwungen? Hat sie irgend etwas gegen Sie in der Hand?«

Schweigen.

Moser schaut nachdenklich vor sich hin. Wenn der Professor schweigt, überlegt er, dann hat er entweder niedere Motive gehabt, für die er sich schämt. Das hält Moser im Augenblick für eher unwahrscheinlich. Der Mann vor ihm macht nicht den Eindruck, aus Geldgier oder unter Druck gehandelt zu haben. Er macht einen ziemlich willensstarken, unabhängigen Eindruck. Bleibt also eine zweite Möglichkeit: Er hat sogenannte höhere Motive gehabt, die er nicht preisgeben will.

Moser spinnt seinen Gedanken nun laut aus. »Nehmen wir einmal an, Sie sind nicht von Hermine Werner dazu gezwungen worden. Und nehmen wir weiter an, Sie haben es nicht wegen des Geldes getan. Jedenfalls nicht in erster Linie. Denn Geld, da brauchen wir uns nichts vorzumachen, Geld spielt meistens irgendeine Rolle ... Sie können mir nicht erzählen, daß Sie ein Samariter sind, Herr Professor. Sie sind am Tod Dutzender unschuldiger und wehrloser Menschen mit schuldig, wenn nicht gar der Hauptschuldige, und das wissen Sie so gut wie ich, auch wenn Sie es noch so oft leugnen. Auch wenn Sie es vor sich selbst leugnen. Mir bleibt dann nur eine einzige Erklärung für Ihre Tat ...«

»Und welche?« fragt der Professor nun mit schwacher, zitternder Stimme. Er ist noch blasser geworden, sein Gesicht noch eingefallener. Er ist in seinem Sessel zusammengesunken. Seine Hände auf dem Schreibtisch verkrampfen sich.

Moser und Stockinger betrachten den Mann ohne Mitleid. Für sie ist er in allererster Linie ein Verbrecher, ein Mörder, und dabei bleibt es.

»Sie haben Experimente gemacht«, fährt Moser unvermittelt fort. Der Einfall ist ihm eben erst gekommen, eben beim Anblick dieses alten, enttäuschten Mannes im weißen Kittel. »Sie haben bei all diesen Transplantationen nach etwas gesucht. Sie haben etwas getan, was in keiner normalen Klinik erlaubt ist. Etwas, was Sie sofort Ihre Stellung, Ihren Beruf gekostet hätte. Ich weiß nicht, was es sein könnte. Irgend etwas, das Ihnen einen riesigen Vorsprung vor Ihren Kollegen gebracht hätte. Sie sind ehrgeizig, Herr Professor. Das ist es. Sie sind Ihr Leben lang von Ehrgeiz förmlich zerfressen worden. Habe ich recht? Ich weiß nicht, was es sein könnte, was Sie gesucht haben, was Sie beweisen wollten. Aber es muß etwas sehr Wichtiges sein, wenn meine Vermutung stimmt. Etwas, das Ruhm einbringt und Geld. Großen Ruhm und viel Geld. Habe ich recht?«

Der Mann im weißen Kittel atmet schwer, aber Moser spricht weiter: »Verlassen Sie sich darauf, Professor Bernhard, wir werden das herausfinden. In diesem Haus wird kein Staubkorn bleiben, das unsere Fachleute nicht untersuchen werden. Wir werden Ihre Patienten ausfindig machen, koste es, was es wolle. Wir werden jeden Schritt Ihres Berufslebens rekonstruieren. Jeder Kongreß, an dem Sie teilgenommen haben, jeder Kollege, der in diesem Gebiet arbeitet. Wir werden nichts außer acht lassen. Wir werden herausfinden, was genau Sie getan haben ...«

Stockinger, Moser und Rex springen in diesem Moment gleichzeitig auf. Der Mann im weißen Kittel ist zur Seite gesunken. Rosafarbener Schaum dringt aus seinen Mundwinkeln.

Moser steht hilflos neben dem Mann. Der Professor röchelt. Er kann kaum noch atmen. Was er sagt, ist kaum noch zu verstehen. Moser beugt sich zu dem Sterbenden hinunter.

»Sie werden nichts finden ... nichts finden ... mich geirrt ...«

Moser fühlt den Puls des Mannes. »Er ist tot, Stockinger.«

Einen Moment lang stehen beide perplex vor dem zusammengesunkenen Mann im Sessel. Rex bellt laut und knurrt. Er legt sich hin und verbirgt den Kopf zwischen den Pfoten.

»Ja, tot, Rex«, sagt Moser. »Verdammt!« ruft er im nächsten Moment. »Verdammter Mist!« Moser greift nach dem Wasserglas auf dem Schreibtisch und riecht daran. »Er hat etwas eingenommen. Er hat sich vergiftet.«

»Wär' wahrscheinlich sowieso zu spät gewesen, Richard. Wir hätten nichts mehr tun können«, sagt Stockinger leise. »Der hat keine halben Sachen gemacht. Jetzt können wir nur noch hoffen, daß die Werner gefaßt wird, und daß sie redet ... Zu verlieren hat sie ja nichts mehr.«

»Die Werner muß heute hier gewesen sein«, erwidert Moser nachdenklich. »Ich glaub', der Rex hat vorhin ihre Witterung in der Nase gehabt.«

Rex bellt und wedelt heftig. Hab' ich doch gesagt! Er läuft aus dem Zimmer den Gang entlang und bleibt wieder vor der verschlossenen Tür stehen, vor der er vorher schon stehengeblieben war. Er knurrt die Tür an.

In diesem Moment sind die Polizeisirenen zu hören, und wenige Augenblicke später fahren vier Wagen auf den Platz vor der Villa. Mit gezogenen Waffen stürmen sechs uniformierte Beamte ins Haus.

»Ich glaube, die können Sie wieder einstecken, meine Herren«, sagt Moser und deutet auf die Pistolen. »Wenn Sie bitte diese Tür öffnen würden.«

Die abgeschlossene Tür wird gewaltsam geöffnet, und Moser und Stockinger betreten als erste den Raum. Es ist ein luxuriös eingerichtetes Schlafzimmer mit großem französischen Bett. Auf dem Bett liegt bewegungslos eine ältere, blonde Frau in grauem Kostüm. Neben ihr auf dem Nachttisch liegen eine schwarze Handtasche und eine schwarze Perücke. Und ein leeres Wasserglas steht daneben. Moser schnuppert daran und gibt es dann Doktor Graf, der inzwischen hereingekommen ist und den Puls der Frau fühlt.

»Ja«, sagt Doktor Graf nur und stellt das Glas zurück auf den Nachttisch. »Absolut tödlich. Sieht nach Selbstmord aus, nicht?«

Moser geht zu einem kleinen Schreibtisch hinüber und nimmt eine gerahmte Fotografie in die Hand. Sie ist identisch mit dem Bild aus dem Büro in der Villa Werner. Professor Maximilian Bernhard und Hermine Werner, irgendwo im Süden. Ein Urlaubsfoto.

»Eine Art Selbstmord«, sagt Moser nun an Dr. Leo Graf gewandt. »Aber ich glaube, das Gift hat er ihr gegeben.«

»Keinerlei Spur von Gewaltanwendung«, stellt Dr. Graf sachlich fest.

»Nein«, sagt Moser. »Ich glaube, sie wollte sterben. Ich glaube, sie hat ihn darum gebeten ... Wahrscheinlich ist sie von ihrer Villa aus direkt hierher gefahren. Ich bin sicher, ihr Wagen steht unten in der Garage. Wir werden das wohl niemals mit Sicherheit erfahren, denn ich glaube nicht, daß wir einen Abschiedsbrief von ihr oder von Bernhard finden werden. Aber meine Vermutung ist, sie wollte ihren alten Freund dazu überreden, mit ihr zu fliehen. Sonst hätte sie nicht all die Sachen mitgenommen. Ihr Wagen dürfte voller Geld und Schmuck sein.«

»Aber warum sollte Bernhard sich geweigert haben? Er hat doch auch genau gewußt, daß hier alles vorbei ist«, wendet Stockinger ein.

»Auch das werden wir nie genau erfahren«, sagt Moser. »Ja, er hat gewußt, daß alles zu Ende ist. Aber Bernhard ist es, glaube ich, nicht in erster Linie ums Geld gegangen. Vielleicht letzten Endes nicht einmal der Werner ... Vielleicht hat sie die ganze Sache mit dem Bauernhof nur ihm zuliebe getan ... Wer weiß? Um ihm seine Forschungen zu ermöglichen? Weil sie an ihn glaubte, weil sie ihn geliebt hat? Wer weiß? Wenn wir das Haus auf den Kopf gestellt haben, wissen wir eventuell etwas mehr. Aber wahrscheinlich auch das nicht ... Ich glaube nicht, daß der Professor Spuren hinterlassen hat. Er hat gesagt, er hat sich geirrt. Das waren seine letzten Worte. Er wird wahrscheinlich alles vernichtet haben, was uns weiterhelfen könnte ... Aber jeder übersieht etwas ...«

»Und weshalb hat sie ihren Mann umgebracht? Aus Liebe zu Bernhard? Oder weil er etwas gemerkt hat und nicht mitspielen wollte?« fragt Stockinger.

»Gut möglich«, erwidert Moser. »Ihr Mann ist einfacher Internist geblieben, er war offensichtlich nicht ehrgeizig. Aber die Werner war es, und der Professor auch. Und vielleicht war der Dr. Werner darüber hinaus ein moralischer Mensch ... Auch das werden wir nie erfahren ... Jedenfalls, als Bernhard ihr klar gemacht hat, daß er nicht mit ihr fliehen würde, daß alles aus und vorbei ist, daß es keinerlei Zukunft mehr für sie gibt, da muß sie ihn gebeten haben, ihr etwas zu geben. Sie hat sich entschlossen zu sterben ... Sie muß eingesehen haben, daß es keinen Ausweg mehr gibt, daß sie für ihre Schuld entweder büßen oder sich der Strafe entziehen muß. Und sie hat ihre Wahl getroffen ...«

»Wir können nur froh sein, daß sie den Wallisch nicht noch rechtzeitig umgebracht hat«, sagt Stockinger.

»Ja«, sagt Moser, »er ist der einzige, der jetzt noch etwas Licht in diesen Abgrund bringen kann. Und ich glaube, er wird reden ...«

Einen Moment lang stehen alle noch schweigend vor der Toten.

»Leo, der Operationssaal im Keller wird dich interessieren. Bleibst du mit den Leuten von der Spurensicherung hier?« fragt Moser den Gerichtsmediziner.

»Selbstverständlich, Richard.«

Nicht nur für die Spurensicherung und für Dr. Graf, auch für die Polizeibeamten bleibt noch eine Menge zu tun, bevor das leidige Berichtschreiben beginnt. Die Angestellten der Klinik müssen ausfindig gemacht und sämtlich wegen des Verdachts auf Beihilfe vorläufig festgenommen werden. Die Schleuser, die den Kühlwagen gefahren haben, müssen aufgespürt werden. Womöglich kann man herausfinden, wer auf der Ostseite die Gehilfen von Schukov waren. Vielleicht kann man den ganzen Schleuserring ausheben. Sämtliche Mülldeponien der weiteren Umgebung müssen durchsucht werden, um die restlichen Leichen zu finden.

Keine angenehmen Aussichten für Dr. Graf ... Die österreichische Polizei und Interpol müssen versuchen herauszufinden, wohin die Nieren transportiert wurden, die nicht hier in die Klinik geliefert worden sind. Vielleicht weiß dieser Emmerich Valden doch mehr, als er zunächst zugegeben hat. Und schließlich müssen sie Wallisch zum Reden bringen. Der ganze Fall wird noch viel, viel Staub aufwirbeln. Und er wird hoffentlich noch etliche Verbrecher mit und ohne weißen Kittel hinter Gitter bringen.

Und du, Rex, hast eine große, große Extrawurst verdient. Und eine Beförderung.

KAPITEL 23

REX SUPERSTAR

Draußen scheint schon die Sonne, aber im Schlafzimmer sind noch immer die Jalousien heruntergelassen. Es herrscht Halbdunkel. Moser schnarcht. Er, Stockinger und Höllerer haben bis spät in die Nacht gearbeitet. Vor allem haben sie stundenlang Wallisch und die anderen Festgenommenen verhört. Noch haben sie keinen Durchbruch erzielt, aber Moser hat das Büro gegen halb drei Uhr morgens mit einem guten Gefühl verlassen. Emmerich Valden wird alles sagen, was er weiß. Und auch Wallisch wird reden. Er hat keinen Grund mehr, die Werner oder den Professor zu decken. Beide sind tot.

Rex schubst unschlüssig seinen gelben Lieblingsball vor sich her. Immer wieder einmal geht er zu Mosers Bett hinüber, setzt sich still hin und spitzt die Ohren. *Wann wird er endlich aufstehen! Wie kann jemand bloß so lange schlafen, der Tag hat längst angefangen. Und spazierengehen wollen wir auch.* Aber Rex weiß inzwischen, daß er nicht bellen darf, wenn Moser schläft. Wenn er bellt, wirft Moser sein Kopfkissen nach ihm, und zwar nicht im Spaß. Bellen darf er nur im Notfall, zum Beispiel, wenn das Telefon klingelt und Moser sich auf die andere Seite dreht und unter seiner Bettdecke verschwindet.

Rex sieht sich im Zimmer um. Alle seine Knochen und die anderen Bälle holt er inzwischen abends ins Schlafzimmer herüber. Moser hat es aufgegeben, ihn deshalb auszuschimpfen. Und warum auch? Ein Hund muß seine Sachen um sich haben, genau wie ein Mensch. Rex winselt leise. Wieder beobachtet er aufmerksam Mosers Gesicht. Nichts zu sehen, ob er schon wach ist. Moser brummt nur etwas vor sich hin und zieht sich die Decke über den Kopf, wie er es fast jeden Morgen tut. Rex spitzt die Ohren. Wuff! Dann eben nicht!

Er spaziert in die Küche. Über der Stuhllehne hängt seine Einkaufstasche, darin steckt wie immer Mosers Zettel, den die Bäckersfrau aber gar nicht mehr anzuschauen braucht. Rex faßt die Tasche an den Henkeln und verläßt die Wohnung. Die Tür läßt er wie immer angelehnt, denn er kann sie nur von innen öffnen. Wenn er sie hinter sich schließt, muß er nachher klingeln. Das tut er zwar sehr gern, aber auch das hat er schnell gelernt: Klingeln, wenn Moser schläft, ist streng verboten. Das gibt immer Ärger.

Rex läuft aus dem Haus und bellt. Wunderbarer Tag heute! Der Himmel ist strahlend blau. Die Luft ist frisch und mild, aber nicht heiß. Und wie das duftet! Hier und da stellt Rex seine Tasche ab und schnüffelt ein wenig herum oder hebt selber das Bein. Ein Hund hat eben auch seine Bedürfnisse und kleinen Freuden ganz für sich. Rex erkennt vertraute Gerüche. Aha! Der war heute morgen auch schon hier!

Rex ist pünktlich, die Bäckerei öffnet gerade. Die Bäckersfrau beugt sich zu Rex hinunter und nimmt ihm die Tasche aus dem Fang. Sie streichelt den Schäferhund aufgeregt und redet überschwenglich auf ihn ein. Rex streckt sich, er schleckt ihr über die Hand. *Freundliche Frau, wirklich freundlich, aber stimmt vielleicht was nicht? So wie heute war sie noch nie.* Jetzt gibt sie ihm gar noch einen leckeren Keks zu fressen. Und in die Tasche tut sie auch eine kleine Tüte mit Extrakeksen, bestimmt für ihn, Rex. *Prima Tag heute, wirklich! Der Moser wird noch staunen, wenn er endlich aufgewacht ist!*

Und da, noch ein Geschenk. In der Bäckerei werden

morgens für die ersten Kunden auch einige Zeitungen verkauft. Ein besonderer Service, weil es in der Straße keinen Zeitungskiosk gibt. Sonst bekommt Moser keine Zeitung, schon gar keine mit bunten Bildern drauf. Er hat morgens gar keine Zeit zum Zeitunglesen. Erst im Büro überfliegt er meistens Stockingers Zeitung, und die ist nicht bunt. Egal. Rex sieht sowieso keine Farben.

Aber das prächtige große Bild auf der ersten Seite, das ihm die gute Bäckersfrau jetzt vor die Nase hält, das sieht er sehr wohl. Ein wunderschöner, bellender Schäferhund in bester Laune ist darauf zu sehen. Rex bellt laut und wedelt. *Tolles Bild. Kenn' ich den? Soll ich das sein?*

Die Frau faltet die Zeitung wieder zusammen und steckt sie in die Tasche. Rex trottet zufrieden hinaus, schnüffelt noch ein wenig hier und da. Er hat Zeit. So schnell wird Moser ja doch nicht aufstehen.

Zurück in der Wohnung stellt er die Tasche in der Küche ab und nimmt das Tütchen mit dem duftenden Gebäck heraus. *Das ist meins! Das darf ich heute zum Frühstück!* Er läuft ins Schlafzimmer und legt die kleine Tüte ganz vorsichtig neben Mosers Kopf, genau vor seine Nase. *Aufmachen! Bitte!* Er schaut Moser aufmerksam an. Der schnuppert ein wenig, blinzelt dann und öffnet schließlich die Augen.

»Rex, weißt du, wann wir gestern schlafen gegangen sind? Weißt du, wie spät es jetzt ist? Noch mitten in der Nacht! Laß mich um Himmels willen noch ein paar Stunden schlafen, wir haben Wochenende, verstanden? Und wer hat gesagt, du sollst Gebäck einkaufen?«

Rex bellt. *Ist ja gar nicht deins. Meins! Mach es für mich auf! Bitte!*

Moser riecht noch einmal an dem Tütchen. Er schaut

Rex an und öffnet es schließlich. »Na ja, verdient haben wir's uns ja, da hast du schon recht.« Zuerst bekommt Rex einen Keks, dann nimmt Moser selber einen.

Er legt die Gebäcktüte auf den Nachttisch und dreht sich um.

Moser ist bereits wieder eingeschlafen. Da ist nichts zu machen.

Rex schnappt sich die Tüte und geht in die Küche. Er schüttet die Kekse geschickt in seinen Futternapf und beginnt, sie mit Genuß zu verzehren. Dann nimmt er die Zeitung aus der Einkaufstasche und trottet ins Schlafzimmer zurück. Noch ein Nickerchen kann ja nicht schaden. Er legt die Zeitung auf Mosers Bettdecke und legt sich dann selber noch einmal hin. Herr und Hund schlafen friedlich und einträchtig ein ganzes Stück in den Tag hinein. Bis das Telefon klingelt.

»Nein!« ruft Moser. »Rex, geh du hin. Sag, ich bin krank! Sag, ich bin nicht zu Hause. Sag irgendwas ...«

Rex holt das Telefon ans Bett und läßt den Hörer auf die Bettdecke fallen.

Stockinger, dieser notorische Frühaufsteher! Moser will schon schimpfen, als er innehält und einen Moment zuhört. Er bemerkt die Zeitung auf seiner Bettdecke und schlägt sie auf. Stockinger wird verabschiedet, Moser betrachtet voller Bewunderung das fast ganzseitige Foto.

»Gut getroffen, Rex. Wirklich prima schaust du aus.«

Rex freut sich, daß Moser endlich wach ist. Er bellt. *Sag' ich doch*!.

Moser liest die fette Schlagzeile:

Kommissar Rex klärt grausigen Massenmord auf. Russische Schleuser und Wiener Industriellenwitwe unter einer Decke. Wiener Ärzte und illegale Nierentransplantationen. Ging es nur um Geld?

Moser überfliegt den Artikel. Immer wieder schüttelt er den Kopf über das wüste Gemisch aus Dichtung und Wahrheit, Spekulation und Information. Genau bekommt man nie heraus, welches die sogenannten ›gut informierten Kreise‹ sind, auf die sich die Journalisten regelmäßig berufen. Richtig ist jedenfalls vieles, was über Rex in dem Artikel steht. Tatsächlich hat er Moser das Leben gerettet. Tatsächlich ist er es gewesen, der entscheidende Spuren gefunden hat. Und wer wollte bestreiten, daß Rex ein außergewöhnlich kluger und geschickter Hund ist? Niemand kann das bestreiten.

»Rex, komm mal her zu mir«, sagt Moser und klopft auf die Bettdecke. Das ist noch nie vorgekommen, und Rex läßt sich nicht zweimal bitten. Mit einem Satz ist er auf Mosers Bett und schleckt dem Mann im Schlafanzug übers Gesicht.

»Moment, Moment, Rex! Hör auf damit! Ich muß mit dir reden.«

Rex schmiegt sich an sein Herrchen und spitzt die Ohren.

»Hast du das gesehen, Rex?« fragt Moser und hält Rex die Titelseite mit dem Foto hin. Rex bellt.

»Ja, das bist du. Rex, es ist nicht einfach, mit einem Star zusammenzuleben, weißt du das? Das bist du jetzt nämlich. Ein Superstar sogar. Der berühmteste Kommissar Österreichs. Kommissar Rex. Als nächstes werden Einladungen vom Fernsehen kommen, du wirst schon sehen ... Versprichst du mir eins? Daß du niemals eingebildet wirst? Versprichst du mir, daß du so bleibst, wie du bist?«

Der Hund schaut seinen Herrn und Freund an, und beinahe sieht es aus, als ob er lächelt. Dann bellt er laut und schleckt Moser noch einmal übers Gesicht. *Und wann stehst du endlich auf und gehst mit mir spazieren?*

ENDE